おとめ座の荷風

持田叙子
Nobuko Mochida

慶應義塾大学出版会

おとめ座の荷風　目次

第Ⅰ部　荷風の少女絶唱、平和礼讃

第II部　荷風につらなるスターたち

凡例

一、荷風の著作の引用は、稲垣達郎・竹盛天雄・中島国彦編『荷風全集』全三十巻（岩波書店、一九九二―九五年）を底本とする。ルビは適宜、省略や追補をした。難読の字は適宜、ひらいた。

二、引用文については原則として、漢字は新字体とした。原文が文語文であるときは歴史的仮名づかいとし、口語文であるときは新仮名づかいとした。

三、作品名はすべて『　』、新聞雑誌名は「　」で示した。

四、引用文中に、今日の人権意識に照らして不適切と思われる語句や表現があるが、時代的背景と作品の歴史的価値にかんがみ、底本のままとした。

第Ⅰ部　荷風の少女絶唱、平和礼讃

1　なまいき、熱血、永井荷風

今よりずっと寿命が短い。とくに芸術界では十代で世に出る人が少なくない。子どもの頃からこの道ひとすじ、と歯を喰いしばり、何らかの形の弟子奉公をして早くに頭を現わす。逆にいえば、十代で出られなければそれで食べるのは困難ということになる。

それにしてもこの人はすばらしく早い。食べる必要がそもそもなかった。尺八演奏家になりたいな、などと夢みた。絵を見るのも描くのも好きだった。ボタニカルアートを日本画家にならっていた。画家もいい、と思った。多趣味であるし、すこしく学べば上手になれる器用さもある。落語家にあこがれて、親にないしょで下町の師匠に弟子入りし、しげしげと深夜の寄席に通ったこともある。歌舞伎座の脚本家がいいかと、その筋の玄人に教えを乞うたこともある。

いずれも長続きしない。官吏の知識人家庭に反発し、江戸音曲や伝統芸能の世界に焦がれるのは頭だけで、その現場の人間となるに必須の封建的な徒弟制度にどうしても耐えられない、という内部矛盾をかかえていたのではないか。

ゆえに多々ある少年の頃から胸に抱く夢の一つ――小説家になりたい、という願いが結局はこのわがままでやんちゃな青年に最もしっくり来た。双方に幸せな組み合わせとなった。文学界には、徒弟制と自我自尊の自由な気風が混在する。その面では、師匠の引きがなければどうにもならない明治の音楽や絵画の世界にくらべ、腹が太い。そこがよかった。

尾崎紅葉のように弟子を厳しくしつけ、寝食をともにして尾崎工房の職人とし、その代わりに確実に文壇デビューさせる作家もいる。紅葉塾のヒット率は確実で、明治の読者をさんざん泣かせ沸かせた作家・泉鏡花や小栗風葉《おぐりふうよう》もここから出た。自由体質のこの人はそうした門をえらばなかった。母が愛読する作家、広津柳浪《ひろつりゅうろう》の門をたたいた。

訪ねたときに大家の柳浪はのんびりと、縁側に古風なたばこ盆を置き、ふわあっと口から煙を空中に遊ばせていた。その風情にほっとした。果たして大家はほとんど弟子のしつけに興味のない人だった。困ったな、もう手とり足とり教える内弟子はいらないよ、すでに二人いるもの、めんどくさがりの私にはこれ以上は無理だね、いい作品ができたら紹介してあげるから、それでもよければもっておいで、というゆるい感じだった。師匠つまり親方の締め付けがないと、のびのび書けた。微妙につながる人の輪が好き、上から型をはめられる強制や教育はいや、しっかりと義理人情でつながる輪は苦手。この若者は徹底的にそういうタイプである。

そしてさあ、ここからのスピードがめざましい。二年くらいで高い崖をあっという間に駆けのぼった。新しい文学のいただきに敏速に手をかけた。勢いよくいざ立って文壇なる世界を見渡してみると、大きな欠落に気がついた。

んんー、むむ？　女性作家の姿がない。殺風景！　男ばかり。女性がいない。手をかざしても首をのばしても、女性の存在がほとんど見あたらない。したがって明るい華やかな空気に欠ける。さながら花のない、暗いごつごつした木のならぶ森林がひろがる。

　一般社会はしかたないか、とはあきらめかけていた。花街の女性はいざ知らず、良い家庭の奥さまお嬢さまは、しとやかこそ女性のかがみと、親きょうだいに寄ってたかって家の奥に押しこめられる。とくに若い女性は男の目を恐れ、めったに街路や公園に姿を見せない。世間に出るときは、がっちりと親のガードつき鎧つき。しかし文壇にさえ女性の姿がないのはひどい。これではとうてい、日本文学は世界文学にかなうまい。

　そもそも文学は、人を新鮮な生きかたに目ざめさせねばならぬ。生まれて親の言いつけにしたがい、家と家の決めた見合い結婚をへて子どもを生み、家の名誉と富のために働いて土に帰る――この人生の定番コースに従属すれば、安心して善人か。そこに真の生の歓喜はあるのか。疑いもせずそうしたお決まりメニューにしがみつく人の背中を、しっかりせよ、とどつかねばならぬ。楽しいこと、胸とどろくことに開眼させねばならぬ。たとえば社会の堰《せき》を切ってあふれる男女の愛恋を描かねばならぬ。社会の掟とは必ずしも合致しない人間の欲望を、読者に突き付けねばならぬ。

　それなのに芸術界に女性の影がうすい。文学者のみならず、女性の画家や音楽家がほとんどいない。女はおとなしく男のつくる作品の享受者になるのみ。しかも過激な作品は、親や夫の指図で彼女たちから遠ざけられる。よい妻よい母として家に一生をささげること。これが現今の女子教育の根本だ。

　女性とはいわば、近代日本の豊穣な未知の分野である。手つかずの深遠な金鉱である。巨大なダイアモンドの原石が眠っているかもしれない。おおいに発掘しがいがある。

平安時代、宮廷で紫式部や清少納言などの女房がしきりに活躍した。遠い昔だ。女性には物語をかたり、書く力が無尽蔵にある。語る力をもって神と天皇につかえた巫女の伝統を継承していた。その力が中世頃から猛き武士文化に抹殺された。女性の血の穢れをいとう仏教や儒教の浸透も、この傾向を後押しした。女性が力をふるえるのは、わずかに千年をこえて古代が生きのびる和歌の世界のみ。こうして何百年も過ぎた。女性は内部に書くマグマを押し殺して生きた。

そこへ封建制の瓦解、そして黒船のうむを言わせぬ来襲、否応なしの文明開化！　洋装の西洋女性が列島を訪れた。なかには高官夫人のみならず、宣教師、学校の先生、看護婦などの職業女性もいた。そうか、確かに人口の半分をしめる女性を無為に放置するのは国力を削ぐ。今こそ——今こそ女性の秘めたる強力を発掘し、おおいに国を栄えさせるべきだ。男女ともに力を合わせ、国難を乗りこえねばならぬ。

——と、のちに文部大臣となる若い外交官の森有礼が号令をかけ、女性の高等教育を称揚し、男女の自由な交際を推進した。みずから範をなして愛する女性と手をとって緑と花のアーチをくぐり、福澤諭吉を証人として互いにうらぎらない永遠の誓いをとなえ、若者の喝采を浴びた。それはそう遠い昔ではない、二十年ほど前のことである。しかし文明開化の自由な空気は、一時の混乱としてすぐに消えた。少なくとも女性をめぐる時代の空気はかなり元に戻った。華やかにすてきに混沌と、女性が一気に出て社会に花をひらかせた鹿鳴館の時代は終わった。おもしろい時代だったのになあ。それまでの秩序が崩壊し、英語を学ぶ芸妓や断髪で馬に乗る女の子も出現し、わくわくしたのにあ。

ああ、今の女性の影のうすい文壇の淋しさよ、暗さよ。まず、ここだ、ここを改革しなければならぬ、とこの青年は痛感した。二十世紀の入口に今われわれは立つ。新しいかぐわしい生活思想を、身をもって書かねば何としよう。女性を書きたい。お決まりの、男の強力にへし折られて泣く悲劇のヒロインのみでは飽き足りない。愛されたい女性、みずからも愛したい女性、色さまざまな花の活気ある姿態を描きたい。女性の書いた作品も読みたい。女性が内部から女性の叫びを書く小説を読みたい。筆の力で女性に自由をあたえたい。さすれば社会にも多彩な花がつぼみ、きらきらした燈火が燃える。新しい書く女性よ、さっそうと出でよ、現われよ。

青年はさっそく筆をふるう。一九〇一年すなわち明治三十四年二月一日発行の文芸誌「今文」に新年の雑誌界の動向を問われ、冒頭に「二十世紀は来り、」と宣言し、この年あらたに女性向けの文芸誌「女学世界」の出たのを祝してこう鼓舞した。

一葉去り、稲舟《いなふね》逝き、薄氷《うすらひ》没してより、女流の錦繍、また見るに由なく、花圃《かほ》、夕風、紫琴、楠緒の諸閨秀、寂として声なきの今日、「女学世界」の発行は、まことにこれ早天の雲霓《うんげい》に等しく、これら女流が、その気焔を洩らすの好立場にして、兼ねて、潜める女秀才が天下に呼号する好機関たらずんば非ず。婦人教育の声、喧々囂々《けんけんごうごう》として、女子大学さへその設立、将《まさ》に成らんとするに当り、この誌の出づる、決して偶然の事にあらず。女流詩人がその勢力を伸張すべき気運の漸く近づき来れるぞ嬉しき新しい二十世紀の扉をひらく新しい世代が台頭する。対して「旧進作家」の作品やいかに。青年はふり返る――幸田露伴はさしたる「著作なく」、尾崎紅葉も『金色夜叉』の続編を発表するのみ。山田美妙は「声価ますく衰へ」、川上眉山はどうもかつての「意気なし」。

もはや紅露時代は終わったとの口ぶりで、師匠の広津柳浪の最近の作品についても遠慮せず突く。

今二十世紀においては、柳浪、独り「太陽」に小説を発表するエネルギーを見せ、旧時の豪気衰へざるが如しといへども、なほ、旧年の、『今戸心中』『河内屋』、『羽抜け鳥』の傑作に比すれば、殆んど雲壌の観なきあたはず

若者は強烈に次の新世紀をになう作家を意識する。前の世紀の大家たちに代わって期待されるのは徹底的に新しい世代の作家たちで、鏡花は師の紅葉をしのぐ「天才の面影」を現わし、風葉は「筆致の円熟」はなはだしく、小杉天外も勢いがあるし、徳田秋声、徳冨蘆花、菊池幽芳も「才華」ひらく。彼ら「若武者」は「時代の風潮を改良するの原動力」であると礼讃する。

なまいきだなあ、実に。すでに文壇で流行作家として活躍する鏡花をはじめとする先輩たちを、「若武者」呼ばわりには恐れ入る。しかも十九歳で広津柳浪に入門して今は二十一歳になったばかり、弟子歴二年あまりで師匠の作品動向を、豪気は衰えないけれど以前の傑作を書く覇気はない、と評するのには唖然とする。

こういう人なのである。若い頃から批評の筆致には容赦ない。それだけ文学の未来をひらく批評

の分野を尊重する。批評するときは小なりといえど、一般常識におもねらぬ哲学者であるべきだとわきまえる。みずからに阿諛追従をかたく禁ずる。潔癖をつらぬく。

新年の文学界への熱い檄をとばすなかで、二たびもこの人が女性文学者の出現と繁栄を口にするのに改めて注目したい――「二十世紀の婦人の活動、企首して待つべきなり。喜ばしきかな」。

筆で食べられる初めての女性作家・樋口一葉が早世し、田澤稲舟、北田薄氷などの後を追う若い女性文学者も早くに亡くなった。いたましい。先人はなくほとんど初めて世間で戦う、女性の活躍を支える社会の地盤がない。若い志を抱く女性は体をこわして次々に去る。しかし闇夜はいつまでも続かない。一九〇一年（明治三十四年）は女性文学の夜明けになるだろう。「女学世界」に続き、「姫百合」「女子の友」「婦女新聞」など、女流を出そうとする出版界の青雲が湧く。「二十世紀の我が文壇」はそうした女流文学の勃興もふくめて明るいあけぼのになる予感がする、と結ぶ。

出方がおおきい。なまいきが輝く。日本文学の未来をおもう熱血がほとばしる。師匠も派閥も無視して文学界を見渡す。後のこの人をいろどる冷たい笑いや斜めの皮肉を知る読者は、この熱血漢はだれか、本当に同一人物か、と疑うかもしれない。十数年たってこの人の書く花柳小説、『新橋夜話』や『腕くらべ』、さらに『おかめ笹』を愛読する読者は、筆もつ女性文学者をこの作家がこれほど待ち望んでいたとは、と驚くであろう。

そう、同じこの人である。二十世紀の入口に立ち、これからの自身の作家生命を思って武者震いしつつ、新世紀の小説の扉に手をかけて明るく広く開けようとする二十一歳になったばかりのこの人は――永井壮吉、筆名は荷風。ずいぶん変化したように見えるが、本質は変わらない。

永井荷風とはその出発点から、女性を近代日本の未知のゆたかな沃野として、大きく視野に入れて情熱的に書き続けた文学者なのである。近代の謎と神秘にみちた鹿鳴館貴婦人の微笑に魅せられて出発した人なのである。荷風文学の黎明はいろいろな意味で、女性にある。

2　十九歳、花籠を引っさげて

一九〇〇年前後の二年間、つまり十九歳から二十一歳の荷風はおもに新興の雑誌・新聞の懸賞金荒らしだった。当時織物業など殖産興業がすすみ、大産業都市としてうなぎ上りではあるが、新しい文化振興では東京に遅れて必死となる大阪で、東京文学の曙光を追って次々に創刊される文芸雑誌の懸賞もしきりに狙った。といってもお坊ちゃんであるから賞金よりむしろ、何とか小説家になりたい一心でいろいろ応募したのだろう。

そのなかでも本人の記憶にしっかりと残るのが、十九歳でこれは格のある新聞「萬朝報」に応募してぱっと鮮やかに一等賞をとり、みごと十円を獲得した上に、おそらく初めて新聞に活字となって出た小説『花籠』である。ときに一八九九（明治三十二）年六月、荷風は十九歳。

晩年になって、戦争中のひとり暮らしを支えてくれた実業家の後援者・相磯《あいそ》凌霜《りょうそう》にリラックスして自身の昔をかたる対談『荷風思出草』によれば、賞金の十円ですぐに「吉原へいって遊んじゃった」という。立派な不良である。対談時に荷風は七十四歳。最晩年になっても忘れがたい、自身にとっていかに大切な初期作品であったかがうかがわれる。「萬朝報」に出た！　青春の一つの華やかな象徴でもあるのだろう。

そして『花籠』の内容は――およそ吉原での遊蕩とはほど遠い。まるで乙女が自分の部屋で秘かに書いたような可憐な小品であることに驚かされる。ここに、時代に敏感な十九歳の荷風の戦略と覇気がある。署名も、可憐な「小ゆめ」。少女がひっそり胸にあたためる夢をイメージさせる。

まあ、毎週募集する懸賞小説なので、応募規定の枚数もごく少量であった。岩波全集解題によれば、二十字詰め一五〇行以下で、それを出れば「一切採用せず」というルールだった。当選作は毎週掲載するから、ごく小さなものでなければ困るのだろう。ごく小さな枠を荷風青年はしっかり見きわめ、とても愛らしい、それでいて明治の女性蔑視のまなざしを突く社会性に触れる、小さなうつくしい絵を描いた。

その絵。中央には二、三十輪の時ならぬばらの咲きこぼれる花籠が置かれる。紅ばらが咲き、白ばらが咲き、根元には夏草に混じって紫のすみれの花が配される。小説の季節は秋。「妾《わらは》」として語るヒロインは、母に「秋」とその名を呼ばれる。では秋ばらの咲く季節か、と思うけれどそうではない。ばらは少女の「妾」が「色料、絹、更紗」を買って、布を切って一生けんめいにつくる「造花」なのである。

姉妹のように仲よしで生い育った親友、「静枝の君」の命がけの恋がようやく実をむすび、愛する彼との結婚式が目前なので、お祝いに心をこめて制作にはげむ。造花の紅白は、来たる華燭《かしょく》の典をおめでたく飾る予定である。

からすが淋しく鳴く秋の小寒さのなかに、派手で華やかな満開の薔薇の花籠を置くことによって、読者の目を引きつける。あるいは少年のときから俳句をたしなみ、季節感にさとい荷風であるから、懸賞応募の季節が薔薇咲く六月であることにかんがみ、花籠をみずみずしい旬の薔薇で満たしたのかもしれない。

一心に少女は自室で手芸にはげむ。ときに静枝の君がおとずれ、本当に楽しみ、すばらしいわと友情に感謝する。七、八輪からはじまり、少女の奮闘で次第に薔薇の花の数が増えてゆく。ところが結婚式を翌々日にひかえた朝、新聞に静枝の君が、父親の主人である「伯爵」に「強姦」されたとの記事が出たことを知る。

秋は、いち早く記事を見つけた母とともにおどろき嘆く。あるじの所業とて静枝の君の父は沈黙をまもり、娘を見殺しにした。いいなづけの「芳雄」は結婚の意志を変えなかったものの、彼の家の反対でこの純な恋愛結婚はつぶれた。この小説では男は総崩れである。女、とくに少女だけに義がある。

最後は主人公おとめの憎しみのこもった告発の叫びで結ばれる――「汝《なんじ》、哀れなる花籠よ」「汝、汝は既に静枝の君の祝の宴には飾られざるなり。汝、汝は既にこの世において何の用だも無きものとなれるなり」。

役に立たなくなって棄てられるしかない可憐な花籠が、「強姦されし女」として世間に知れわたり、何の落ち度もないのに黒いうわさの霧を顔に塗られて恋人と引き離され、女性の幸福から遠い境涯に生きなければならないうつくしい親友の悲運に重ねられることは明らかである。

何人もの女性を「強姦」する色情狂の伯爵には、鹿鳴館にて某貴婦人を力づくでわが物にしたとささやかれる明治政府高官のイメージが重ねられようか。権力者の暗黒面への告発だけではない。

批判の矢はより深部をも刺す。いわゆる〈嫁入り前〉の女性が、一種の商品として扱われる残酷をえぐる。人柄にも行いにも汚れはなくとも、静枝の君はもはや世間に出られない。用なき祝宴の花籠とともに、社会に不要な人となる。おそらく一生、浮かぶ瀬はない。家制度と密着するこの非人間的な処女崇拝の野蛮と不条理を、夢みる少女の秋といっしょに荷風は叫ぶ。

一見かわいらしい花籠。薔薇のなかには、社会に渦まく男女不平等をねらって撃つ恐ろしい弾丸が潜む。これは目だつであろう、これは文句なく一等賞を取るであろう。テーマを支える造花のモチーフはたいへん見栄えがし、しかもこれ自体が女性風俗の最先端であり、かつ女性の社会進出の象徴をなす。十九歳の荷風のずばぬけた早熟を感じさせる。

そう、物語の主人公とも言うべき造花には、多彩な意味が籠められる。秋と静枝は「同じ学校」で「色々の花の形を造り出す事を学ん」だ。冒頭にこうある。

風凍らん冬の日にも、黒髪の間などに、色濃き夏草の花を挿添へては、年老いたる爺等を、驚かせし事も度々なりけり

息も白く凍る冬風吹くなか、百合や薔薇の夏花を前髪にかざり、ハイカラなファッションにうとい老人をぎょっとさせ、そっと顔を見あわせて小走りに逃げる二人の女学生のすがたが浮かぶ。くすくす笑うおちゃめな声さえ聞こえる。たとえば鏑木《かぶらき》清方《きよかた》画伯の手になる一幅の清新な明治の風

俗絵を思わせる。

秋と静枝の通った学校とはあきらかに、官吏である荷風の父・永井久一郎が創立に深くかかわった共立女子職業学校がモデルであろう。一八八六（明治十九）年に本郷にあった裁縫の私塾から発足した。女性の手しごとの高度技術の習得をいち早く目ざし、翌年には神田一ツ橋に移転し、本格的な校舎を構えた。和裁や編み物・刺繡の技術を教える。のちの共立女子大学の前身である。

秋や静枝はお嬢さま学生で、女性のたしなみとして優雅な手芸を学んだ。しかし生活に迫られて手芸を正式に習得する学生ももちろんいた。社会主義者の山川菊栄の回想記『おんな二代の記』によれば、のちに共立の裁縫科を満期習得すると、教員資格が得られるようになったという。和裁は女学校の重要な科目であった。女性の貴重な就職の場である。教員資格があるのとないのでは天地の違いである。「女工」として労働搾取されずにすむ。

明治日本における女性のための初の「職業学校」に、荷風の父は根本的に関わっていた。永井久一郎は鳩山春子や宮川保全らとともに、共立女子職業学校創立の発動者となり、経営をあつく支えた。父は、明治社会で女性が職業をもつ後押しをしていた。看護婦や女性教師といった職業婦人をヒロインとして設定することが特徴的な、荷風文学のスタートを考える上で注目される事実である。

共立女子職業学校の一つの看板は、造花づくりであった。刺繡とともに華があるし、明治女性の洋装の進化とともに髪や胸元、スカートの腰をかざる造花の需要が増した。もともと日本には古来、和紙や絹でつくり神仏に供える花、ひいては若い女性が和髪に挿す花かんざし作製の伝統がある。

そこへ鹿鳴館時代が到来し、貴婦人はローブデコルテに造花を多彩にあしらった。手には扇と造花の小さな花籠をもった。身につけるダイアモンドの輝きは、長い宝飾の歴史をもつ外国にはかなわない。しかし緻密な日本の手しごとによる造花は、欧米に負けない技術を誇った。一八六七年のパリ万国博覧会に出品された日本の絹のさくらの花は、異国の人々を魅了した。

共立女子職業学校が創立されたとき、荷風は七歳。すぐ下に弟が生まれ、体質の弱い母の負担を減らすために母方の祖母の家にあずけられていた。ほぼ二年ぶりで小石川の生家に帰った頃だった。

本名は壮吉。壮ちゃん、と母に呼ばれ、お母さま、と答えていた。さぞや可愛がられたろう。かなりの甘えん坊だったらしい。ひとりで夜のお手洗いに行けなかった。母の手からおやつを頂くのが日課だった。しじゅう母のそばに引っついていた。こんな光景が彼の心の奥にある。

　われ猶母上の膝に抱かれし頃、この小机常に針箱とならびて母上が居間の片隅に置かれたりしをよく見覚えゐたり

大正末、一九二四年に四十五歳の荷風が書いた随筆『机辺の記』の一節である。われ猶、という所にいささかの恥らいが匂う。母上が居間、という所に山の手のゆとりある家庭の品格が薫る。この小机、とは婦人用の幅も奥行きもせまい軽い机で、父なきあと荷風はこの机の可憐を愛して、これを自在に家のなかに持ち運び、冬は日向、夏は風のとおる窓下、と好きな場所で小説を書いた。色気したたる花柳小説『おかめ笹』や『腕くらべ』も、このお母さまの机で書いたのだ。尊敬するエッセイスト・清少納言と同じく、小さな愛らしいものに目がない荷風らしい。

主婦が自身の居間をもち、手芸や女性のお茶の会をもよおすのは、イギリス上流家庭の日常風景である。主婦に一室をもつ風格がある。荷風の母は結婚前に、文明開化の武家の娘として西洋文化になじんだ。英語学校で学んだ。自身の母とともに教会へかよい、のちに洗礼もうけた。新婚時代はちょうど鹿鳴館に毎夜灯がともり、ワルツの音がひびく頃だった。鹿鳴館で母はワルツを舞ったことがあるかもしれないと、荷風は想像する。上流の若奥さまとして、イギリス貴婦人の教えにもあずかった。西洋料理や手芸をならった。貴婦人の主催する慈善バザーに「千代紙の細工物や押絵」をつくって出品した。

これも晩年になってつづる追憶の記『冬の夜がたり』によれば、六十三歳の荷風ははっきりと、小石川の生家に戻った幼い頃にそうした西洋風のバザーに連れてゆかれたことを覚えている。異国の婦人の輪のなかに祖母や母のいた情景を胸にきざんでいる。

さすれば母の恆《つね》は、新しい造花づくりをこころみ、バザーに出品したこともあったであろう。江戸前のお細工ものもさりながら、洋装の女性たちは喜んで帽子やドレスをかざる枯れない花を買ったであろうし、何より夫の後押しする共立女子職業学校の看板にいっそうの栄えをもたらす効果があるはずである。

七歳頃の荷風は小学校から帰ると、広く陰気な武家屋敷風の間数の多さにおびえ、あたたかく優しい母の居間に入り浸っていた。小さな机で手紙を書いたり、針箱を引きよせて縫いものをする母のひざのそばで甘えていた。それこそ「花籠」のヒロイン秋のようにハサミや鏝《こて》をつかい、絹をきれいに伸ばして花びらを切り、一つ一つを茎に上手に巻きつけて時ならぬ薔薇やゆりやすみれの花をつくる母の魔術に驚嘆していたのではなかろうか。

造花は洋装にも和装にも新しい華を添えた。明治の女性ファッションの最前線に咲く。その花はこれまで述べたように、女性の新しい社会進出とつよく結びつく。知をもとめ、自活をめざす女性が次々に日本初の女性の職業学校で学んだ。

ところで造花のことを男性作家はあまり目にとめない。荷風の活躍する前時代をつかさどった尾崎紅葉は、女性風俗にくわしい。読者には女性も多い。きものの種類や髪型、指輪などにこまかく気をつかった。しかし紅葉は本来、明治の紳士を孔雀のようにきらびやかに飾るのを得意とする。冠たる名作『金色夜叉』（一八九七〔明治三十〕～一九〇二〔三五〕年）にしてからが、絶世の美女ヒロイン宮の身なり宝飾はぞんがい淡白で、代わりに夫となる金満家をダイアモンドの指輪やすみれの香水のふんぷんと薫る絹のハンケチで飾り立てる。ハイカラな紳士ファッションで読者サービスする。

紅葉はとにかくダイアモンド、それも成り上がりの富豪の指にかがやくダイアモンドが好きである。大作『三人妻』（一八九二〔明治二五〕年）の冒頭でも身ひとつから叩き上げ、商社や鉱山を手にいれて我が世の満月を楽しむ「御大尽」にダイアの指輪をはめさせる。『二人女房』（一八九一〔明治二四〕～九二〔二五〕年）では某省の羽ぶりがよい官吏に「黄金鎖、黄金釦、黄金針、黄金指輪」をつけさせ、「黄金ずくめ」に装わせる。それはつまりは紅葉文学のとびきり先駆的な主題——近代日本の権力の象徴としての金銭の流通と人間との関わりに、ずばりとダイアモンドや黄金が触れるからであろう。金銭がなければ買えない最高の美。ゆえに男を光らせる。逆にいえば女性の美を金力で汚すのは、紅葉には耐えられないのではないか。絶世の麗人・宮には清楚な野の白ゆりを捧げ、谷の清らかな水をその愁いある月のかんばせに注ぐ。

明治二十年代を紅露時代ととなえる。文壇を照らす太陽としてかたや紅葉、かたや幸田露伴。露伴にも見る限り、女性の髪をかざる明治の華――造花は出てこない。露伴は花を愛する。文人として野に咲く草の花を愛する。酔うように春の野ばらを、夏の蓮の花を語る『花いろいろ』なる随筆もある。生け花さえ、花の自然を損なうと嫌った。まして枯れない虚の花、造花を書くはずもあるまい。

泉鏡花も、これは師匠の紅葉とは異なり、工芸王国・金沢の金工師の息子でもあり、心底から女性のほそい指にきらめく宝石を美として愛し、ダイアはおろかエメラルド、ルビー、真珠、翡翠を全作品に何十となく描くが、同じく新しい女性風俗の造花にはまったく冷淡である。

男性作家はいっぱんに造花に無関心であると言ってよい。理由は二つあると思う。一つは貴重な価値がない装身具であるから、小説の女性の境遇の表現に役立たない。安すぎる飾りを語る意味がない。もう一つは、自然の花に対する人工の花への反感がある。枯れない花、布の花は、野山に咲く自然の花の儚い命をいとおしむ文人の心を美として打たない。この新しいウソの花に男性はなじめない。

明治の少女や若い女性をいろどる布の花の誕生を支え、深い関心を抱くのは何といっても新しい女性なのである。ほとんどの先輩男性作家たちが無視するなかで、十九歳の荷風は造花への女性の関心を見習った。人工のばらの花籠をえらび取った。ここに若い新人のスピードある目が光る。十九歳のこだわりなさが花咲いて、新しい薫りで一等賞をとった。

3　荒野にリボン——姉たちの戦い

くだんも述べた。一葉逝く、と青春期の荷風は首を深くうなだれた。

樋口一葉は、今までだれも書いたことない遊郭かいわいの子どもたちのおませで浮かれた、しかし遊郭に関わる親の職業格差がおおきく影を落とす複雑な小社会を描ききった。いじめも妬みもある。子どもは大人のドラマの小道具ではない。彼らは社会の差別と偏見を濃く映す果実であるとともに、大人のもたない繊細できゃしゃな感覚を必死で生きる。損得なしに人を恋う。一葉の早い晩年のかたみ『たけくらべ』は、近代日本で初めて子どもを主人公とする小説である。皆が驚嘆した。

紫式部や清少納言の活躍した王朝文学時代以降は、女流のさして華やかに立たない長い時間が日本文学史をおおった。そこにうら若い女性作家がいきなり出て、食べるために筆をかまえ、しかも通俗にいささかも媚びず、先も見えずに石ころやどぶ水だらけの道をひたすら歩く、骨まで沁みとおる人生の辛さ味気なさ苦々しさの現実を、とうとうその荷の重さに負けずに書きつらぬいた。

花のなかに醜があり、ものがたい常識のなかにすべてを蹴やぶる狂気がある。樋口一葉は奇蹟である。その才華に瞠目した森鷗外が、みずから病む彼女の枕元へ名医をおくるも空しく、奇蹟の星はかがやき止んだ。大輪の花は散った。鷗外はじめ、斉藤緑雨、幸田露伴、上田敏、島崎藤村など同時代の名だたる文学者たちは哭いた。もちろん読者も哭いた。荷風も野心を抱くもの書き志望、そしてもちろん愛読者としておおきく肩を落としたのであった。

あまり指摘されないが、じつは荷風は女性作家のめざましく興隆する新風の只中に作家としてデビューした。女性作家が筆をもって次々に立つ潮流のなかで、若手作家の荷風は誕生した。女性作家の誕生と荷風の誕生はぴったりと重なる。荷風は視野に、女性作家の生まれたての勢いをおおいに入れた。彼女たちの優美なハイカラな栄養をたっぷり吸ったことではだれにも負けない。父が共立女子職業学校の創立の軸となり、女性の経済自立を先駆的に後押しした環境の影響も大きいであろう――ここに荷風文学出発の特徴がある。

そうした意味では、荷風にはおおくの文学上の姉たちがいる。

その姉たちとは――まず明治文壇に咲きひらいたのは、伝統的な和歌の道をすすむ女性である。旧幕臣の出身が目だつ。水戸藩ゆかりの中島歌子が出て和歌と古典講義の塾をひらき、千人をこえる弟子を誇った。この歌塾の軸を支える門下が一葉であった。そのこともあり、荷風は六十二歳で書きはじめた長編小説『浮沈』で、中島歌子を明治なかばの「教養界」の重鎮をなす女性と述べる。彼女は罪なくして夫の関係で藩の政争に巻きこまれ、数年を牢獄に過ごした。旧幕府に肩入れする人々の悲運に荷風はよわい。順風満帆の逆をゆくこの人生航路に、荷風は共感もあったのだろう。

次にやはり和歌にすぐれる下田歌子が出た。一八八五（明治十八）年の華族女学校開校に関わり、皇后の覚えめでたく、上流家庭の女子教育に尽力する。一八九三（明治二十六）年には内命をうけ渡欧し、欧米の女学校をおもに視察した。ヴィクトリア女王に拝謁した。なまなかの男性エリートより遥かにすばやく濃く西洋を体感する。

彼女たちに教育された娘世代にあたるのが、近代日本で初めて本格小説を書いた一八六八（明治元）年生まれの三宅花圃《みやけかほ》である。ちょうど荷風の母の妹世代に当たる。旧幕臣の生家は大家ながら新時代の悲しさで現金がなく、兄の死にさいして法要をいとなむ費用欲しさに、忽然と小説『藪の鶯』を書いた。これは評判になる、十九歳のおとめが書いた、と新風にとびきり鼻のきく小柄の敏速な出版社・金港堂がすぐ本にした。一葉がこの快挙に刺激され、小説家を志したのは著名なエピソードである。

しかし、いまだ女性作家の興隆とはいえない。ここまでは、和歌の伝統による女性教育家の輩出といえる。和歌の道は女性の教養の道にかさなる。苦労した旧幕府出身の女性が和歌道をたばねることにより、和と優美にくわえて明治の殖産興業にふさわしい質実剛健の徳を、若い女性に授ける新しい〈しつけ〉ができ上がった。女性初の本格小説を書いた三宅花圃も結婚すると、女性の美徳と家庭のよき運営を説く教育家と化した。『藪の鶯』ののち、さしたる小説はない。

一葉である。おもに家の奥で暮らし、どうしても家庭道徳と小説を切り離しがたい女性の前の垣根をあっさり越え、人の道を説く目的を小説から引き剝がし、遠くうしろへ放り投げた。家庭の和合や結婚の幸福という予定調和の主題は、この人の眼中になかった。自分の、そして多くの庶民の前に続く泥の道。重い荷をになって生きる宿命。努力ではどうにもならない社会の格差を見つめた。へばって倒れた者の無縁塔がならぶ風景をまじまじと視た。一葉から女性作家がはじまった。

一葉は荷風より七つ年上。まさに文学上の姉と言える。一家を切りまわす辛苦で結核が高じ、彼女が二十四歳で死んだとき、荷風は十六歳だった。その前年から同年にかけて「文芸倶楽部」に発表された『たけくらべ』をもちろん読んでいたはずである。ファンだった。多感な年頃に、敬愛する女性作家の早世は深く響いた。

一葉は中島歌子の歌塾で講師をつとめ、和裁のしごとも担った。妹も終日、縫って家計を助けた。女性の数少ない稼ぎ業である手芸には敏感であった。『たけくらべ』の最後に薫るのは、純白の水仙の造花である。いち早く明治の新しい造花の詩情を歌う。

有名な場面である。下駄の鼻緒を切らして困る信如少年に、ヒロインの美登利がさりげなく投げた紅葉のような紅の友禅布。少女の情けを恥ずかしくて少年は無視した。そのときのお返しなのか、詫びなのか。だれのしわざか謎めくが、美登利の家の門に造花が挿し入れてある。燃える紅葉の紅に、白い水仙。鮮烈な対をなす。ひそかに恋する少年が、今においらんになると近所で噂される美登利の純潔を、水仙の清楚に託して讃える花とも読める。

「ある霜の朝水仙の作り花を格子門の外よりさし入れ置きし者のありけり」「美登利《みどり》は何ゆゑとなく懐かしき思ひにて違ひ棚の一輪ざしに入れて淋しく清き姿をめでける」

その日は信如が宗派の学校に入る日と語られる。朝霜と水仙。あまりに淋しい白色は、やがて僧形となり俗世を離れる信如の別れのあいさつであるのかもしれない。香のない花が哀切をそそる。

一葉と同い年の作家に、木村曙のいることも忘れてはならない。曙とは筆名で、清少納言の枕草子の著名な冒頭、春はあけぼの……のイメージから自身の名のりにしたらしい。本名は栄子。荷風は彼女については言及していないが、明治の早い女性作家としてもちろんよく知る。一葉とならべるには彼女の力量は、と思えてしまい、荷風は女流文学の錦繍を巻くときにあえて触れないのかもしれない。しかし木村曙は荷風とはふかい縁がある。のちに荷風の名作小説『濹東綺譚』を、みずからの故郷・東京への思いをこめて精緻にいろどった挿絵画家・木村荘八は、彼女の弟である。荷風は、自作への理解のゆきとどく木村の絵に感謝していた。

木村荘八は文人でもある。明治の和洋折衷の東京風俗を愛する点で、荷風文学と傾向を同じくする。政府のことばの検閲に反感をいだき、おしゃれで粋な抵抗をする〈パンの会〉にも荷風どうよう出入りしていた。

大混乱の大回転期ゆえに世間におもしろいデコボコがあった明治開化を回顧する彼のエッセイ集『東京繁昌記』には、東京女学館で英語フランス語と手芸を学び、新しい女性の前線に立っていた姉、曙の独特の洋風おしゃれについてこう回想する。

「僕の姉の木村曙というものは、東京高等女学校で、植村清花女史たちと（一八八七［明治二十］年頃）フランス風を学んだ洋服を自分で作って着た。その手本はやはり、『横浜』だったようだ」。

洋装はじめ〈外国〉の風物は、遠くロンドンとパリから来て、横浜そして築地明石町の外国人居留地に着地した、というのが荘八の持説。その一例として姉の手づくりの洋装が挙げられる。荘八は文中に十六歳の姉のスケッチを添えている。細おもてで髪を結わずに垂らし、頂きに大きなリボンをなびかせる。そのりぼんも洋服も白だった、姉は友人と横浜ファッション経由で洋装をととのえた、と画家の弟はあざやかに記憶する。

曙は一葉よりも短命で薄幸だった。デビューは一葉より早い。高学歴がものを言った面がある。

一八八九（明治二十二）年、十七歳で初めての小説『婦女の鑑《かがみ》』を三十三回、「読売新聞」に連載発表するチャンスをつかんだ。前述したが彼女は一葉と同い年で、三宅花圃の四歳下、鷗外のいもうとの翻訳家・小金井喜美子の二歳下になる。当時いかに女性の書き手が待望されていたか、たった十七歳の曙の豪奢な出帆にもよくうかがわれる。

その話題作『婦女の鑑』とは――明治のはじまりの翻案小説を思わせる荒唐無稽と斬新があふれ返る。はでではでハイカラでにぎにぎしい。女性の外国留学と殖産興業をテーマとする。ある豊かな家の姉妹、国子と秀子。姉の国子は「ミセスアリー」に連れられて幼い頃アメリカに留学した。こんどは妹の番。しかし友人の嫉妬で新聞に黒いうわさを載せられ、妹の秀子はゆくえ不明になる。じつは秀子はイギリスの大学女子部で学び、ニューヨークの工場で女工として働きつつ繊維業について実地見聞をひろめていた。さいごはハッピーエンドで、秀子はぶじに帰国し、女性の自立を支える繊維工場をつくる。ときに一八八九（明治二十二）年春。おもに女性労働者のために食堂や幼稚園も備える理想の国産工場を完成させるのである。まさに婦女の鑑！

タフな物語である。築地の外国居留地の女学校で学ぶらしい姉妹の友だちには、コゼットやエジスといった西洋の乙女がぞくぞくと登場する。学友どうし友情あつく、何かというと築地から、秀子の危機に駆けつける。その他、リリー、カドリーンヌ、メリー、ヘンリーといった欧米で出会った若者たちが秀子を囲む。文中に英語の名前や地名、はては真冬のニューヨークの「クリストマス」の横文字言葉がおしゃれに光る。

何より結末がありがちのヒロインの幸せな結婚として私的にちぢまらず、社会に接岸して壮大に結ばれるのが力づよい。「倭《やまと》の」生糸をつかい「他の国へ売出す」国産工場の完成は、外貨を獲得し独立を守ろうとする開化日本の悲願であろう。それを若い女性がかなえる。しかも貧しい女性に雇用を生む。経済と雇用環境、労働待遇への視野が広い。これが十七歳の明治乙女の作品！

しかし後が続かなかった。こうした例が多い。さらさら本人のせいではない。女学校を終えた曙は外国留学を切望したが、牛鍋屋の店を多数いとなみ、それらを各店ごとにおのが妻妾に差配させる破天荒な大富豪の父は娘の願いを一蹴し、浅草店の帳場に押し込めて働かせた。むりやり結婚させられ、夫の浮気に悩まされ、十九歳で死んだ。ほぼ戦死といってよい。これならば父も男きょうだいも消えた家で、自身が戸主となり家族を背負って思いきり書いた一葉の方が、親に支配されなかったという点でいっそ幸いだったとさえ言える。

女性がものを書く環境が悲惨すぎる。スタートのみ派手に設定されるが、著述業に長くたずさわれる女性は教育家もかねる和歌指導者をのぞき、ほぼ絶無である。家の道徳や美徳から離れて生きる自由の喜びや悲しみ、ひとりひとりの尊厳を高らかに歌う筆もつ女性は、異端として世間の白い眼を浴びた。

書く姉たちの戦死は続く——。

田澤稲舟《いなふね》。荷風より五歳上。山形県鶴岡より上京して共立女子職業学校図画科に入るも中退、二十二歳で小説『しろばら』を「文芸倶楽部」に発表し、大評判を博した。同業の山田美妙と結婚し、数か月で別れ、一八九六（明治二十九）年肺炎で逝く。二十二歳。

北田薄氷《うすらい》。荷風の三歳上。私立女学校で英米文学を学び、十六歳で小説家をめざし紅葉門下となった。同年、小説『三人やもめ』を「近江新報」に発表しデビューした。画家の梶田半古と結婚し、一八九六（明治二十九）年に腸結核で逝く。二十四歳。泉鏡花の小説『薄紅梅』のもの書くヒロインは、同門の彼女を映したとされる。

清水紫琴。荷風より十二歳上。二十四歳で初の小説『こわれ指輪』を「女学世界」に発表してデビュー。明治女学校を卒業後に教師をつとめる。学者と結婚し、夫の意向で一八九九（明治三十二）年に発表の小説『移民学園』を最後に筆を断つ。

大塚楠緒子、荷風の四歳上。共立女子職業学校で絵と刺繍を学び、ほどなく東京高等女学校に入り直した。主席で卒業後は、婿養子の学者の夫の理解のもとに、十九歳で小説『つま琴』を「婦女雑誌」に発表したのを皮切りに、比較的長く盛んに活躍した。夏目漱石の推薦で長編小説『空薫』が「朝日新聞」に長期連載された。家事と執筆を両立させた初の主婦作家である。その彼女も三十五歳で肋膜炎で逝く。

『小公子』『小公女』の名訳で名高い翻訳家の若松賤子は、横浜のフェリス和英女学校の第一回卒業生である。卒業式に英語で演説した。荷風の十五歳上。明治女学校の校長をつとめた巖本善治と結婚したときからすでに肺が悪かった。『小公子』『小公女』を訳した後、三十二歳で逝く。

彼女たちは、中央に名のりできた氷山の一角の作家であろう。それでも死屍累々。荷風がはじめて門をたたいた広津柳浪の家には二人の内弟子がいた。前掲の荷風の回想記『書かでもの記』によれば、そのうちの一人はうら若い女性だったという。たとえば彼女などもその後どうなったのか――。

すぐれた文学史家でもある正宗白鳥は明治文壇をふり返り、夭折する作家の多いことに哀悼の意をしめす。あまりにも精神を重んじ、作品を商品とみなすのを拒んだ風潮のせいだとも唱える。ことに早くせつない一葉の死に言及し、一葉にビーフステーキを食べてもらいたかった、とつぶやく。なるほど栄養も悪かった。親もきびしかった。結婚すると家事に縛られた。結婚しないと好奇の目を浴びた。今まで見た女性作家が活躍したのはほぼ全て、未婚の時代である。比較的おだやかな人生を送ったのは、兄の森鷗外を後ろ盾にもつ翻訳家の小金井喜美子のみであるが、彼女が本格的な筆をふるったのは二十代に限られる。一八九七（明治三十）年、二十七歳で文壇からはほぼ消えた。

明治二十年代に〈閨秀〉誕生のブームが起きてジャーナリズムが女性の新人を起用したが、荷風がさきの『新年の雑誌界』で真率に指摘するように、女性の力あるタフな作品は三十年代初頭にほぼ絶えるのである。

姉たちの生まれたての文学の波に揉まれ、筆をもって立った荷風は慄然とした。彼女たちのやわらかい優美なお話が好きだった。おんなの人が大好きだから、おとこの目線からではなく、おんなの目線から描かれる新しい女性文化は刺激的だった。

たとえば先の荷風の一等入賞作『花籠』の以前に、いちやく話題の〈閨秀〉として瞬時の活躍を果たす田澤稲舟のこんな小説の冒頭を置いてみると、いかに若い荷風が女性の描く女性に注目していたかがうかがわれる。

稲舟の短篇小説『五大堂』より掲げる。一八九六（明治二十九）年・一一月、「文芸倶楽部」に発表された。稲舟は同年九月に急死した。自死との説もある。稲妻のように短かく鮮やかにきらめいた女性作家を追悼し、公にされた小説遺稿である。冒頭にこうある。

世にうれしき事はかずあれど、親が結びし義理ある縁にて、否でも否といひいでがたき結髪《いいなづけ》の夫にもあれ妻にもあれ、まだ祝言のすまぬうち、死せしと聞きしにまさりたるはあらずかし

ヒロインの子爵令嬢・糸子はどうしても、にこにこ微笑してしまう。それほど嬉しい。何が嬉しいかというと、ある男の死。家の決めたいいなづけが急死したこと。ひそかに好きな人がいる。それは兄の友人の小説家で、といって小説家が大嫌いの父が許すわけもない男ではあるけれど、取りあえず結婚の束縛を解かれたことが嬉しくて、「腰元」たちと部屋で楽しく造花の花籠づくりにいそしむ。そこへ軟派の兄がふらりと入ってくる。

腰元どもを相手とし、遊びに余念もあらぬ折から、兄の房雄は入りきたりて「オヤ糸子さん、造花ですか、」（中略）糸子はにここにこわらひながら「兄様、あなたにも花籠をこさえて上げましょうか」「アどうか……私には牡丹をこさえてちょうだい」糸子はさくらの葉に蝋を引きながら「牡丹は下手ですもの」「下手でもいいの」「じゃあしたまでね」

この兄、言葉づかいも軟らかい。侍女たちも、若様はちょっと女っぽい方だからと噂する。兄も遊里にかよい、小説家をめざす。〈小説家〉のイメージが遊び人の同義として、この短篇の中をひ

らひらする。造花づくりに夢中の妹は、どうやらもっともポピュラーな桜の花籠をつくっているらしい。布に蝋を塗り、葉を形づくる。私には牡丹の花籠をつくって、と兄は妹にたのむのであった。

乙女の小さな私的空間。いそいそ造花の花籠をつくるヒロイン——出だしは荷風の『花籠』と通いあう。さすが共立女子職業学校図画科に学んでいた稲舟、じっさい造花づくりも習得していたのだろう。ところでこの冒頭は愛らしいだけではすまない。いといと恐ろしい毒がある。何不自由ない可憐な令嬢がひそかに人の死にほほ笑む。心より喜ぶ。花籠はいいなづけの死への祝賀か。

同じく明治社会の家どうしの決める結婚に、当事者の若い女性から反意を叫ばせるテーマでありながら、荷風の花籠には「強姦」された乙女のいたましい涙がほとばしり、読者の涙をしぼるのに、稲舟の花籠はある意味で恐ろしい。読む人を慄然とさせる。恋する可憐な乙女ごころに人の死を願わせるまでの、封建的な結婚制度の非人間性を突く。そしてこうした稲舟の毒を、若い荷風は嫌いではない。むしろ高く評価していたと想像される。

稲舟の遺著『五大堂』は、さいごに令嬢・糸子と恋人の小説家が、東北仙台は松島の海辺に駆け落ちする。小説家の不倫を糾弾するゴシップが新聞に出たことに未来を絶望し、二人で海に飛び込むところで終わる。じっさいの稲舟と美妙の破局のいくばくかを映す。

美妙との恋愛をつらぬくために家の戸主の立場を捨ててみずからを「廃嫡」し、理想の結婚に身を投じたものの、夫の不徳に苦しめられて服毒したとも伝わる美しい稲舟の作品に、そして痛烈な生き方そのものに荷風は目を吸いよせられ、その遺志を継ぐように結婚の不条理を説く『花籠』を書いたものとも察せられる。

一方で明治の女性の書く、おとなしい可愛い令嬢ものがたりに荷風は興味がない。女性ながらに、いや女性だからこそ、社会のおきてを破る書き手の大胆で悲壮な生き方に魅せられる。愛らしさや優雅なたたずまいから放たれる、黒い毒素を評価する。社会へのなまなましい反抗の毒は、家の奥に幽閉されてきた女性の方が長い時間を経て鋭い懐剣のように、胸にしたたかに抱いてきたはずで、女性の懐剣の殺気に学びたいと思う。

新生の女性文学から若い荷風はゆたかに学んだ。明治三十年代初頭、二十世紀の入口——多くの姉たちが力尽きて倒れる錦繍の枯れ果てた野を見渡し、姉たちの意志と力を遺産として受け継いで、二十代の荷風は女物語の数々を書いた。その一つの大作として、題名にも麗しいなかに恐ろしい気配ただよう『地獄の花』がある。森鷗外の賞美を受けた。

4　ばら子登場、園子誕生

荷風の一つの原点は、乙女である。

のちの彼の花柳界小説を愛読する人は首を傾げるかもしれない。彼はまったく無垢の少女になど興味がないだろう、描くのは酸いも甘いもかみ分ける成熟した女性だけだと言うかもしれない。しかし、ありありとした事実である。荷風は出帆のときから乙女に魅せられ、太平洋戦争でたいせつなホーム偏奇館を失う晩年まで、ほぼ一貫して美と平和を愛する乙女の純に共鳴して生きた。戦争の世紀にも楽しく明るく生きたいと、太陽に顔を向ける乙女に自分をかさねる。彼のつづる種々の世慣れた娼婦にも、乙女のおもかげの見え隠れするときも少なくない。

とくに初期作品には、十二、三歳から二十六歳まで色とりどりの乙女が紙面をのびやかに飛びまわる。荷風は乙女がうらやましい。そんな思いがある。規律に男子ほど縛られない。家を背負わなくてよい。数学や柔道を強いられない。いいなあ、とまずはそんな単純な羨望がある。

一九〇三（明治三十六）年に発表された「海の黄昏」という小品がある。永井家恒例、逗子の別荘での避暑の折に書いたらしい。主人公の青年は中学校を落第してから、父に厳しい教育を受ける。深夜も「サイン、コサイン、タンゼント」と数式を暗記する。それでも高等学校の試験に落ちる。

にも慕われる。

画家になりたい、との訴えも父にばか、と恫喝される。グレて学校にも家にもそっぽを向ける。エリート家庭のなかで青年の味方は、同居する十八歳の親戚のお町だけ。薔薇色の頬にいつも愛らしい笑みをたたえ、画家への夢を支持してくれる。お町は恋人のようでもあり、たのもしい姉のようにも慕われる。

この千代松という青年の冴えない学校期は、まっすぐ荷風の青春を映す。千代松はひとりっ子だが、荷風には二人の弟がいて、ともに優等生。姉がいたけれど、生まれてすぐに亡くなった。ああ、と落第や受験失敗をするたびに荷風は夢みていたのだろう。家は男ばかり。男の立身の論理ばかりがまかり通る。優しいやわらかい姉妹がいたらなあ、母と三人で組めるのにな。女きょうだいがいて、家から琴の音が聞こえてくる学友の生育環境を昔からうらやましがっていた荷風の願望が、遠縁の優しいお町に託される。

それに二十世紀の入口に高らかに誕生した女流文学に揉まれて立った荷風にとって、家どうしの結婚に未来をつぶされる少女の悲運は、文学の姉たちから受け継ぐたいせつな抵抗の主題である。『花籠』をはじめとし、注目される新人作家・荷風はぞくぞくと乙女の愁いと涙を書いた。彼女たちが遊ぶ平和なうつくしい花園に分け入った。若い世代の幸せで自然な結婚を社会にうったえた。

その荷風の前に、『萩桔梗』という姉妹小説があるのを思い出したい。三宅花圃が一八九五（明治二十八）年十二月、「閨秀小説」を特集する文芸誌に発表し、大きな話題となった。森鷗外が文章の練達を賞した。家どうしの決める結婚への批判を、二人の乙女をとおして辛口というより、甘くやわらかに描いた風俗小説である。

ともに十七歳の仲よし乙女、愛子と浪子。愛子は指にダイアモンドの指輪をきらめかせる御令嬢で、浪子は小役人の娘。愛子は浪子に夢中で、親の強いる結婚はいや、「一生、あなたと遊んで暮らしたい」「二人こうして月にうかれ」たまま老いたいと甘える。愛子が桔梗なら、浪子は萩の花。仲よく咲く「中庭の、花咲みだれたる袖垣《そでがき》に」ひらひら遊ぶ蝶の光景が、無垢な乙女の時間を表わす。けっきょく萩も桔梗も結婚し、ぞんがい平凡な若奥様に落ちつく。王朝文学の優雅なお姫さま物語の伝統に乗せて、皮肉が匂う。恋にあこがれる乙女の純のはかなさを諷刺する。そういえば木村曙の大作『婦女の鑑』も、英語を学び欧米文化に学ぶ姉妹や友どうしで支えあう一種の乙女物語であった。

やや後の世代に属する本格女性作家・大塚楠緒子の小品『離鴛鴦《りえんおう》』も、乙女の通過儀礼としての結婚悲話ものである。一九〇二（明治三十五）年七月「婦人界」に発表。十八歳の若妻・織子は華族のお姫さま・瑠璃枝にあこがれる。瑠璃枝は「うす紫の眼鏡」に瞳を隠し、社交界の「クイン」として君臨する。じつは織子の夫を恋していたと聞く。それなのにどうして私のような平凡な者が夫と結婚できたのかと、織子は案じて、恐れて、名の通りにノイローゼになって療養の身となる。そんな弱気な恋敵をしり目に、瑠璃枝は華やかに「欧州へ留学」するらしい。

ちなみに『萩桔梗』が話題になった当時、荷風は十五歳。インフルエンザをこじらせ、中学を休んで療養していた。手当たりしだい読書していた。必ずやこの乙女小説その他を読んでいよう。これからは乙女がカギだ、ヒロインの時代だ、と改めて開眼したのではないか。

坪内逍遥が国家を背負う若者の群像を描く『当世書生気質』により、近代日本小説の扉が開いたとされる。森鷗外や夏目漱石がこの青年成長譚の系譜を太く継いだ。まず前進する男物語を小説の中心とした。荷風の出発はその逆張りである。男子の成長譚ではなく、それと対になる男に踏みにじられて泣く娼婦物語でもなく、新しい風をおこす女流文学の開発した乙女物語におおいに着目する。ここが面白い。

先の一八九九（明治三十二）年の『花籠』や同年の『夕せみ』をはじめとし、一九〇二（明治三十五）年の長編小説『地獄の花』までの一九〇〇年前後の胎動期。欧米への留学を目の前にして荷風は、次々と乙女ごころを盾とする社会批判小説を書く。明治に生き残る結婚の封建制を突く。結婚にさいし、乙女の側のみに商品として要求される「バージン」（荷風の作中の表現）の残酷を問う。乙女がいのちとする恋愛の夢、すなわち万人の生きる喜びの価値を歌う。

たとえばここに、目をこらさなければ見落としそうな『俳優を愛したる乙女に』という作品がある。随想のような小説のような――こうした形は終生の荷風好み、荷風スタイルと言ってよい。一九〇二（明治三十五）年三月に仲間うちの文芸誌「饒舌」に発表した。

ヒロインの名は、ばら子。この年に荷風の父は大久保余丁町に邸を構えた。ひろい庭が特徴で、荷風の父は庭を愛する中国の草木でいっぱいにした。薔薇もゆたかに植えた。父なき後、この庭の主となった荷風はていねいな花日記をつけていて、一九一八（大正七）年五月二十七日のページには「薔薇花満開」とある。その前からも永井家の庭には父の好みで、中国由来の薔薇の花が植えてあったのだろう。荷風も花が大好き。花を友とする。庭の薔薇の花に顔を寄せて薔薇と話すうちに、乙女のイメージが生まれたのではないか。英国の小説などでも可憐な少女を、ローズと名づけることが目だつ。

ばら子は十五歳。ある日、街でたまたまうつくしい俳優のブロマイドを買う。ああ、すてきと無邪気に学校で先生に見せるも、「汚はし」と放り出される。ええ、何がきたないの、とばら子はふしぎで父母に真剣に問う。理由も言わずに母は怒り、父は焚火に美男の写真を投じる。美は炎上！

二ページにもみたない小品のなかに「うつくし」「愛らし」という言葉が十回以上もくり返される。乙女は本能的に「花のやうなる」俳優の顔に魅せられる。保護者はそれを汚いと非難する。美はいけないことなのか。頭の中がぐるぐるする。世界がわからなくなる。可愛いばら子はすっかり鬱になり、家に引きこもる暗い少女になってしまった。

小粒ながら社会に問う意気はつよい。青春が恋に魅せられるのは自然の理、人間の原始。恋してこそ、若いうつくしい日はかがやく。その記憶は人生の宝石。なぜそれが汚いか、罪か。純なばら子を据えて問う。

『うら庭』という小品もある。十五歳の女学生、美代ちゃん。娘を相手に母はしきりに不良の兄についてこぼす。美代ちゃんだけはいい子でいてね、と言われて乙女は、兄さんはなぜ母様を困らせるのか、と腹が立つ。せめて綺麗な花を母に贈ろうと、乙女は花ばさみを手に庭の奥に入りこむ。うら庭は夏の花の盛り。「鳳仙花や白粉花、蝦夷菊、それから名は知らぬが非常に香気の高い紫色の西洋の草花」が咲きみだれ、蝶が舞う。乙女は花に囲まれ、ふんわりしたあこがれ心が湧く。恋に身をやつす兄の気もちがちょっとわかる。

書き手、荷風はちょうど二十歳。学校に背を向け、懸賞小説に応募する一方で、狂言作者をも視野に入れて歌舞伎座に出入りしていた。なんとか学歴社会の外で生きようと必死だった。武士家系のなかのたった一人の異端である。十五歳の美代ちゃんも、ああ美へのあこがれを話しあう可愛い妹がいたらなあ、と書き手の荷風が庭で孤独に花と過ごす時間に生まれたヒロインだったのかもしれない。

女流文学がとくに開発した乙女もの。家の犠牲となる女性の悲運を哀切にいろどる。あるいは文明開化の最先端に立つ女性の立志を凛と照らす。荷風は姉の文学を追いかける。ヒロインを花にたとえるのは源氏物語の伝統で、明治の乙女小説はその系譜をおもんずる。荷風もおもんずる。さらに荷風を特徴づけるのは、乙女の聖域としての庭、花園という小世界の重視である。この場所は『うら庭』から目だち、続く一九〇一（明治三十四）年発表の『いちごの実』に鮮明に表われる。『いちごの実』には季節への愛があふれる。万物が雨に表われ、澄んだ青色に染まるつゆのあとさき。荷風の分身「自分」は「何か美しいものを眼にしたい」と思い、白い浴衣に夏の帽子をかむり、そぞろ暮れゆく町外れをぶらぶら散歩する。

小川の岸にはつゆ草が咲き、柳の大樹が緑にけむる。だれが流したか、ままごと遊びの笹の舟が流れをすべる。舟の来た源を探るうち、自分は白ゆりと芥子の花が咲き、真紅のいちごの実る「花園」に迷いこむ。

世話をするのは十二、三歳の少女とその祖父。おじいさん、よく熟れたかしら、味をみてと少女は紅い苺を手づから祖父に食べさせる。ううむ、よく熟している、こりゃお前の丹精じゃや、いちごを売って好きな紅でもおしろいでも買うがいい、と老人はにこにこする。ああ、このせちがらい世に何と「美しい平和な」場所があることか。感動に胸がふるえる。自分も苺が食べたくなって、絹ハンケチをひろげて苺を少女に分けてもらう。

文中に、老人がゆりの花を背にする姿を「油画」のよう、とするくだりがある。色感にいたく気を配る。ブルー、ペパミントブルー、グリーンといった前半の涼やかな色が後半は一転し、鮮烈な純白と真紅で統一される。小説家にも画家にもあこがれていた荷風の絵ごころが光る。一幅の穏やかな市井の季節の絵をめざす。その気になれば、日常の随所に見つけられる平和と美を描く。ふわっとひろがる純白の絹布に紅いいちごが沁みる。荷風文学のうつくしい抵抗の詩が生まれた。独特の楽園思想に灯がともった。

この楽園思想に本格的に取り組んだのが、一九〇二（明治三十五）年九月に金港堂から刊行した長編小説『地獄の花』である。園子、というヒロインが誕生する。その名も庭園を意味する。彼女も初夏、若緑の新生の季節に現われる。折しも咲く白ゆりの花にたとえられる。白は乙女の純潔の色。とともに不吉な喪の色。園子は両方を兼ねる。

すみだ川の夕風にイギリス巻のおくれ毛をなびかせながら、うっとりと黄金に染まる悠々たる流れに見入る二十六歳のこの女性教師こそ、荷風が世界文学を見すえて創出する待望のヒロインである。荷風は終始、彼女の心にぐっと深く喰いこんで描く。園子は荷風自身でもある。

5 快くキッスして下さい！

ときに一九〇一（明治三十四）年。春四月に与謝野鉄幹の詩歌集『紫』が出た。

鉄幹は和歌の世界にこそ、女性天才が待たれるのを痛感していた。古びて色あせた和歌を、恋の力で近代詩として蘇生させようとした。『紫』で恋しいおとこに抱かれる乙女に変身し、「いだかれて見たる御国の名は秘めむ星紅かりき百合白かりき」とうたった。

突貫は続く。同年八月に鉄幹の推す無名の若い女性、晶子の第一歌集『みだれ髪』が出る。鉄幹は高揚し、私の『紫』よりずっとすばらしい、とほめ讃える。鉄幹は女性天才を登壇させ、彼の創立した東京新詩社とその「明星」をあまねく世に展開する必要に迫られていた。文壇における大いなる未知の存在――乙女の時代の到来を痛感していた。

晶子の『みだれ髪』は、あくまで恋する情熱の少女歌風を守る。もっと大胆にもっと濃艶に、と若い師の鉄幹にそそのかされて晶子は歌う、「くれなゐの薔薇のかさねの唇に霊の香のなき歌のせますな」。また、やわらかく愁いをこめて「髪五尺ときなば水にやはらかき少女《をとめ》ごころは秘めて放たじ」とささやく。

乙女の恋する力で和歌の風景が一変したこの翌年、一九〇二（明治三十五）年九月。荷風は長編小説『地獄の花』を出す。白百合の花園の香りに酔い、初めて恋する人とキッスする女性をヒロインとする。これは若い晶子のセンセーショナルな出現とも無縁ではあるまい。白百合は少女歌集『みだれ髪』、ひいては晶子はじめ若い女性たちのフレッシュな詩魂にひきいられる詩歌社「明星」の鍾愛する花である。

じつは同年六月に、鉄幹ひきいる「明星」は種々の事情から鉄幹が色情狂の汚名を着せられ、それを清らかに払うべく、短期間ではあるが「白百合」と改名している。聖なる百合の女性のイメージを盾とした。恋する少女の純な百合の道をしるべとする詩歌革命を強調した。鉄幹は「すみれの露」と「百合の香」の前にひれ伏す姿勢を示した。こんな動きも荷風の視野に十分に入っていよう。ゆえに荷風も率先して白百合の園へ分け入る。

まず――若葉さやぐ五月の夕ぐれ、すみだ川のほとり。荷風はとびきりの場所と季節に、とびきりのヒロインを立たせる。『地獄の花』の冒頭に彼女の肖像を麗しく刻む。

園子は、川面から吹いて来る微風の、何となく香しい青葉の匂いを含んでいるのに、その英吉利巻《いぎりす》にした鬢《びん》の毛を払わせながら、平和なそして活気ある眺望に眼を奪われると、たちまち心の底からは自づと悠然《ゆったり》した女性特有の優しい情が動いて来て（中略）自分では心付かぬながら、知らず知らず何か空想しているのであった。

荷風文学を終生いろどるすみだ川が、ここに早くも悠々と流れる。川岸には「若々しい木の葉や草の葉」が爽やかにつらなる。川の水は「光ある浅黄綸子《あさぎりんず》の帯」のようで、浮かぶ水鳥は「白い縫取《ぬいとり》」のよう。すべての色彩の上に太陽がいっそう「黄金色の美しい懐しい輝き」をあたえる。

園子の内奥の青春とかさねられ、輝く五月の自然は「最上の美しい麗しい、あたかも処女《しょじょ》の様」とたとえられる。あふれる若々しい色と光と匂い。「明星」の和歌も色彩に重きをおく。千年をへて色褪せる歌の器に、真紅・紫・白、青と鮮烈な虹彩をあたえる。華やかな友禅を思わせる。言い換えると少しべったりと重い感じがする。くらべて荷風のゆたかな色には動きと奥行きがある。日没につれて川も草木の世界も刻々と変化する。涼やかな透明感も特徴である。モネやルノワールの絵に似る。季節と時間が万物の色を変え、色と光と人物とが響きあう。

江戸前のすみだ川をことさら印象派の筆致で描くとは、のっけから野心にみちる。園子のイギリス巻の髪型もこの光景にふさわしい。思いだされるのは、荷風と同時代の日本画家・鏑木清方の名作《築地明石町》である。

外国人居留地の明石町に、小寒そうに袖をかきあわせて立つイギリス巻のたおやかな美女を描く。海港から吹く初秋の風におくれ毛がなびく。清方の妻の女学校時代の友人をモデルとした。向学心ゆたかで、結婚後も絵をならいなどした人であるという。制作は昭和初年であるが、清方がおのが原点として恋い慕う明治開化の良俗を表わす。黒羽織をまとう人妻の背景に、停泊する外国船の白帆が見え、異郷へのあこがれが渦まく開化の築地を暗示する。

清方は文明開化の象徴としてイギリス巻がお気に入りだった。こう回顧する、「夜会結び、イギリス巻という髪かたちが、明治のひとさかり久しく知識人層に行われた」（『自作を語る』）、「このくらい明治をよくあらわす髪かたちはあまりない」(『明石町をかいたころ』)。

園子は二十六歳、ある女学校の英語教師。向学心ゆたかで、女学校を終えたあとに築地の外国語学校で英語を学んだ。英語の原書をかかえて歩くのも彼女のプライドだった。その初登場にハイカラで知的なイギリス巻はぴったりである。もしや文学を熱愛する鏑木清方は明石町の麗人に、かつて読んだ『地獄の花』のヒロインの印象もそっと滑りこませているのかもしれない。両者は姉妹のように似る。

若き荷風はばら子のような令嬢物語も書くが、先駆的に職業を持つ女性を書くことにも意欲を持つ。『地獄の花』前後の一連の少女物語には、『夕せみ』のように白衣の看護婦や、『四畳半』のように令嬢に仕える小間使いを語り手とするものもある。後述するが、一方で彼のいどむ江戸前の芸者や娼婦ものは、もちろん一種の伝統的な職業婦人のドラマである。その荷風にして女教師を描くのは初めて。複雑なヒロインである。二十世紀初頭の社会問題を鮮明にはらむ。

開化以前の女性はもっぱら家で、家族のなかで生きた。組織に属する文化伝統をほぼ持たない。組織にとって未知の存在である。明治中期から次々に女性の高等学校が創立され、職種はいたく限られるものの、女性が社会に参入する波がおきる。新参者の女性と組織の双方に混乱が湧く。

学校教師の園子は、群れのなかで目だたないよう地味にふるまう。知的女性として野心もある。じつは女子教育に一家言を持つ。平凡な結婚話はことわり、恋愛にあこがれる。恋して結婚し、仕事も向上したい。華やかに楽しく生きたいと願う。それを、厳しい教育家の養母と学校の同調圧力に押し殺している。建前の道徳を売りとする職場で、あたら青春の花を枯らしている。

つまり園子は当時として組織に属する男性性と、個人の生きがいを志向する女性性の両方を持つ。この新しい未知の存在は両者の矛盾に裂かれ、苦闘する。そのさなか念願の初恋にときめく頂点で、勤務先の女学校校長に強姦される。ふだん道徳を説く校長の何たる背徳、うその仮面！　一時は人生に絶望するが、純白の喪服をまとい、校長の求婚をはっしと否む。「処女」を汚された自分は社会からずり落ちた。社会的にはもはや死者。死者に求婚とは笑止、と白く冷笑する。そして恋人に死者でもよいか、死んだ女と結ばれる勇気が貴方にあるか、と女性の側から迫る決意をかため、彼のもとへ馬車を飛ばす。

明星派の白百合を意識はするが、この白はしごく屈折する。荷風は、世に隆盛する純潔の白百合をかなりひねって活用する。処女を商品とみなす結婚観に矢を刺すのは、かねての荷風の主題。さらに凝る。恋するおとめ園子の白は踏みにじられ、その白を死者の色として園子は社会と縁を切る。社会と断絶する花園――地獄に立てこもり、悪女と呼ばれても明るく楽しく笑って過ごそう、人生の蜜を吸おうと腹を決める。

社会との折り合いに悩むのは荷風である。平和な花の楽園――高い垣根で社会から守られるうつくしい私生活をもとめるのは荷風自身である。寒村でひとりロマンスを夢みて破滅するボヴァリー夫人を描き、彼女は私だ、と叫んだフローベールのように……白百合の花精、すなわち死の匂いをはなつ地獄の花として立ち上がる園子は私だ、と心中に叫び、書いたのではなかろうか。

ほぼ同時期に本邦初の百貨店創立をめざして挫折する青年を主人公とする男物語『野心』があるが、男を軸にするとどうしても荷風、自分の主義主張を思いきり彼に語らせてしまう癖があり、全体に吠え、叫ぶ調子になってしまう。女性にみずからを仮託する女物語の方が、微妙な虚構の力なのか、のびのびと豊満に筆が花ひらく。

『地獄の花』は、父の別荘のある逗子の海辺で書かれた。ちょうど荷風はあこがれのフランス自然主義作家、ゾラの故郷が南仏の海辺であることに感激し、『ゾラ氏の故郷』と題してその帰郷記の一部を訳していたところである。ここぞとばかり、園子の受難を夏の大海のほとりに設定した。中年男の性欲と荒れ狂う海の野生を重ねた。夜の嵐と校長のおぞましい変身に、園子の髪の「小さいリボンの簪《かんざし》」がふるえる。ここでもけっこう荷風は理念を叫びまくる。

「然《しか》り、種々なる衣着せられ、種々なる帯にて縛られたる社会にあってこそ、婦人の権力は始めて男をその足元に降伏せしめ得る」「文明の利器は必ず獅子を斃《たお》すとは言いえなかった」などなど理屈をつよく連呼する。

こういう主義主張に荷風の本領はないのだなあ、と改めて思わせられる。満身の力をこめて獣としての、つまり自然としての男に蹂躙される「婦人」の生物的弱さを強調する彼には悪いけれど。むしろ著名な海辺の強姦シーン（といっても上品なものである。操の終わり、くらいで実事を匂わせる）よりも読者の印象にうったえるのは、園子が恋人への思慕に悶々として眠られず、砂浜を深夜にひとり歩く場面の波や月明かりの麗しさ柔らかさである。海の発する水気が月までも濡らす。荷風に独特の、月下の風景を夢まぼろしの皮膜でつつむ感受性が光る。

心の底までをも透き通す程な月の光りに、あらゆる万象は夢の中に見る物のごとく、濃い水蒸気を着ながら横たわっている、海の唸《うな》りと虫の音と松風とが、ある調和をつくって、犯し難き夜の平和を歌うている〔後略〕。

家庭教師をつとめる富豪一家と訪れた別荘の縁側で、園子は生まれて初めてゆったりと夏休みを過ごす贅沢に解放感をおぼえ、目前の相模灘を見晴らしてため息づく。こちらの海は、太陽を主人公として藍色が凛と冴える。

この広い砂原の上には、岡の方に近く種々の低い雑草が、それぞれ小さい花を咲かしているが、その向うには、満潮の時に打上げられた海草や、幾種の貝殻が数知れず散乱しているのさえよく見る事が出来る。午後の太陽は厳しい光をもって、この砂原を熱していたが、海はまったく夏の日の晴朗を喜んで、その濃い藍色を無限の広さに打ち展げようとしているのである。

視点は、すぐ目前の砂に咲く花や波の運ぶ貝がらなど小さく愛らしいものを優しく拾い、やがて壮大な空の光とそれを反映する海のまばゆさに移行する。明治のこの時期に、海辺のかくも詩的な描写は思いのほか少ない。

『地獄の花』の特徴は、こうした海の詩情を歌うところにもある。名作『すみだ川』で知られる荷風。随筆でも日記でも、東京を無数に走る川や小流れへの愛を吐露する。川の荷風、と読者は思いこむ。しかし川の母は海。列島の母も海。荷風文学の黎明には川にならび、海がおおきくひろがる。

回想記によれば、中学のときに川遊びしつつ、大洋航海の船長になることを夢みていた荷風である。

海の島国でありながら、欧米の平野大国列強に負けまいとする意識から、明治の学問も創作も海を軽視した。この傾向にいちはやく異を唱えたのが、民俗学を樹立する以前の抒情詩人・松岡國男、すなわち後の柳田國男であった。國男は大学生のある夏に伊良湖半島の岬の突端で療養し、海のどろきを毎日聴いて暮らした。海辺の花を摘んで髪にかざる乙女に感動した。岩だまりになびく色とりどりの海草を間近に見る楽しみを、花見と称する風習にも驚いた。嵐の後はたまさか砂浜に遠い南洋からやしの実が流れ着くと聞き、ながい鎖国を説く正史には封印されて語られない、列島と異国とを海の道がつなぐ歴史に思いを馳せた。これがやがて柳田民俗学の見果てぬ虹の主題――「海上の道」探求につながる。若き國男は伊良湖の旅行記『伊勢の海』を雑誌「太陽」に発表し、海と日本人のつきあいをたどる文化史の扉とした。ときに一九〇二（明治三十五）年八月。まさに『地獄の花』と同時勃発である。

東京という新都市の賑わいにもっぱら目を奪われる近代作家のなかで、荷風が本来は東京にゆかりの深い川、ひいては海を歌う先駆的な文学者であることをあらためて銘じておきたい。

家の別荘が逗子にあり、そこで園子のように夏を過ごしつつ書いた、という利得もある。海の波濤を前にして、たしかに二十二歳の荷風は気が高まっている。もはや日本の文壇は視野にない、海の向こうの世界が気になる、という思いさえある。

二月、梅の花ざかりにも逗子にいた。別荘から東京の盟友にあてた手紙のかたちを取る小文『逗子より』には、目下はゾラに夢中であるとしつつ「何時になったら日本の文壇も海の外に紹介されるようになるか」わからない、書いていても実に空しいとうそぶく。

このようにつよく世界を見すえる剛毅と、乙女のように優しくやわらかく思いつめる純情が荷風にはあって、その両方の性質が『地獄の花』にはよく表われる。一方では無限に強烈にかがやく夏の海、一方では初夏のうつくしく秘めやかな白百合の花園があって、この二つの情景が柱として主題を支える。

白百合の花園はすみだ川のほとり、木立に囲まれて建つ黒淵《くろぶち》家の別邸の内奥にそっと息づく。この邸の女あるじは富子。犯罪者まがいの成り上がりとして世に疎まれる黒淵家の長女で、自身から浮気な夫に離婚を迫った。富はあるがまったく孤立する。園子と同じ二十六歳。達観している。庭園を花でいっぱいにし、若い芸術家を後援して気ままに住まう。遊びにきた園子を花園へ案内し、太陽に白いのどを曝して、なんて自由で晴れ晴れするのでしょう、と笑う。世間などという偽善だらけの場所に私はもう用がない、この花園で死ぬの、と言い切る。まだうぶな園子は、破格な富子の覚悟にややおびえる。

二人の若い女性は泉が湧き、小鳥がさえずり、紫の菖蒲が咲く「美しい夏の庭」を散歩する。ここもモネの絵のなかの淑女を見るような名場面である。モネの淑女はおそらく夏の庭で日傘をさすだろう。富子と園子は縁側からそのまま、清らかな裸足に駒下駄をつっかけて歩く。これも綺麗な和洋折衷の夏すがたである。

踏み歩むのは柔い青草の畳、振仰ぐ顔の上には細密《こまやか》に綴じ合わされた青葉の天井、その間から風が動く折々に藍色の空から落ちる鮮かな光線が、あたかも白金の糸を引くように揺ぶれるのである。すべて自由と生気とに満ち満ちた夏の初の閑静な、そしてまた明るい曇りない林の中。

この先には、孤独の女王・富子が鍾愛する百合の花園がある。その「ベンチ」で二人が休んでいるところに、百合の香りのなかから青年が現われる。彼は富子の文化サロンの常連で、園子のかよう教会の信者でもある。園子に想いをよせる、園子もまた……。世慣れた富子はそれと察し、二人に二輪の百合をさし出す。男は一輪を胸に挿し、園子は一輪を髪にかざる。富子の邸を辞して二人で帰るのは、はや星のきらめく夜である。

男は「白百合を歌った恋の詩」にことよせ、園子をやおら抱きよせると「突《つ》とその唇を寄せ付けた」。はじらう園子に「さ快くキッスして下さい！」とささやき命じる。

園子はまず男の胸に挿した百合の花の香しく柔かなる花弁《はなびら》が、軽く自分のおとがいに触れたのを覚えた刹那、もうその後はほとんど何事もわきまえなかったのである。

口づけは、荷風がもっともいとおしむ愛の行為である。白い歯とその間をちろちろ動く紅いろの舌は、荷風がいとしいヒロインにあたえる最高の女性美である。しかし「キッス」とは。とりわけ男から「キッスして下さい！」とは、欧米留学後の荷風はぜったいに書くまい。

園子の慕うこの男が笑えるほど西洋かぶれであって、この男の登場場面には安物の香水のごとく英語がふり撒かれるとはいえ、突如発される「キッス」には読者は驚く。そこも狙いではあろう。

しかし帰朝後の江戸文化に心酔する盛りの荷風文学を手にする愛読者は、とりわけ衝撃を受けるのではないか。あの『牡丹の客』の、『腕くらべ』の、『おかめ笹』の、『濹東綺譚』の荷風が——言葉の純潔と清楚にとりわけ厳しい荷風がキッスとは、何たることか！

しかし『地獄の花』そして同時期の『野心』もそうであるが、文章に甘いキャンディーのような趣きで英語がきらきら注入されることが目だつ。あきらかに荷風の初期風俗小説の特徴である。長編にかぎられる。

『地獄の花』で見てみると、テーブル、カーテン、ランプ、ボタン、コップ、と普通名詞が連なる。園子と恋人の会話では、シエレー、キーツ、シエーキスピーヤ、ヲーズヲース、といった英文学者の名がならび立つ。言葉の右に英語でルビをふる、一種の二重言語もさかんに使われる。処女でバアヂン、貧乏でプーアー、牛乳でミルク、と印象的に迫る。そして園子の恋人は「バプテスマ」、洗礼をうけたクリスチャンでもある。

洋風の文化が暮らしに染みとおる明治中期の文章や会話の特徴ではある。しかし改めて「キッス」とは。この時期にここまで行く作家は若い荷風だけではないか。大人のひんしゅくを買っても、引かない構えが匂う。

愛の古典・源氏物語をいちおう荷風は青春期に読んだという。しかしここに口づけを学んだのではない。千筋なす黒髪をなで、みずから上着をぬいで恋する女性の傍らにするりと入って横たわる、という感じが源氏物語の愛欲表現である。古典和歌の流れにも、口づけなる愛の営みは出てこない。

一九一〇（明治四十三）年刊行の柳田國男『遠野物語』巻末ちかく、第八十四話に、幕末嘉永のころに岩手県釜石にはけっこう多くの西洋館があり、西洋人が住んでいて、「異人はよく抱き合ひては嘗《な》め合ふ者なり」と当時を回顧する老人の昔話がおさめられる。口づけは、日本の愛欲史にはないものであったことが推される。

ナイフやフォークとどうよう、これも文明開化とともに到来した愛の表現であろう。新しい若者の愛の霊歌を言上げする晶子の『みだれ髪』には、口づけをしめす歌は二首だけある。「人の子の恋をもとむる唇に毒ある蜜をわれぬらむ願ひ」――これは接吻そのものというより暗示にとどまる。「病みませるうなじに繊《ほそ》きかひな捲きて熱にかわける御口を吸はむ」は、はっきり口づけである。しかし恋の子・晶子にして「キッス」「接吻」とは歌わない。

日本人に異様な「嘗め合」いなどではない、うつくしい清らかな愛情表現としての「キッス」をおおいに啓蒙したのは、意外ではあるが、明治の先駆的な女性翻訳作家・若松賤子である。彼女の最高の翻訳文学とされる『小公子』である。

『小公子』は一八九〇（明治二十三）年八月より、巌本善治ひきいる「女学雑誌」に連載が開始され、前半部がまず一八九二（明治二十五）年三月に同題で女学雑誌社から刊行された。後半を訳し、『小公女』抄訳も完成させた一八九六（明治二十九）年に賤子は亡くなった。

『小公子』はある意味でキッス文学である。十回もキッスの名場面がある。人が人の膝にあまえて頭をあずけ、両腕を愛する人の首にまわし、ときに双方で抱きあってキッスする。何度もキッスしあう。こんな甘え方、こんな愛情の知らせ方があるのだと、当時の多くの読者の胸を打ったことはまちがいない。そして荷風がその一人であることも、ほぼまちがいない。

『地獄の花』の鮮烈なキッスの創意の奥には、女性の翻訳文学の最高峰『小公子』がある！　英語は賤子にとってもう一つの母語であった。肩をはる必要もなく、自然にしなやかにキッスの頻出する児童文学を訳した。訳者も原作者も女性による、この温かくやわらかなイギリスの家庭小説を少年の荷風は母と寄りそって読み、英語に親しんだ。キッスのしぐさにも慣れた。小公子セドリックにならい、そっと愛する母の頰に唇を近づけたかもしれない。イギリスの貴婦人に教育をうけた母も、笑ってわが子にキッスのお返しをしたかもしれない。そのとき英語をささやいたかもしれない。改めてここに、荷風文学の黎明を解く大きな鍵がある。

6　英語は彼女たちの翼

荷風の母は英語を解した。十七歳で結婚して、夫はすでに欧米留学経験があった。何度か引っ越した邸は基本的には日本家屋であるが、仕事から帰ると若い夫は紳士のたしなみで英国風の軽いジャケットに着替え、パイプをくゆらした。みごとな和洋折衷の暮らしを築いた。

母は十九歳で長男の壮一郎、すなわち荷風を生んだ。荷風が六歳の頃は折しも鹿鳴館時代。母は祖母とともに赤坂の旧松江藩の邸に通い、イギリスの貴婦人に会話や料理、手芸をならった。夫のこのみに合わせて珈琲をじょうずに淹れ、ステーキやシチューをつくった。荷風はまず家庭で洋食を食べ慣れた。家族で精養軒に行ったとき、へえ、家の外でも洋食をつくるんだ、と思ったほどである。優秀な開化の女性である。父に連れられて母は鹿鳴館でワルツを舞ったこともあるのでは、とのちに実家の虫干しで見慣れぬ色褪せた古い紺色のドレスが風にひらめくのを目撃し、荷風は想像している。

若い母と最初の息子は大の仲よしだった。荷風はよく母や祖母のひざの上に抱かれて遊んだ。山の手のゆたかで先進的な家庭なので、明治の家族写真もよく残る。とくべつに大切な三、四歳の荷風がずり落ちないよう、母や祖母がひざの上の彼を両手でしっかり抱きしめる写真もある。荷風自身がいささかも恥じらわず、こうした幼年期をふり返る。女性の愛情をうけた記憶にかんして、この人が告白を臆することはない。たとえば自身が愛用する小さな机について、その来歴をかえりみてこう述べる。

　われ猶母上の膝に抱かれし頃、この小机常に針箱とならびて母上が居間の片隅に置かれたりしをよく見覚えゐたり

　一九二六（大正十五）年、荷風が四十六歳のときに書いた随筆『机辺の記』の一節である。きっと母が手紙や家事のメモなどをささやかに書いた机なのだろう。なんと母ゆずりのフェミニンなこの机で、荷風は官能的な花柳小説『腕くらべ』や『おかめ笹』を書いた。

　鹿鳴館の貴婦人であるとともに琴や日本舞踊を小さな時からならう江戸乙女でもあった母は、花街のふんいきも嫌いではなかった。荷風の恋人で妻になった名妓との付きあいもこなれていた。同情があった。広津柳浪の花柳小説を荷風が好きになったのも、母が柳浪の愛読者であったから。そうした母の理解に守られて、江戸前の華やかな作品を書く感じがあったのかもしれない。

　そして一方で母は英語をならい、英国風の家庭運営を学んだ。洗礼をうけたクリスチャンでもある。彼女から荷風は江戸の歌舞伎や絵草紙への愛を伝えられるとともに、異国の文学をも教えられた。手をとって最初に荷風を文学の世界にみちびいたのは、母である。

　ここが地方出身者の多い自然主義文学作家とおおきく異なる点である。島崎藤村や田山花袋は出

郷し、男性知識人に不可欠の教養として英語を学び、原書を読んだ。家族のなかで英語をわかる異端だった。対して荷風は、幼時の母や祖母の女性的な世界にゆたかに英語文化がしみ込む。ミルクやビスケットがあまく香る。

たとえば一八九〇（明治二十三）年から「女学雑誌」に連載がはじまり、一八九二（明治二十五）年にその前半が単行本として刊行され、中・上流家庭の母たちをおおいに感動させた若松賤子最高の翻訳文学『小公子』などは必ずや永井家の本棚にあり、母子でよく読まれていたにちがいない。

「これ、読んでごらんなさい、すばらしい翻訳でイギリスの母親のよさが書かれている。日本の母親もぼやぼやしていてはいけない、その愛情と教養で子どものために清潔なよい家庭を築く、それがおおいに国益につながると中村敬宇先生がおっしゃっているよ」。

文部省から帰ってきた夫はこう言って、一冊の本をかばんから取り出し、二十代の妻にさし出した。『小公子　前編』と題がある。発行元は巌本善治ひきいる女学雑誌社。まあ、それはそれは、勉強になります、ぜひ読ませていただきますわ、と恒はつつましく答えながら、心のなかでは微笑していた。――ええ、わたくし『小公子』がどんなに立派なお作か、よく知っておりますわ。一昨年から壮吉といっしょに楽しみに連載を読んでおりますもの。七歳のセドリックの可愛いこと、お母さまのエロル夫人のおいつくしみ深いこと、小公子の他の人への思いやりはすべてお母さまの愛情あふれるご教育ゆえとあり、母親としてどんなに誇り高く感激しておりますことか。家庭は「ホーム」、子どもは「家庭の天使」すなわち「ホーム　エンジェル」と賤子先生は説いておられます。

親の役目は子どもを支配することではなく、子どもが人生を出発するにさいし、ゆっくり安らかに「雨風を凌ぐ家」すなわち真の温かいホームを用意することであるとおっしゃっておられます。その通りだと思います。そしてそれは特にたらちねの母の腕にかかるとのお考えも、しごく日本の母の胸を打ちますわ。

——こんな光景が『小公子』をめぐって、永井家のまだ若い官吏の夫と妻との間にあったのではないだろうか。夫はぜひこの先進的なホームの物語を、英語をたしなむ妻に教えたかったのではあるまいか。

母の居間で本を読みなどして過ごすことの多かった十歳前後の壮吉は、母の本棚に自分の読める本を探すのが習いだった。また、母は壮吉の読めそうな本や雑誌を買っていた、との荷風自身の証言がある。とりわけ『小公子』などは、母子でいっしょに読むのにもっともふさわしい清新な児童文学であったはずだ。いかめしい男性的な父に恐れを抱いていた男の子にとって、父がいない家庭で母と子が親密に愛しあう西洋の物語は、たいへん魅力的であったと想像される。

父の早く死んだ家庭で、金髪の七歳のセドリックは母をいたわり、母は子どもを親友のようにして深く愛しあって暮らす。冒頭には、父の急逝したときの悲しいキッスの場面がある。優しいお父さまが亡くなったと知った息子は、「おッかさんの首に両手を廻して幾度も幾度も、キッスをして、そして、おッかさんの頬に、自分の柔軟《やわらか》な頬を、押し当てて上げなければならない様になりましたから、その通りにして上げると、おッかさんが、もうもう決して離さないという様に、しッかり、セドリックを抱きしめて、セドリックの肩に自分の顔を押し当てて、声を吝《おし》しまずに、お泣きなさいました」
賤子の気どらない自然な語り口調にみちびかれて、多くの日本の読者はまずここでほうっと感心したであろう。なんて愛くるしい若い母と子ども！　ふたりは何があっても離れない。母も自分の悲しみを隠さない。ふたりはすべてを分かち合う。キッスはちっともいやらしくない、至上の愛の表現だと、多くの日本の母は目が覚める思いであったろう。

セドリックの父はじつは英国大貴族の息子だった。アメリカからイギリスに呼ばれた母子は、祖父のきびしい命令で、しばらく別れて暮らさなければならない。ここが読者の涙をそそる山場で、久しぶりに母子が再会して二羽の小鳥のように互いに飛び走り、ひしと抱きあう情景もうつくしい。「と見る中に、双方から飛んで来て、一所になったかの様に、フォントルロイは、母の腕に縋《すが》り、首を抱いて、その可憐な、若々しい顔を所えらばず、キッスのしつづけをいたしました」。

連載がはじまったとき、荷風は十歳、母は二十九歳、翻訳した賤子は二十八歳。年齢も金髪の小公子とその若い母、若い翻訳家にことごとく似る。他人事ではない。若松賤子は自身のおさない三人の子どもを思い、たくさん読んだ英米文学のなかから特にこの母子の愛情物語をえらび、訳した。女性の立場から、愛情を囲いに子どもを守る西洋近代の〈ホーム〉を啓蒙した。物語に支配者の父はいない。家の体面を第一とする貴族の祖父も、若いエロル夫人が毎夜ともしびを窓に置き、離れて住むセドリックにお休み、と発信する愛のホームに魅せられる。さいごに老貴族は先祖の肖像の飾られる権威ある館を出て、いごこちよい小さな家の庭で薔薇を摘む若い母親の前にひれ伏す。

母の愛が勝利をおさめるこのページを繰りながら、若い母の恆は十歳の息子に、こう語りかけたかもしれない。

「ね、薔薇の咲くこんな可愛いお家もすてきね。わたしもお前と引き離されたら、こんな風にせめてお休みの燈火を窓に置きますよ。そして会えたらキッスしましょうか」

「こんな風に？」

お母さま、壮ちゃん、と呼びあう母子は戯れに頬と頬とをよせてみたかもしれない、やはり恥ずかしくて、ほんもののキッスまでは行きつかなかったとしても。賤子の強調する愛の巣〈ホーム〉〈キッス〉の概念は、英語に慣れた母の音読の声とともに、荷風の心にふかぶかと植えつけられていたのにちがいない。彼にとって、英語は第二の母語ともいえる。

訳書『西国立志篇』を大ヒットさせて独立心を説いた偉大な啓蒙家にして教育家・中村正直《まさなお》は、若松賤子訳の『小公子』を激賞した。先駆的な翻訳家・森田思軒も深く感動した。男子より女子の知性が劣るなどとの考えの愚は、この名訳を見れば直ちに消える。この翻訳者は父母の言葉にひとしく英語を己がものとし、なめらかに自然に英語を日本語にする。特にすばらしいのは会話文で、その誠実な言文一致体は、二葉亭四迷の小説『浮雲』と唯一絶対の双璧をなす。『小公子』を掲げて私はとりわけ世間の「男子」の皆さんに申し上げたい、「女流の著述を軽視すること勿れ」と森田は説いた。

ところで中村敬宇は若くして英国に留学し、母親の教養とたしなみが子どもを導く家庭教育の重要性を痛感した。日本の女子教育の必要を政府に説き、一八七五（明治八）年の東京女子師範学校開校に漕ぎつけた。多忙のなか、校長代理をつとめた。じつは荷風の父もこの志にふかく関わる。

秋庭太郎の大著『考証　永井荷風』にもこの事実が簡潔に記される。一八七七（明治十）年四月付で久一郎は「東京女子師範学校三等教諭兼幹事に補せられ」た、とある。久一郎は新婚ほやほやの二十五歳であった。

後の共立女子職業学校創立の気運もここから湧く。数学教授をつとめた宮川保全が共立の創立者である。文部省の方針転換でお茶の水東京女子師範学校のめざす女性の社会進出の矛先が鈍ったのに対し、不満を抱く関係者によって共立女子職業学校創立が画策された。中村や宮川の周囲の同士が讃同したと推される。久一郎もそのひとりであろう。

つまり荷風の父は結婚当時から明治の先進的な女子教育に携わっていた。もちろん中村敬宇とも親しい。家も同じ小石川であった。のちに中村から『小公子』のすばらしさを聞き、若い妻におしえた可能性は高い。また、文学少女の妻は、その評判を独自に知ってもいただろう。

先の『考証　永井荷風』の記述はかんたんな一言であるが、開校したばかりの師範学校で元気よく、もりもり学んだ明治乙女の側からの証言がある――「中村先生のほかにも、先生がたの中には当時知名の士が多く、学者として、詩人としてきこえた永井荷風氏の父君は教頭でもあり、実際に授業もされました」（山川菊栄『おんな二代の記』）。

昭和の女性解放運動家である山川菊栄の母・千世は、開校した女子師範学校の一期生であった。水戸藩士族の妻として幕末の苦労をなめた千代の母は、これからの女性は英語の原書を読めなくては、と以前から娘を上田敏の父が築地でひらく上田女学校や、有馬侯爵の邸内にあった共学の報国学舎、さらに中村敬宇が私邸でいとなむ女学校で学ばせた。

英語、英語。これから女性が家の奴隷とならないためには英語。英語が女性の経済的独立を支える翼となる――これがとりわけ明治維新で敗れ、没落した佐幕派士族の痛切な思いであったことが伺われる。開化で推進される西洋化が、旧幕知識人を救う希望の新しい地平であった。

『おんな二代の記』の前半は、菊栄が母から聞き取った開化少女の勉強奮闘記をなす。江戸っ子で、講義もべらんめえ調で、勉強する女性に協力を惜しまない優しい中村正直の素顔や、全国から英語を学びにあつまった少女の群像もいきいきと語られる。旧幕臣の娘が多いが、異色の生徒も少なくない。

千世は英語をしっかり学びたくて、お茶の水の東京女子師範学校ができる前は、ぞくぞくつくられた私立の英語学校を渡り歩いた。たとえば男女共学の報国学舎に誘ってくれたのは、元芸者で少佐夫人のお信さん。彼女も維新のさいの大変動に、歯を喰いしばって生きのびた敗者の子である。母は江戸の名妓、父は水戸藩の重臣。父は逆賊として幕府から切腹を命じられた。お信さんは母に育てられて断じて色を売らず、芸を売る江戸っ子芸者となった。結婚して英語を学ぶ志を燃やした。

報国学舎の男子学生が女子学生をあなどり、いじめる。するとお信さんが飛んで来て、「べらぼうめ。おたんちん野郎！　女だろうがおたふくだろうがてめえらのお世話になるかってんだ。女に英語が読めてくやしいのか。男のくせにケチな野郎だ。くやしけりゃあ遠慮はいらねエ。てめえらも負けずにペラペラッと読んで見ねえ」とすばらしい江戸前のタンカを切って応戦する。武士の家でつつましく育った少女たちは、お信さんのかっこよさに目を見張ったという。

英語はもちろん男性も学ぶ。エリートの条件である。しかし王朝時代に貴族男性が異国の漢文をベースとする学問を〈漢才〉として必須とされ、対して女性はむしろ古風なままで、やまと言葉に留まることが女徳とされた状況とはまったく異なる。

文明開化日本の知的な若い女性は、自立と自由への翼として英語の習得に燃えた。英語が封建時代の支配体制に従属する家とはちがう、親子の愛あふれるホームを教える。愛情にあふれるスキンシップの身ぶりを示す。英語はたんに、外国語にたんのうな能力を誇る記号ではない。平和と愛にみちた生活への希望の象徴でもある。女性への敬意を払う社会を明るく指さす。

一葉以後の明治女性作家は、翻訳家の若松賤子や小金井喜美子もふくめ、男性作家よりがぜん、文中に英語や他の西洋語をつかうことが目だつ。外国の国名地名や花の名、食物、酒、衣装の名。たとえば喜美子訳の『浴泉記』は外国語が豊富で、ときに横ルビ・傍線・二重傍線・かぎかっこなどの表記の工夫を駆使し、舞踏会のワルツの種類や風俗、社交語としてのフランス語の響きなどを読者に伝える。西洋の空気を訳語で運ぶ。

ヒロインたちが西洋小説の華である。「ピヤノ」を奏で、舞踏会で紳士に愛の言葉をささやかれ、森でひそかに逢引きする。行動範囲がひろく、ドラマがある。金髪乙女の青い目に、恋する青年が野で摘んだ青い花「コルンブルウメ」をかざし、どちらも輝く空の色と賞する喜美子訳『名誉婦人』の情景などは日本の読者を酔わせたであろう。八月の野には異国の花々、「エリカ」「グロッケンブルウメ」「チミヤン」などが咲き誇る。陽光のなかで、赤いひなげしの花飾りの麦わら帽子をかむる乙女のすがたが鮮やかに映える。

ああ、こうしたヒロインを描きたい、と荷風は震えたはずである。自由で意志ある個性的なヒロインを描きたい、ともっとも萌えた若手男性作家であったのではないか。

木村曙や大塚楠緒子のヒロインたちは英語にたんのうで、留学への夢をいだき実現する。楠緒子作『離鴛鴦』（一九〇二〔明治三十五〕年）のヒロイン・瑠璃枝姫は自分の手に入らない男をさっさと見限り、「欧州へ留学」を計画する。そういえば、荷風の『地獄の花』の富子と園子も、恋愛を夢みる女性を地獄に閉じ込める日本に見切りをつけ、二人で西洋へ留学しそうな気配が濃厚である。

山川菊栄の母の千世は一心に英語を学んだ開化の少女時代をふり返り、英語を学んで留学するのは若い女性の夢でした、と語る。若松賤子も会津士族の娘だった。子ども時代から英語に未来の夢を託した。夫の善治によれば、彼女の英語はまったくの母語で、寝言も英語だったという。おおよその英米文学は読破していたという。

英語は敗者を救う新鮮なことばだった。留学は、恋愛にもひとしい知的な女性のロマンスだった。可憐な水兵服を着て、母と祖母に連れられてかよったキリスト教教会。家に来訪する英国の貴婦人と母のたおやかな会話。母の本棚のキッス文学『小公子』。女性たちに育まれる夢の生気をだれよりも鋭敏に吸い、荷風文学は出発している。荷風自身も早くからフランスへの留学を夢みていた。

父の意志で留学はいささか異なる形で実現する。一九〇三（明治三十六）年、二十三歳でアメリカへ行く。銀行家になる枠を用意され、あの手この手で反抗する。アメリカからとうとう、あこがれのフランスに渡る直前に書いた小さな愛の小説『六月の夜の夢』には、森の夜道をあるく異国の青年に、背の高い草の陰からひょっくり出てきて自分から Hallow《原文ママ》! here I am! と呼びかける快活な乙女が現われる。

私はここよ、さあいっしょに散歩しましょう、と乙女の方から青年を誘う。物怖じしない乙女である。結婚して苦労するなんていや、私はいつまでも本を愛し、音楽と絵を愛し、おてんば娘で通すわ、とからりと言う。here I am!――荷風文学の黎明にもっともふさわしい乙女が現われた。彼女はこれっきりでは消えない。荷風文学がずっと大切にする、無邪気でやんちゃな永遠乙女の原型である。ある意味で英語から現われた。

7 ロザリン

ここに——薔薇の名を秘める異国の乙女がひとり。

ロザリン。

この黒みをおびたブロンド乙女は、『あめりか物語』におさめられる純潔な恋物語『六月の夜の夢』に、夏の夜を短い命で燃えるほたる火とともに白くはかなく浮かび上がる。

華やかにシャンパンを何度も酌み交わした高等遊女のイデスとならび、荷風がニューヨークで親しみ愛した女性に、「イギリス生れの少女」ロザリンがいる。もっとも両人とも、荷風が日本で待つ友人への手紙（一九〇七［明治四十］年七月九日付で文学の盟友・西村恵次郎に宛てた書簡でロザリンとの恋に触れる）や、創作気の混在する日誌で書く自己申告の恋である。荷風が異国での恋を自身で脚色・演出した可能性も疑えない。本当に深くつきあったのかは藪の内。しかしそうした軽やかな距離のガールフレンドがアメリカで荷風にいたのは至極ありうる。教会で知り合ったかもしれない。タコマやワシントンで縁あって招かれた家庭に令嬢がいて、紹介されたのかもしれない。

荷風は「第二の故郷」（『あめりか物語』）とも思えるアメリカの牧歌的な地方都市で、のびのびと育てられた中流家庭の朗らかな乙女を多く目にしている。夏休みに別荘のハンモックに横たわり読書する少女や、羽のようにエアリーな夏服を着て海辺で遊ぶ少女の透きとおる肢体に感動している。口笛を吹いて迎えにくるボーイフレンド、駆け寄るガールフレンド。恋人どうしが手をつなぎ夏の花のなかをあるく光景を、日本にはない青春だと思って見ている。

帰朝した直後、一九〇八（明治四十一）年八月に刊行された『あめりか物語』はもちろん、都会に生きる凄腕の娼婦や男妾をかかえる富裕層の肉食系女性も新鮮な画題として活写するが、一方で楽しく明るく社会をいろどる乙女をキャッチする。若い女性が人生を楽しむ。さすが自由の女神の国、アメリカだと観察する。日本にも自由な女性の誕生が待たれると、友への手紙に書いている。帰国したなら作家として女性の自由のために力を尽くしたい、とも述べる。

『あめりか物語』は、これは純然たる娼婦物語のつらなる『ふらんす物語』にくらべると、あきらかに乙女物語の面が大きい。そしてロザリンはそうした自由乙女の詩的結晶として、夜露に濡れてはかなく薫る。

幻想的な短篇小説『六月の夜の夢』について荷風は、一九〇七（明治四十）年七月にニューヨークからフランスに渡る船のなかで書いたと註する。小説もまさにそうした格好になっている。分身「自分」が船中で書く。これも事実なのか、小説家・荷風の虚構なのか。

ともあれロザリンは終生、荷風の思い出のなかに優しく見え隠れする異国の乙女となる。たとえば五十四歳の荷風が秋の夜寒にともしびの下でつづった追憶随筆『井戸の水』などに、意表を突いて不意に現われる。

アメリカへ留学した若き日、東京の実家にはまだ電燈はなかったので、石油ランプをつけて旅支度をしたものだ、とはるか時をこえて荷風は過去の暮らしを思いやる。父母は何度か引っ越しをしたが、どの家も山の手の高台だったので、掘りぬいた井戸が深かった。井戸の上には屋根をつけ、夏の陽ざしよけにぶどう棚を張り、まわりに草花を植えて家の裏の心地よい場所にする工夫がされていた。そういえば――、アメリカの田園でも井戸まわりには芝生があり、りんごの木があり、愛らしい花壇などがあった。幼少時の実家につながるすてきな小さな場所だった、と思い出すにつれてロザリンの弾くピアノの音色が記憶の耳から湧いてくる。

その名をロザリンと呼ばれた可憐なるかの乙女が、夏の一夜、わたくしのために柔かなランプの火影にピアノを弾じ、

浮世の夢は見果てたり――

Life's dream is over――

という歌を唱ったのも、その庭にポンプの井戸があり、垣には桜の大木が繁っている村荘の客間であった

この回想記ではロザリンは、アメリカの田園に当時隆盛した英国風コテージハウスに住むお嬢さんとされる。異国の客を招いて家族ぐるみで歓待し、令嬢も奥に引っ込まないでピアノを弾く情景は、いかにも古きよきアメリカである。ルイザ・メイ・オルコットの『若草物語』（一八六八年）をほうふつさせる。これも『小公子』や『小公女』どうよう、英語のたくみな母が原書を絵解きし、

少年の荷風といっしょに愛読したかもしれない家庭礼讃小説である。一九〇六（明治三十九）年に女性翻訳家によって日本語で抄訳されている。ちょうど荷風がニューヨークに滞在し、ロザリンに出会った頃だ。そういえば『小公子』も『若草物語』も、父不在の家庭をつづる。

『若草物語』はアメリカの南北戦争期を背景とする。物語の核は、家族が見守るなかで展開する少年ローリーと少女ジョーの快活な友情にある。おてんばなジョーはローリーといっしょに川でスケートし、駆けっこをする。友だち以上で恋人未満。こうした友情は明治日本には絶無の花。まさに荷風が人生の初めにあこがれるにふさわしい純な感情であろう。事実のロザリンは、荷風が夢みるジョーのような最高のガールフレンドを、平凡な女友だちに重ねたと見る方が自然ではある。

『六月の夜の夢』ではロザリンは島の乙女として描かれる。そこはニューヨークの周縁の、浮州と沼だらけの小さな淡島。ロザリンは海を見晴らす丘の上の、「広い芝生と花園」に囲まれた別荘に住む。あきらかに荷風がかねて愛する花園乙女の一類である。そのブロンドはきらきら輝く黄金色ではなく黒味をおびる。彼女の秘める愁いを表わす。両親ともに英国人だが、母のことは語られない。商人の父は、むすめをアメリカの寄宿舎に預けっぱなしにした。最近になって引退し、ロザリンを引き取って島の家でひっそりと暮らす。

家族のにぎわいから遠い乙女である。荷風がそう設定した。孤独があたりまえで、結婚への夢を持たない。その代わりに音楽や読書に情熱を持つ。結婚のいましめより、単身の自由を愛する。そこが荷風の分身――異国人の「自分」と響きあう。文学芸術の話が合い、すぐに友だちになる。ごくさっぱりとボーイフレンド・ガールフレンドの感じになる。

「自分」に妙齢の女性としての結婚観を聞かれたロザリンは、私はアメリカで教育されたけれど気質は根っからの「イギリス人」よ、イギリス人はいかに苦しくとも明朗を愛する。私は「一生独身で暮す様な事になっても、私は死ぬまでこの通り、何時までもこの通りのお転婆娘です」と言い切る。先のことは二人の心にない。ごく自由にかろやかに一夏の恋と定めてつきあう。

ロザリンは人に頼らずに生きる憂愁を秘めもつ一方、快活でいつも楽しそうで、島の水とハーブの香りがする。二人の話題にはシエイクスピアも出てくる。ほたるの明かりとともに白い服で島を散歩する彼女は、『真夏の夜の夢』の妖精のよう。ジョルジュ・サンドの生んだ沼の乙女、『愛の妖精』のファデットのよう。

夕暮れにひょい、と道の草の繁みから「Hallow! here Iam!」と飛び出す。女の子の方から恥ずかしがらず、ちょうどあなたの下宿へ行くところだったの、と朗らかに言う。おしゃべりしたいの、あなたと、だってオペラや絵のお話が面白いんですもの、という空気が流れる。飾り気がない。おさななじみのように正直である。

こんな話の合う快活な乙女といっしょに、結婚なんか考えずに永遠に遊びたいなあ、というのが花街の芸妓との交際を夢の華とあこがれる一方で、荷風がその人生でつよく長く胸に抱く願いである。

ふたりは若い男女の交際をよき結婚の機会とこころえるアメリカの習慣にゆるされ、夜の十一時すぎまでも語らう。もっとも「自分」の滞在するペンションの気のいい主婦がそれとなく目を配る。若い同士は居間で話すのがマナー。ロザリンを丘の上の家まで送ってゆくとき、夕暮れの散歩をするときはふたりきり。青春への大人の寛容の習慣も、荷風はこまやかに書く。デートなどとんでもない、と大人に締め付けられる日本の若い読者にぜひ知らせたい。そんな啓蒙的な思いもにじむ。

月の下でおさない接吻もする。印象的なのはロザリンの家に近い丘の上でふたり、寄りそって夜の内海に船のサーチライトが光るパノラマをながめる場面である。ロザリンは、Beautiful night, isn't it? I love to watch the lights on the sea. とささやく。lights on the sea とは冷たい涼しい響き。ああ、孤独の美を知る乙女よ——その言葉の詩情に「自分」はしびれる。

もはや荷風の小説言語は、欧化の表われとして英語のネオンの点々を断片的にきらめかせた『地獄の花』から遠く飛翔する。会話文では英語と和語が同じ重さでつらなり響く。あまつさえ、あこがれのフランスへと心は舞う。『六月の夜の夢』のさいごはマルセイエーズの歌やミュッセの詩がフランス語で長くつづられ、荷風の書くことばは越境性を増す。どくとくのアラベスク模様をなして、やまと言葉と漢語と英語フランス語がすべすべと艶やかに紙面を流れる。

ロザリンは、荷風アラベスクの起源に白くおぼろに立つ。日本趣味のうちわを手に、源氏物語を思わせるほたるの火明かりのなかに出現する。その身に流れる血や教養も越境的である。荷風は彼女を「北方のアングロサキソン人種」と言う。全的に陽気ではない。北愁を秘めるとする。よわよわしく小柄とも見え、意志的に「強くて勇ましい憂鬱」を放つ、そんなときは威厳があるとする。じつはロザリンは島では孤立していよう。オペラやレオナルド・ダ・ヴィンチの絵に興味ある若者が牧歌的な島にいるとは思えない。友だちはきっといない。ゆえにふだんは閉ざす美への情熱が、「自分」に向かってあふれ出す。

いわば彼女は根がない浮島の異邦人。香り高くひらくイギリスの孤独の薔薇。その一輪をそっと荷風は摘んで胸の内にしまう。井戸のある花咲くコテージハウスでピアノを弾く絵のなかに、彼女を大切におさめる。荷風が本格的に書く純な初恋のひとは、イギリスの乙女。荷風の母が若き日にイギリス貴婦人に薫陶をうけ、家庭を英国風にあらためた記憶もこうした所に生きていよう。

荷風においては母のある種のルーツとしての、そしてアジア全体の土壌によく吸収消化され、近現代アジアの形成にふかく関わる英国文化への思いもなおざりではない。

前に触れた回想記『井戸の水』によれば、内務省で公衆衛生をつかさどり都下の水道設置に尽力した父の命で、おさない頃の実家の井戸のそばには「英国製陶器の大きな水濾《みずこ》しの瓶《かめ》」が置かれ、それで井戸水に混入する危険のある塵や菌を清めていたという。

おさない荷風は井戸ばたでよく遊ぶ子だった。毎日つかう水がイギリス製陶器にろ過され清められるのを、あどけない瞳に映していた。荷風が五十七歳で書いた随筆『西瓜』によれば、彼が生まれた一八七九～八〇（明治十二～十三）年頃は東京にコレラがはやり、「路頭に斃れ死するものの少なかった」のを聞き伝えるという。死にいたる伝染病が都市を駆け抜けるのを人々が恐怖していた時代、浄化と清潔のイメージが〈英国〉から輝きあふれていたことは、荷風の意識の根源——その胸底に咲くイギリス乙女ロザリンを考えるときにも見逃しがたい文化環境である。

8　女ふたりで朝から熱燗

ぜひ待ったをかけたい。何に？　あれは芸者を書く春色小説だ、われわれと関係ない遊び人だと、眉をひそめて荷風とその文学をうす暗い領域に押し込めて遠巻きにするまなざしに――ぜひ待ったを。

荷風はもちろん芸妓と花街を書く名手です。そこからはじまり、時代の変遷にあわせてカフエー女給、小劇場ダンサー、夜のちまたの橋に立つ不明の娼婦など、およそ都心の半世紀にわたる浮かれ女たちを追いつづける。しかし今まで見てきたように、彼はもう一方で自身に深く重なる夢みる乙女たちを書く。乙女と娼婦を同時並行で追う。そしてときに娼婦のなかに、純でむじゃきな乙女のおもかげが現われる。娼婦の純が乙女と交差する。

これは生涯つづく荷風の特色で、彼の生い立ちと文化環境にかんがみれば、まことに無理もないとうなずかれる。ブロンドの乙女を書いても、江戸前の芸者や半玉を書いても、荷風には真がある。矛盾しない。なぜなら知的な乙女も芸者も荷風にとって、おさない頃から親しんだ身近な存在であるからだ。

乙女は、知的な鹿鳴館貴婦人である母や祖母の背景に見え隠れする若き日のそのおもかげ。いわば恋しくなつかしい母の国の住人である。そして芸者は——これもはるか異郷から来た見知らぬ人ではない。

そもそも現代のわたくしたちがイメージする芸者と、荷風における芸者とはかなり距離がある。そこを意識しなければならない。芸者、というとわたくしどもはぎょっとする。色の風吹く花街にたむろするストレンジャー、異端の女性と身構える。しかし荷風の時代には、家に大きな宴でもあれば華やかな芸者が手伝いにやってきた。おさない子の目にもしばしば、まるで前代の腰元のような彼女たちの優美でしとやかな姿が映った。荷風みずからがこう回想する。

わたくしの子供の時分には家庭にも芸者が出入りをしていました。大勢お客をする時に出入りの芸者を呼んで酌をさせるのです。わたくしの家では毎月詩会があったのでその時には二三人芸者が来てお酌ばかりではない、墨をすったり唐紙を展べたりして書画揮毫の用をするのでした。（随筆『東京風俗ばなし』一九四八［昭和二十三］年発表）

太平洋戦争を経た六十八歳が語る明治の思い出である。詩会とは、漢詩を愛する父があつく交際していた中国と日本の詩友を自宅に招いて折々ひらいた漢詩のサロン会である。あくまで清遊の催しで、おもてなしのプロとしてお固い屋敷に出張するのも江戸芸者のたいせつな仕事である。ごく自然に荷風は幼少時から家で芸者と出会っている。ふわん、と上質な墨の香りのなかに彼女たちはいた。

いまひとり、江戸前の芸者をよく知る少女の証言をならべたい。荷風と縁のある人でもある。今泉みね、荷風よりはずっとお姉さん。一八五五（安政二）年に築地の蘭医・桂川家に生まれた。代々幕府の奥医師をつとめる家系で、蘭学研究を旨とする。父の桂川甫周は蘭和辞書『ズーフハルマ』の編纂に力を尽くした。シーボルトとも交流があった。母方の叔父は幕臣として咸臨丸でアメリカへ行った。家には叔父さんのおみやげのシャボンや日傘があった。

幕臣で洋学に明るい。かつ江戸っ子で都会人の粋に富む。荷風が文学者として最高の敬意をささげる、和魂洋才をそなえる幕臣文人の中央に位置する家系である。荷風の畏敬するジャーナリスト成島柳北は甫周の親友だった。天才化学者・宇都宮三郎や柳河春三、福澤諭吉など洋学に関わる人がよく桂川家に遊びにきた。みんな本物の紳士で、女の子にも丁重で優しい。諭吉はとくに子ども好きだった。にぎやかな明るい家にはよく芸者が来た。みねの七つのお祝いにも来た。

当日は芸者がお座敷にきていて、チャンチャン……と賑やかな音がしていましたし、台所には料理番も来ていました。女中たちは私の顔を見ておめでとうおめでとうと申します。

きらびやかな正装はきゅうくつで、私のお祝いなら早くごちそうを頂きたいのに、とお腹をすかせた振袖のみねお姫さまはみんなの目を盗み、お祝い膳のきんとんの一番おいしいてっぺんをみんな食べてしまい、すてきな三角がすべて消える。亡き母の代わりに万端を準備した伯母さまは泣いてしまう。自由な家風なので、おさない子のいたずらはだれも叱らない。

邸は築地のすみだ川沿いにあり、専用の船着き場が庭にある桂川家にはよほど始終、船にのって江戸芸者が来たらしい。みねは周囲に乞われて晩年の八十代でものがたる回想記『名ごりの夢』で、父と父をかこむ陽気な友人の輪の記憶とともに、いとも懐かし気に芸者の思い出をつづる。「芸者のはなし」という章さえある。

みねのふり返る芸者の情景にはまったく不潔な感じはない。父と友人のよき遊び相手、という空気がただよう。幼女は、彼女たちの名さえ覚えていた。桂川家では長唄をうたう客もいれば、三味線を弾く人もいる。ものまねや、じゃんけんに似た「きつねこんこん」という遊戯で沸き立つ。こうした遊びが「なんといっても上手なのは芸者で」、「なかでもおりうという年寄り芸者は先き立ちで、ことく松吉などいうのがまるで自分のうちのようにしてあそんでいきました」。そこに子どもが混じって遊んでも追い出されない。りっぱな洋学者たちが相手になってくれる。

芸者とは清らかな凛とした者だというイメージがみねの心には確固としてある。一流の江戸芸者には見識も意地もあり、そして見なりは紅い色などまったくない淡い好み。「何からなにまでさっぱりとして透きとおるような芸者といえば、みんなそのままに洗い上げたようなすっきりした感じでございました」。

ときに芸者たちが父の甫周にねだって、桂川家の台所を借りてふだんは彼女たちが絶対できない遊び——天ぷらを揚げて自由に食べておしゃべりして口を開けて笑う——そんな平和な祝祭もみねは目撃する。成島柳北や柳河春三は彼女たちのお給仕となって、ふだんと反対にこきつかわれるのが面白くて、はいはいと女性たちの言う通りにして大笑いしていた。うちは「ほんとにいい遊び場所」だったと回想する。

これだ、と荷風の世界につながる遊びの精神にふかく合点する。和魂洋才の家に生まれた少女も感ずるこのよき過去が、荷風の芸者小説の核にある。色を売る、買う、という損得抜きで皆がともに浮世の苦をはなれて笑う奇蹟こそは遊びの真価。茶の湯の心にも似る。俗世から自由に浮く翼をもった知的な遊びへの郷愁が、逆にそのフェアでおしゃれな精神を失い、万事にお金がからむ酷薄な世界を荷風に書かせる。

たくみに描きつつ、ふふん、と冷笑する気配が『腕くらべ』『おかめ笹』などの花柳小説には濃く漂うではないか。遊びの世界から敗者の幕臣はよぎなく去った。その後の荒廃を描くのも荷風の本領である。うつくしい世界へ土足で乱入する新しい権力者をことばで刺す。いや、その前に新来者のあまりの破格や乱暴を本気で面白がる。嘆いたりしない。これでもかと彼らの金をはたいた破廉恥な遊びを油絵の手法で濃厚に塗り描き、外道を笑いのめす。ここに時代に負けない荷風のつよさがある。

あ、話が遠くへ行きすぎた。桂川家のおじょうさまと荷風の芸者の話でした。ふたりには共通点が多い。なつかしき江戸を流れるすみだ川への愛着もその一つ。みねは庭にすみだ川の波音が響く築地っ子。寝ても覚めても川波を聴き、川の色をながめて育った。その頃のすみだ川は本当に本当に綺麗で、お花見の頃など桜ふぶきに酔う船が何隻も水に浮かび、そのなかに芸者のいるのが遠目にちらっと見える様子や、船が桂川家の船着き場に着いて芸者が棲を上げて降りてくる光景などは、子ども心にも沁みるうつくしさでした、あんまり綺麗で皆がうっとり遊ぶ隙にあの世界は滅んでしまったのですね、のん気すぎたのですね、とみねは切なくかえりみる。

みねも荷風も、芸者を川の女と思う。すみだ川から来るあでやかな水の女とあこがれる。水に縁のふかい和の遊びについては、荷風の随筆がよく回想する。すみだ川沿いには格の高い遊びの家が立ち並び、水面に芸者の弾く三味線の音が冴えて響いた。客は早くて小粋なちょき舟で川を走り、遊びの家を訪れる。水上の小旅行も遊びのロマンをさそう。江戸の舟と遊びの光景は、成島柳北が『柳橋新誌』で皆の記憶から欠けないようにつづっている。

山の手の子の荷風は、みねのように庭から川を見るわけにはゆかない。もっとも小石川の実家から、富士山とともにはるか彼方にすみだ川のきらめく蛇行は見えた。ゆえにつよく川にあこがれた。ちょうどお年頃の中学時代、水練がきっかけですみだ川と親しい仲になった。ちょっと意外ではある。もの憂げに家のなかで横たわる自画像をしきりに描くものだから、荷風はインドア派かと思い込まされる。じつは当時として結構なスポーツマンであった。大久保余丁町の実家にはテニスコートがあった。ふたりの弟たちとテニスに興じた可能性がある。柔道・剣道のたぐいは嫌いだが、大の新しもの好きハイカラ好きである。留学したアメリカの田園で、自転車に乗る写真が残る。

とくに中学時代は水泳とボートや和船を漕ぐのが大好きだった。学校の水練がない日も、夏はしじゅう友だちとすみだ川で河童のように泳いだ。永代橋の近くには、幕府の軍艦が巨大な幽鬼のようにとどめ置かれていた。こんな形で江戸はいまだ都会の隅のそこここに生き残っていた。南洋までも航海するという小型帆前船の船長と仲よくなり、やしの実をもらった。将来は外国船の船長になりたいと思った。と、これは東京さんぽの記『日和下駄』（一九一五〔大正四〕年）につづられる思い出である。

すみだ川は少年時代のういういしい幸福な記憶と結びつくと、荷風は他の随筆でもよく語る。彼は水泳少年で、川の子としての人生はここからはじまる。水のなかから陸を見ると、陸でうごめく人々の世界が異国に見える。川の河童が人間界をにらむような輝く目玉を荷風は得た。彼のつよい諷刺の精神はまず、川を自在に泳ぐ無重力の目から生まれたのではないか。あくせく陸で動く人間を、楽に水に浮かんでけらけら笑う——。

そして彼の文学のミューズ、江戸前の芸者とも水泳を仲立ちとして新たに川でめぐり会った。荷風がこの世を去る直前、一九五九（昭和三十四）年一月に発表した随筆『向島』によれば、水泳をした中学一、二年の頃はすみだ川もしごく綺麗で、「両国の川下には葦簀張りの水練場が四、五軒も並んでいて、夕方近くには柳橋あたりの芸者が泳ぎに来たくらいで、かなり賑やかなものであった」という。

家に芸者が来るのみならず、彼女たちが派手な鯉のように泳ぐ水着すがたもジュニアの荷風は日課のように目にしていた……！　なあんだ、これならばお座敷で正装する彼女たちの姿なんか書く気は失せる。芸者が色っぽく振る舞うのはお仕事、それを都会っ子の荷風は知っている。色売る華麗な仮装の奥の、むじゃきで正直な彼女たちの遊び時間をこそ描くのが、通としての面目であるとわきまえる。素に帰れば、わがままでおしゃべりで甘いもの好き。だから天真な乙女とかさなる。

荷風の小説は、浮かれ女たちのくつろぐ時間に入りこむのが大きな特色で、表舞台ではなく彼女たちが蜜豆や白玉にとろけたり、店屋物で小腹を満たして満足し、疲れきって昼寝する楽屋うらを描く。足袋もくつもシュミーズも脱ぎっぱなし、雑誌やお菓子袋さえ散乱する。仲間のように、するりと自身もそこに入りこむ。いつのまにかいっしょにくつろぐ。

荷風には、芸者は特殊な魔の女ではない。身近の女性として自然に書ける。初期からそうで、花園に夢みる乙女と同時並行で若い下町芸者を書く。この傾向は生涯つづく。双方とも荷風にとって、親や社会の理不尽にもっとも被害をこうむる弱者であり、底辺からかぼそい声をふるい抵抗をこころみる、花咲く闘士のシンボルなのである。

で――、ようやく本章のスタート地点に立ちました。ここに取り出したるは、荷風が懸賞当選小説『花籠』で少女の憎悪を女性の敵・伯爵に炸裂させて健闘したちょうど一年後、一九〇〇（明治三十三）年に発表した短篇小説『おぼろ夜』であります。

上品な山の手家庭のお嬢さまに取材する『花籠』に対し、こちら『おぼろ夜』は荷風のもう一つの母なる世界、下町の花街に生きる若い芸者に光を当てる。

荷風の好きな、はかない春雨が糸のように降る春の朝。洗いたてのつやつやした肌を光らせて、ふたりの妙齢の芸者が風呂屋から出てくる。朝風呂とは色っぽい。あきらかに素人ではない。仲よしのふたりの名は駒次と花助、ともに二十二、三歳。駒次がヒロイン格で、荷風が美女として認める「切長の剣を持つた眼」の冴える細面。花ちゃん、と呼ばれる相棒は反対のタイプで、顔の輪郭がほわっと柔らかいおたふく姫。剣とおまんじゅうのようなコンビである。

駒次はなにやら屈託があるらしく、湯気でほわほわの花ちゃんを「武蔵屋駒次」と仇なる商売名を軒の神燈に記す自身の待合に引きずりこみ、はあっと深いため息をついてまず煙草を一服、若い下女に取りあえずのお酒のアテを「魚鉄」にお願い、とせわしく注文して短気らしく長火鉢の上で煮えたぎる鉄瓶の湯のなかに「正宗の瓶詰」を突っこむ。

ええええ、朝から飲んじゃうの、駒ちゃんたら、どうしたの、と困る花ちゃん。でも気がよくて、駒次を見捨てて帰れない。それをいいことに駒次のくどきが始まる。うだを巻く。熱い正宗を長火鉢の向こうの花ちゃんにも薦めつつ、とにかく自分がじゃんじゃん飲む。見せ場である。

思うに荷風はそう飲めない。むしろ飲ませて相手を観察する。男の酔態は嫌いなかわりに、女性のやけ酒に目がない。そしてそれならしろうと奥様より、だんぜん浮かれ女の大酔がかっこいい。渡世の苦労を背負う女性だからこそ、酔うめちゃくちゃがモダンな風俗画になる。

そういう絵が荷風はうまい。一九二二（大正十一）年に発表した中篇『雪解』でも、朝風呂と長火鉢をかこんでの熱燗が小説を支える軸となる。株で失敗して店を手放し、いまは築地の路地にわびしい仮住まいをするだめ父さんの兼太郎。ぐうぜん雪解けの朝、町の湯屋で出会った娘が夕暮れにたずねてくる。小さなときに別れたきりの父と娘。ぎこちない二人の貴重な逢瀬をやわらかく溶すのが、長火鉢と熱燗。カフエーの女給をするという娘がたくみにお燗の塩梅をしてくれる。お父さん、なんて恨む気配も見せずに呼んでくれる。お人好しの兼太郎は嬉しくて堪らない。この名画もよかった。火鉢の熱い灰とお酒と雪の匂いが、はんぶん家族ではんぶん他人の哀しい父娘によく似あった。

明治の『おぼろ夜』は、そんな気のいい父を主題とはしない。若い荷風は同時期の『花籠』や『四畳半』『夕せみ』どうよう、親と社会のいばり方にもの申す。親の心子知らず、の逆をゆく。荷風が立てる看板は――子の心、親知らず。事業が失敗すると堪え性なく長女も次女も苦界に売り飛ばし、こんどは成功すると、売った子を取り返して親孝行をもとめる両親の残酷を突く。

親の利己を突くのは、芸者なかまを相手にやけ酒をあびる駒次。私の姉さんは吉原の遊女に売られたの、親のおかげで年期も延びて、体をこわして死んじゃった。売り物が死んだってだれもお葬式を出しちゃくれない、やっと少しの情けある人のおかげで、姉さんは投げ込み寺で知られる箕輪《みのわ》の浄閑寺に葬られた。でもね、花ちゃん、私はそれっきり親の顔も見たくないよ。なのに最近になって貿易で成功したからって、おっ母さんがしれっと迎えにくるんじゃないか。神戸に店を出したから戻ってこい、なんて言うじゃないか。

赤裸々な打ち明け話に花ちゃんはいかに答えん、とどぎまぎする。あたりまえの返事をして駒次をなだめる。――親御さんがおおきな店を持ったって。まあ、それは結構なことじゃないか、「おっ母さんやお父っさんのお心も少しは察してお上げるがいいよ」と、この花助はまだ世間常識を破る怒りも恨みも知らない。

一方の駒次。父も母も憎いと言ってのける。哀れに死んだ姉さんの面影がちらつくという。それにこちとら、もう十七の娘でもないよ、今さらお嫁にもゆけないしさ、このまま「一生惚れた腫れたで、散々腹騒《さんざっぱら》ぎ散らしてさ、お酒と心中でもした方が、いくら増しだか知れやしないやね」とほざいてはまた、一合瓶を熱湯に入れる。

古事記の昔から飲むは男性、注ぐは女性、これが物語の定番のはず。しとやかに客にお酌する芸者は森鷗外の『ヰタ・セクスアリス』はじめ、近代日本文学もよく描くところ。しかし男性をさしおき、自分がおおいに酔っ払う浮かれ女の絵は稀少である。そこに先駆的に筆をつけたのは女性作家の樋口一葉、だんぜん彼女がはじめた。かの名作、一八九五（明治二八）年発表の『にごりえ』が鮮烈に読者の目を覚ますのは、さもない銘酒屋の一枚看板・お力が美男客を相手にしての、すっきりと豪胆な無尽呑みである。

いっさい紅の気のない淡い装いのお力。場末の銘酒屋では、掃き溜めに鶴の風情。大胆な柄ゆきの浴衣をさっとゆるく引っかけて、乳まで見えそうなのにちっとも厭らしくない。お化粧なしの真剣勝負の気合が凛と冴える。で、登場したときから「煙草すぱすぱ長煙管《ながぎせる》に立膝《たてひざ》の無作法」で読者の目を惹く。

作者がおおいに気を入れ、みずからの魂を寄せてお力を書くから、無作法もうつくしい。弁天小僧が見えを切る美少年らしささえ匂う。そしてお力の飲むこと、飲むこと。おおきな湯呑で飲むくせがあり、酔うと白いきれいな足をだして横座りになる。でも決して下品にはならない。そもそもいくら飲んでも酔わない質で、精神が崩れることはないのである。「酒気」がなければ生きられない、それほど重い荷を負うらしい。

客の結城朝之助《ゆうきとものすけ》はお力の秘める嘆きに魅せられた。だれも気にもかけぬ浮かれ女の、心の深みに湛えられる嘆きの謎に気づく結城は、酔っぱらい女のよき聞き手となる。一葉はみごとに凡百の花柳小説の男女を逆さまにした。遊女がおおいに飲み、客がとっくり彼女の嘆きを心の手で受ける。

「あなたには聞て頂きたいのでござんす、酔ふと申しますから驚いてはいけませぬとにつこりとして、大湯呑を取よせて二三杯は息をもつかざりき」。その後もまだまだ飲む！「今夜は残らず言ひまする、まあ何から申さう胸がもめて口が利かれぬとてまたもや大湯呑に呑むことさかんなり」。

　大酒を浴びるすがたは一葉自身のものだという風説も流れ、一葉とあるていど親しかった泉鏡花はそれを背景に、一葉を擬すヒロインに物語のなかで大酒を飲ませた。男より自身が飲む女性のユニークさは、やはり当時の話題をさらったのだろう。荷風もお力にはいたく魅せられた。『おぼろ夜』でひとり憂さを吐き、じゃんじゃん飲む駒次には鮮明にお力のおもかげが映る。なにしろ荷風は一葉ファンで、現代文学ナンバーワンに一葉の下町物語『たけくらべ』を挙げている。美登利のような勝ち気で無垢な乙女も、それをおとなにしたようなお力も、そんなまっすぐな純で正直な気性の女性が荷風は大好きなのである。

　豪胆なやけ酒を通して一葉は、それまで無視されてきた女性の内面の深い傷に分け入った。男の傷をいやす優しさではなく、逆に男にせつなく訴える女の血の滴る傷口を割ってみせた。きれいで整ったあこがれの優しいヒロイン像を壊し、夢みては世間に潰され、路傍で悔し涙にくれる女性のジグザクの人生航路を追った。

　この主題に荷風はおおいに感じる。一葉の大酒に追随する。ただし彼はそこに、結城のような知的な男を置くのが厭なんだな。男だから、とくに荷風自身が知的な男だから、女性が知識人男性に抱く夢がない。お力がたったひとり心をゆるす結城には、一葉が出会った美男作家・半井桃水の影が明らかに落ちるが、自身も含めてそうした男への幻滅が荷風にはいちじるしい。明治の女性作家と男性作家、そこがおおきくちがう。

だから駒次のうだの聞き手は、花ちゃん。朝風呂のあとの女子飲みに男気は絶対なし。そういえば荷風は女性どうしがくっつきあって、浮世の苦労をおしゃべりする絵がばつぐんに好きである。もちろん『濹東綺譚』のように、荷風の分身的な世間をなかば捨てた中年ダメ男がしみじみと浮かれ女の身の上話を、うそか真か定かならぬとわきまえながらも聞く構図も目だつ。その一方で、『ひかげの花』『つゆのあとさき』『腕時計』『おもかげ』『浮沈』のように、浮き草稼業の女性どうしが男の批評や生活苦に稼業をまわす知恵などをあれこれ話しあう空間が、物語に豊満におさめられる。

対男性への構えを捨てた、ゆるくだらしない本音だらけの女性の生活空間に、知識人男性として前人未到に入る――これぞ荷風文学の偉大な挑戦であろう。そのためにこそ、遊びの世界は彼にとって必須であった。

その象徴がたとえば、二十一歳の荷風がさして力こぶを入れたとも見せず、しゃらんと書いた『おぼろ夜』の、女ふたりで朝から熱燗の個性的な絵である。彼の愛する江戸の浮世絵にもいかにもありそうでいながら、女ふたりの朝酒は見廻す限りはない。やはり愛するモネやルノワールの絵にもない。西欧印象派でさかんなのは女性たちの華やかなお茶会で、女性が朝から飲むことはない。

駒次と花助の朝女子飲み。親への孝行はそもそも親の子への愛情あってこそのもの、との駒次の主張は当時封建制が瓦解し、親の強大な庇護力が消えたのに子に絶対服従を押し付ける古びた道徳に、若者世代が否を叫ぶ社会問題を先駆的に突く。その訴えることばの鋭さもさりながら、まずは可憐な春雨とつやつや卵肌、つづいて熱い正宗を酌む仲よしの湯上り女子会、という情景そのものがしごく斬新で、目に慣れた常識をするりとくぐり抜けてしまう点に荷風の卓抜な手練がある。

9　月の橋を渡るひと

戦争があった。

今までにない大きな戦争だった。この世紀にそれまであった多くの戦争は遠かった。戦地は母国の外にあった。いわば他人事であった。一部の若い防人だけが、外地の戦場におもむき傷ついた。国土に砲声が聞こえることはなかった。

戦争でむしろ都会は富み、沸き立った。ここぞ稼ぎどころと歓迎する者も少なくなかった。戦いのはじまりは、勇壮な音楽で幕がひらいた。戦地におもむく兵士を、楽団がにぎやかな音色で見送った。家族や町内会の行列がつらなり、戦いをことほぐ万歳の声があふれた。「屠《ほふ》れ英米我らの敵だ進め一億火の玉だ」「鉄だ力だ国力だ」などのむやみに勇ましいことばを連ねたポスターが街区の駅や電車を飾った。

このひとは苦々しくその光景を斜めに見ていた。「現代人」のものする広告文は「ダ」調でリズムを取る癖がある、これぞまさに「駄句駄字」よと、あたかも中世の隠者が子孫たちの築いた拙い昭和を眺め下ろすように、冷たく距離を取ってさげすんだ。人に見つからないよう家の下駄箱に隠した彼の日記、一九四一（昭和十六）年十二月十二日の項にそうある。日米開戦の号外が出た四日後である。

開幕の意気込みに反して、一刻一刻と敗色は明らかになった。空襲が大都市をねらい打ちした。昼も夜も敵機来襲のサイレンがけたたましく鳴り、人々は逃げまどった。国民の住み家――国土が戦場となった。どこに逃げればぶじか、だれにも答えはない。死は何度も、一般市民の鼻先に立ちはだかった。

過去には外敵の接近する元寇もあった、近くは黒船来航の恐怖もあった。しかし国土すべてが戦場と化したことは絶無である。このひとは日記に忘れない、と書いた。この前人未踏の事態に脳天気な国民を連れこみ、国土をさまよう羽目におとしいれたのがひとえに「軍人政府」の愚行によることは、自身の生命あるかぎりは忘れない、と怒りと怨念をこめて秘密の日記に筆圧つよく書き記した。彼は作家であり、つまりは歴史家である。

戦いのなかにあって独り、「他国人」のように生きることが彼の戦いだった。「一億火の玉」の熱狂にはぜったい巻き込まれない異類の冷笑を誇りとした。つらい、疲れた、もはや自身は腐った老木のよう、と文筆でつぶやくのが男ざかりの四十代からの個性的な芸風であったのに、弱音の吐露をみずからに禁ずる傾向を濃くした。知っているのだ。平和な世にあってこそ弱音や泣き言もいえる。それに耳貸し、うん俺もじつはそうさ、と共感する人もいる。しかし戦下にあっては泣き言の価値は消える。国民すべてが崖っぷち。泣くゆとりさえない。だれが他人の涙に情をそそごうか。

彼はからだこそ蒲柳《ほりゅう》の質であったが、気性はつよい。何といっても画期的に早く列島を出て海を渡った人である。父の経済力と人脈の支えもおおいにあったが、人種差別のあつい二十世紀の入口のパリで黄色人種としてひがまず縮まず、ルーヴル美術館へもオペラ劇場へもベルサイユ宮殿へも堂々と入った。世界に冠たる芸術の都の豊満な樹液を、落ち着いてたっぷり吸った。精神は剛の者である。母国へのなつかしさを遂に口にしなかった。アジア人への排斥のつよかった時代に、アメリカよ常に自由の国であれ、フランスよ永遠に美の国であれ、とばかり讃えた。もちろん文化的なやせ我慢でもあろう。ひょろりと柳のようなしなやかな姿に似合わぬ腹の太さがじつはある。

盧溝橋事件が日中戦争のきっかけを成した一九三七（昭和十二）年から、さらに日米開戦をへて国家が敗北した一九四五（昭和二十）年まで。ときに下駄箱に隠し、ときに空襲を恐れて預金通帳などとともに枕元に置く緊急持ち出し用手かばんに入れ、我が不死鳥たれと大切にした彼の日記を見るとぴんと一筋、自分の暮らしのリズムを変えない負けず嫌いの気根が張る。手を変え品を変え、自己の運命が戦争によって変えられたとしない表現をこらす文筆が冴える。弱音を吐かぬ、への字文体をつらぬく。それは正直なひとだから根気が尽きて、冬寒の夜などには泣き虫文体になることもあるけれど。

ある日はしとしと時雨ふる夕刻、古びた下駄の鼻緒がいつ切れるかと心配しながら籠をさげ、ネギなど買いに行く。この落ちぶれた風情にも詩情がある、われながらいい味の侘び絵になる、こうした「心の自由空想」はいかなる権力とて奪えまい、と胸につぶやく。ある日は夜も昼も空襲警報のサイレンに追い立てられながら、自炊するひまも素材もない、栄養不足はむしろ「老後の健康」にはよいので長生きするかも、とあくまで戦況に降参しないへらず口を叩く。

荷風の背景には、祖先伝来の武士の精神伝統がある。戦いと流血を好むサムライとは異なる、江戸の文人文化に合流する禁欲と淡白の心を仰ぐ。すなわち、ものの哀れを知る本物の大和魂を継ぐ。洒脱を敬するので、つねは大和魂を秘め隠す。花の下でほろほろと酔い、風雅に遊ぶのを人生至上とする顔だけを見せる。非常事態にこそ家宝の刀は抜く。心の花を戦さに散らされまいと身構える。

戦争中の彼の日記『断腸亭日乗』の随所にこうした大和魂の炎が青白くひらめく。気になる一つの特徴がある。彼は若い日から都会をいろどる「燈火」を愛するひとであった。維新前、日本の夜はほぼ闇だった。そこに欧化はまばゆい燈火をもたらした。夜をロマンティックに遊ぶ街、銀座ができて新橋ができた。都会ならではのガス灯や電気灯が明るく燃えた。

初期の彼に『燈火《とうか》の巷《ちまた》』という小さなかわいい恋物語がある。一九〇三（明治三十六）年発表、ときに荷風二十三歳、アメリカへ行く直前である。継子と継母の淡い恋を軸として、真の主人公はじつは、東京人を非日常の夢幻へ誘う近代の光の街である。たまたま出会って新橋ステーション近くの「綺麗な洋食屋」で向かい合う若いふたりは、あらためて面映ゆい。家で会うときとはちがう。光の魔術がたがいの真心を引き出す。さまざまな燈火が「鮮明な輝きを増した」夜の街の華にうっとりして義理の母子はいつしか手を重ね、ともに歩き出す。

「この灯《あかり》の中を、あなたと一緒に何処までも何処までも歩いて行ったらどんな処へ行ってしまうでしょうか」と青年主人公は儚くつぶやく。まるで光源氏と藤壺の宮の恋のようだ。ちがうのは禁断の夜のしのび逢いを彩るのが月光でもなく蛍火でもなく、電気やガスの光である点で、まさに荷風版の明治源氏物語といえる。

ここからはじまり同時期の『野心』でも、欧米滞在に取材する『あめりか物語』『ふらんす物語』の諸篇でも、関東大震災を経ての『つゆのあとさき』、戦争の入口の一九三八（昭和十三）年に発表した『おもかげ』でも、作家としての彼は銀座や浅草の燈火に魅せられ続ける。下町の安いけばけばしいネオンサインにも深い詩情を感ずる。夜の遊子はながい人生、燈火を友としてきた。

太平洋戦争は列島にエネルギー逼迫《ひっぱく》を呼んだ。ガスと電気の供給が悪化し、まず都会のきらきらした夢の部分が削がれる。百貨店の照明が暗くなったのにいち早く荷風は気づく。女性に負けずこの作家は、大小さまざまの店の窓をのぞき商品を見て、都会の風俗観察をするのがほぼ日課なのである。電気が暗くて呉服店のきものの仔細が見えにくい、とすぐに眉根を寄せて日記に書く。

昭和十四年十月はいい月夜が多い、とも書かれる。夜になると特にいきいきと活動するこのひとは、二十八日には「今宵も月よければ」浅草へおもむき、「しばし吾妻橋《あづまばし》の欄干に身をよせて河の景色を見る」。だれもいない。夜のすみだ川は静かにながれ、「折から上潮の寄せ来る流れの面に月の光の動き砕くるさま」に感動し、敬愛する江戸の戯作者・太田南畝《なんぽ》の生きた頃の浅草はこんな感じだったのかしら、と古きよき江戸に思いを馳せる。

月の力がひときわ光輝をはなつのも戦争のせいで、じつはこの月末まで「禁燈の令」が布かれていた。人家の明かりも小さくかすかになり、もちろん「ネオンサインの毒々しき燈火」は消える。じつに「漫歩」に適す、と満足げに記す。ちょっと待って、ついこの間まで浅草のけばけばしいネオンを愛していたではないですか、前年の短篇小説『おもかげ』はまさに浅草のネオンを主役とする、いわば昭和版『燈火の巷』だったではないですか、ヒロインの踊り子の生の哀愁、そのやつれたうつくしい頬に赤いネオンの光を当てていたではないですか、と整合性をおもんずる読者ならば、荷風に突っかかりたくもなるだろう。

これが彼一流の戦い方、紛れもないやせ我慢打法である。若いときから電気ガスや炎の明かりが大好きなひとだった。小さな頃から暗い所を怖がった。夜を楽しくきらびやかに彩る酒場、レストラン、舞踏場の照明に面白そうな遊び場があると嗅ぎつけて、心浮き立つひとだった。光を反映する銀のカトラリーのおいしそうな輝き、ワインを紅い宝玉に変えるシャンデリアの魔法、降り積もった雪に落ちるネオンの赤や青の影までを、恋しくながめて作品に描きとった芸術家であった。

それを自身で逆回転させる。「毒々しい」と背を向ける。戦況が苦しくなり、都会に燈火が消えてゆき、むしろ愛する明治初年をほうふつさせる夜景になったと賞美する。同じ年同じ月の二十九日には「月また冴えわたりぬ」とすらりと立ち上がり、浅草へ行く。明かり乏しく、車の音もまれな「寂然として静まり返りたる市街の有様何とはなく三四十年むかしの世のなかのさま思出されてなつかしき心地したりき」と記す。三、四十年前とすると一九〇〇（明治三十三）年頃、荷風がこっちへふらふら、あっちへふらふらして作家になるか、歌舞伎座付きの脚本家になるか、果ては落語家になろうかとも悩んで彷徨していた二十歳の青春の都会の夜の暗さを偲んでいたことになる。

ときに江戸時代であったり、鹿鳴館時代であったり、おのが青春ざかりの二十世紀入口であったり――暗くてにわかに人影の少ない浅草の街をあるきつつ、まさに「心の自由空想」の羽をひろげる。灯火管制の闇を嘆かず恨まず、月をますます頼みの杖とし、自身の心の奥に積もる幾層もの時間へ自在に遊ぶ。闇に心の花をながめる。時代の推移に耐えて幾多の思い出の花の変わらずにそよぐ、花園をひとり逍遥する。

自分の暮らしは決して戦争に手を出させない、戦いの色に心は染めない、という荷風の意志はこうした空想旅行にあつく支えられる。その秘儀は日記を見ると鮮やかに浮き出る。若い日からたっぷり遊んだ。たっぷり感じた。その分、ひとより思い出草の花は多い。それをば今こそ駆使する。花屋で季節の花を買い、心にかつての慕わしい光景を追想する。いつも暮らしに華やぎを忘れない。

その意味では一九四〇（昭和十五）年十月四日の日記もうつくしい。快晴。紅い花のように空に無数の蜻蛉が舞う。この日は、敵対することとなってしまった欧米の精神文化をしみじみ考究するために、「終日旧約聖書をよむ」。クリスチャン一家のなかで異端だった荷風にとって、かねてキリスト教はふかい神秘だった。母もその母も洗礼を受けた信者。父は洗礼こそ受けなかったがキリスト教への親しみはあつく、死んだら葬式は佛式ではなく、外国人宣教師にたのみたいと言っていた。漢詩人の父とキリスト教の関わり、これも謎であった。謎解きを避けて今まで来た。もはや対峙するしかない。

旧約聖書は物語性ゆたかで面白く、気がつけば黄昏も尽きる時刻。燈火少ないゆえに、行きつけの和食亭へ急ぐ。帰路はしごく暗い。それゆえに天空の光がきわだつ――「暗夜の空を仰ぐに満天星の光うつくしく宵の明星の殊にひかり輝くを見たり」。

月と星はむかしから散歩を愛する荷風のよき友だった。戦争のもたらす闇は両者をより近づける。敗色が明らかになり、東京への空襲も頻繁になる一九四四（昭和十九）年夏、ふしぎな月の描写が日記の紙面を充たす。八月四日。愛書家のこのひとは例年ならば蔵書を虫干しする季節であるが、今年は「いつ兵火に焼かるるや知れず」と気落ちしてほとんど手がつかない。「明治の文化も遠からず滅亡する」と思い、悲しみに暮れる。大正も昭和もこのひとには惜しくなく、愛慕するのは明治であることにも留意したい。明治の文化、それが荷風の原点であることが、暗い日々にいやましに鮮明となる。

この日は気根が暑さでしなえたか、はっきりと日本の滅亡を意識する。がく然たる思いで歴史をふり返る。いったいこの国は「海外思想の感化」いちじるしいときにのみ繁栄している。仏教の浸透した奈良時代、儒教を仰いだ江戸時代、西洋文化を輸入した明治時代を見ればわかる。逆に「感化衰ふる」時代は必ずや戦いが起きるのであって、あれほど勇んで文化を輸入したアメリカやイギリスと真っ向から敵対する現在は、言うにおよばず。日本は沈みつつある。

ほぼ絶望しながらも、そして空襲しきりでもあるにかかわらず、荷風は夕涼みと称して風呂屋へ行ったあと「市中民家取払の跡を見む」と電車に乗り、浅草雷門に着く。風俗小説家としての根性はいかなるときも失せない。見れば「六月十五夜とも思はるる円き月薄赤き色をなし」て浮かぶ。これをよしとしてか、さらに東武鉄道に乗り「玉の井取払跡の光景」を見ようとホームに立つ。ときに午後七時、空襲警戒サイレンが空気を鋭く裂いて鳴る。さすがにあきらめて浅草の街に出ると

――「凡ての横町より群衆俄にあふれ出でて四方に散乱す。吾妻橋際の広場より橋の上は群衆の衣服にて見渡すかぎり白き布をひろげたるが如し」。

「群衆」の慌てふためきようを書く筆は、傲慢さえ感じさせる。このとき荷風も、街に立つ群衆のひとりであるはず。しかし「散乱」する人々を遠く高みより見下ろす特権的な視点で書く。圧巻は

橋を大急ぎで渡る人々の衣服を、巻き広げられた白布と見立てるところ。当時爆弾を避けるには白いシャツが有効という風聞があった。折しも夏、みんな外出に白いブラウスやシャツを着ていたのだろう。それが月下に白く浮き立つ。走って逃げる人たちを、巨大な白布がざわざわ揺れる光景に見立てる。

荷風は夜が更けるにつれ、空に冴えゆく月と同化している。天空の月が愚かしい人間世界の戦いを見下ろす視線にて、群衆がアリのようにこまかに動く広場と橋を描く。アンデルセン童話『絵のない絵本』をほうふつさせる。月が夜の隅に隠れる哀しい人間のいとなみを照らし、ものがたる。荷風は、この北欧ファンタジーに現われる月の語り手に似る。

若い日から月と星が好きだった。明日の夢を託した。いのちの神秘を想った。自身の住まう東京が歴史上はじめて戦いの現場となり、多くのひとが夜空をあおぐ余裕を見失うなか、荷風は前にもまして月と星を愛す。その美の光をもちろん愛す。それのみではない、自己のまなざしを天空の光に合致させる傾向をつよくする。これは戦場に平常心で生きぬく荷風の編みだした哲学であろう。ときに戦う人間界を飛翔する。藍色の天空に魂を飛ばす。月となり星となり、人類の愚かな戦いの繰り返しを見下ろして冷笑する。宇宙の側から戦う地球をながめる。これが、荷風文学をいろどる月の詩情の本領である。

初期に『冷笑』という長編小説が彼にあった。欧米帰りの若い目で、母国で進行中の醜くごてごてした西洋張りぼてつくりのもろもろを冷たく見下ろす。冷徹な青年主人公とともに月や星、雪と霜の白さが印象的に描かれ、表題の『冷笑』とみごとに響きあっていた。その頃から月は荷風のトレードマークである。この作家にもっとも似あう時刻は、月ののぼる宵から深夜にかけて、そして月が退場する黎明である。月のしずかな白さは生涯、彼の心のともしびであった。当時として人生の終わり近い六十代にはじまった日本の大崩落。ときに慨嘆するとも、驚愕はしない。心に気高い月の冷笑を絶やさない。うつくしい天空から人間界を見るゆとりを捨てない。自由人の、これが意地である。

そして――灯火管制により昼夜とおしで暗くなる東京にこの人は、独特の夢幻を見続けた。月と星の光は冴えわたる。家々は、空襲の類焼を防ぐための強制取り壊しで少なくなる。明治初期もこのような東京であったはずと想う。そここに空地が多く、いまだ闇の濃かった東京スタートを実感する。明治の夜景を心中に復元する。

なにしろ独居である。灯火管制の夜の家で話しあう家族がいない。今とちがい、結婚がとくに男性の身分証明でもあった昭和時代である。家のなかにだれもいない、こんな六十代男性はまれであったろう。

世間とは一風異なる生活を率先して営むことが仕事につながる文学者のなかでも、異端である。同じ時代の谷崎潤一郎は、家族とお手伝いさんに守られていた。志賀直哉も、家族とともに弟子の助けで疎開した。荷風と同じく疎開せずに東京に暮らし続けた独身の詩人学者・折口信夫の家には大学の教え子が通った。ぽーんと独りの文豪は荷風くらいである。

荷風は「心の自由空想」でこの壮絶な孤独を乗り切る。空をながめ月の光の渡す白い橋を上り、今現在のみしかない幅の狭い時間をひとり越えて浮遊し、過去のあれこれの時間を行き来する。

ほのかに白く浮かぶ月に、過去の女人たちのおもかげを想うことがまず頻りである。ふたたび日記のページを繰ろう。さかのぼって一九三八（昭和十三）年冬、十一月二十七日。すでに灯火管制がはじまっている。夕方に家を出て、玉の井に散策する。見回すかぎり「暗黒」である。広く改正された道路にむなしく「五日月の光」が射すばかり。道路から引っ込んだ路地にならぶ娼婦たちの家には月光も届かない。男ごころを誘うピンクの灯が、家々の窓から遠慮がちに洩れる。そこに客引きする女性たちの顔がまぼろしのごとく浮かぶ――「鼻をつままれてもわからぬばかり暗きが中に、あちこちの窓より漏るる薄桃色の灯影に、女の顔ばかり浮かみ出したり。玉の井の光景この夜ほどわが心を動かしたることは無し」。

灯火管制が生む光と影は、都会に深い陰影をもたらした。光の作家である彼が、この状況を活用しない手は確かにない。灯影――これは荷風においては創作的な造語といえるほど鍾愛されることばである。禁燈にはばかり、薄い薔薇色にかがやく娼婦の家の窓明かりに感動する。顔が定かに見えないことにむしろ濃密な夢の女を感知する。

戦争がもたらした闇を、彼はゆたかな夢の花園とした。灯火管制の冬など彼は、かなり長く床に横たわっていたのではないか。何せ若い日から、寝るために生まれてきた、などと言うほど眠りを大切にした。寒いし暗い、ますます寝るしかない。炭屋といい関係を結んでいたので、火鉢に燃す炭はまだあった。鉄瓶をかけ湯を沸かし、湯たんぽを抱いて羽ぶとんがくしゃくしゃ広がるなかに入りこむ。そしてもの思う。

暖かい柔らかいものにかろうじて支えられる闇の日々、これまでにないほど母と暮らした幼少期を慕わしく思い出すことも目だつのである。彼の慕う明治初年とは、まぎれもなく母が背景とする和洋折衷の貴婦人文化がかぐわしく薫る時代に合致する。

今までも帰りたかった。母やその母の暖かいまろやかな膝の上に抱かれた日々に帰りたかった。むりして半ば背を向け続けた。戦争がその香気の余韻さえ木っ端みじんにする闇の時代を生きることとなり、遂に彼は母の国へ文学的に帰還する。武家の気迫を継ぎながら英語を自然にあやつり、寸暇を惜しみ手に針をもち刺繍をしながらイギリス文学の原書を読む母の居間、そのたおやかな膝めがけて駆けだすのである。彼を見ると母は微笑し、本と膝の上の刺繍布を畳の上に置いて、壮ちゃん、と呼ぶ。その低いやさしい声が、ありありと聞こえる。日米開戦の日、彼はそんな小説を書きはじめる。

10　ラスト・ローズにおとめの涙

泣かないんじゃないか、このひと。

そう思ったこともある。それほど青く冴え冴えとした色が文章に波うつ。泣くにはおとな過ぎる洒脱の気もみなぎる。

たとえば荷風の趣味というか習慣に、墓参りがある。亡き父はじめ敬愛する森鷗外や上田敏、江戸の文人、知人友人愛人の墓に詣でて落葉を掃き、墓標を清めるのをならいとする。死者の前でも決して泣かない。生きれば死ぬるが世の運命、こうしている自身もいつか落葉となって散る。木々の葉を散らす風の音に来たるべき運命を思い、先に逝った親しい死者に思いを馳せ、生者がざわめく生ぐさい世界と隔たる静かな境界にひとり身を置くのを好む。心の内は淡く平静である。

そうした荷風が六十代になって、時おり泣くようになった。大泣きすることもある。じつは読者には、これは驚きである。しかしよく考えれば荷風とは、涙と縁のふかい作家であったのではないか、改めてそうも思い当たる。初期にはおとめヒロインをよく泣かせていたではないか。あまりの世の理不尽にくずおれ、くやし涙を黒瞳からうるうる流す可憐な少女をたくさん書いていたではないか。

初期のみならず、風俗小説家として脂ののる一九一六（大正五）年に発表した長編小説、『腕くらべ』のヒロイン駒代とてもそういえば、たいそうな泣き虫であった。華やかな一流どころの新橋芸妓としては淋しい気性で、嬉しい時も悲しいときもすぐ涙があふれる。泣きやまない時は「押入へ首を突っ込んで」人知れず思うさま泣く。暗い夜道でしゃがみ込み、そっと泣くこともしばしば。『腕くらべ』とはある意味、泣き女小説である。

駒代はいわば出戻り芸妓、いちどは北国の大家へ嫁いで旦那の急死によぎなく新橋に舞い戻った二十六、七歳。遊びの世界で、あるていどの甲羅はかぶる。しかし涙あふれる姿は純な少女のようである。彼女が胸につぶやく「自分は一生涯泣いて暮らすように生れて来たのかも知れない」という言葉はとくに印象的である。天涯のひとりぼっち、泣きぼっち。

そう、ヒロインは少なからず泣かせてきた。荷風は女性をおもに描くとき、『つゆのあとさき』の君江のように決して涙なんか見せない奔放で勝気な都会のモンスター系娼婦ヒロインと、いつも瞳に涙のにじむ可憐なおとめ系ヒロインの二刀流で勝負してきた。この二刀流は、彼のなかでは身分職業の区別ではない。芯におとめ心を宿す娼婦も見受ける。浮かれ女にひとしい豊かな男遍歴を誇る奥様もいる。

ところでともかく、作家自身は随筆でも俳句でも詩でも泣いたことはほぼ無かった。泣き言と見せての諷刺や批判は得意だが、涙とはほぼ無縁だった。とくに俳句は少年の日からたしなむので大量の作句が残るが、わたくしの見るかぎりでは一九三四（昭和九）年秋に「泣くはわれ涙のぬしはそなた」という作のあるのが泣きの句としては初見である。当時五十四歳の荷風のこれはリアルな泣きではなく、色恋にからめた端唄遊戯の類と見た。

老いについても俳句ではやすやすと嘆かない。老いは楽しい、というのが俳人・荷風の持ち駒で、「竹の秋身は七十を越えにけり」「風きいて楽しむ老や竹の秋」などと自分の行く手に待つ老いを想像し、もっぱら中国風の隠居の気楽道を詠んで身をかわす。たしかに和歌と涙は伝統的に似あうが、涙と俳味は似あわない。

ところが盧溝橋事件の直後、母の亡くなった秋に、俳句でも荷風はためらわず泣きはじめる。それほど涙が彼にとって切実な主題となる。

「つきぢ川涙に水もぬるむ夜や」「泣きあかす夜は来にけり秋の雨」——母の死へたっぷりと涙を注ぐ。むかしから親しい築地川は涙の川となる。母も平和も消える。どうもこれまでの日清・日露戦争などとは桁外れの破壊的な戦争が来る。そんな予感のなかで、ひとり老いる不安が濃くなる。六十代に入りゆく瞳を涙がうるおし、今までにないほどやわらかい優しい母なる存在が恋しくなる。

そこで彼は、剣のある眼の光をたたえ、するどく身構える未知の女性と男女の戦いを繰りひろげるスタイルをさっと鮮やかに変える。原点に帰る。母のおもかげを宿すおとめ文化に再接近する。

具体的には七月に盧溝橋事件があり、九月に母の逝ったわずか二か月後、一九三七（昭和十二）年の十一月に遊びの河岸を一流のとがった銀座ではなく、往年はともかく大震災後は寂れてしまった格落ちの浅草に変えた。その道の達人女性との本気の色恋決闘ではなく、大衆娯楽に従事する二十歳になるやならずやの「踊子」と、甘いお菓子やおしゃべりをたあいなく楽しむ集団デートに没頭する。

当時として六十代になんなんとする〈翁〉として、おとめの仲間に入れてもらう。竹取物語で、月から来たかぐや姫をいとおしむ優しい老人をほうふつさせる。万葉集で、野遊びのおとめに囲まれて歌を交わす翁を想わせる。日本の古典では伝統的に、おとめと翁は仲よしなのである。双方とも、生ぐさい人間よりも神に近しい。

当時オペラ館に勤めたダンサーたちの証言がたくさんある。荷風センセイは紳士だった。かふう、と読むのを知らない子が「にふう」先生、と読んでもにこにこしていた。凄い文豪だなんてだれも気にしなかった。楽屋見舞いにどっさり餡パンを持ってきてくれた。喫茶店によく連れていってもらった、などなど。

色っぽいとか体つきがいいとか、太ももが男ごころに迫るとか瞳が妖しい、などと若い踊子たちに対して荷風はそうした点を見ていない。はでな仕事の裏の「可憐」にとにかくグッと来たと述べる。

一九三七（昭和十二）年十二月二十三日の日記には、浅草ハトヤ喫茶店の午前一時の光景が感動的に記される。やっと舞台のはねたオペラ館の俳優たちが一服しに来る。なかには家で食べるために「ジャムトースト」をつくってもらって持ち帰る女優がいる。まことに質素。おごり高ぶる帝国劇場の女優と交際したこともあるけれど、それにくらべて浅草の興行界を支える女優はまことに質素可憐であると、短い日誌のその日の文章に二度も「可憐」と書きつけ賞讃する。

評論家の川本三郎も『老いの荷風』で指摘するように、浅草のおもにオペラ館の踊子と荷風のつきあいは色気ぬき、純でむじゃきで個性的である。さらに日記に有名な箇所がある。一九三八（昭和十三）年四月二十四日。さくらがほぼ咲き終わり、新緑みずみずしい荷風の大好きな季節となった。荷風はオペラ館で上演する脚本『葛飾情話』の仕事にかかりっきりで、それにしても連日オペラ館の踊子の楽屋に入りびたり、「雑談に時の移るのを忘るる」。

荷風は五十八歳、踊子たちとの年齢差は四十歳あまり。それでも無限のおしゃべりが楽しくてやめられない。ご飯もおやつも彼女たちと食べる。荷風には世代差のことばの空白がない。ある意味ですごい、自分の子どもよりずっと下の世代と、何時間もうきうき楽しく話し続けられるなんて！

四月二十四日などはお昼も少女たちと洋食屋へゆき、夜食も「文子道子富子千恵子」などを連れて町中華でおしゃべりし、帰りは午前一時となる。「円タク」でみんなをそれぞれの家まで送る道すがら、浅草仲町に咲き残る夜ざくらの豊麗に目をうばわれ、車を降りてまたも四人の少女とお汁粉店に入る。帰宅は午前四時！　険しい世相にも笑顔とおしゃれと娯楽を忘れない娘たちの紅匂う青春に、作家は絶大のオマージュをささげる――「踊子達はいずれも二十歳前後にて人生のいかなる事にも溌剌たる興味を催し得るなり。青春妙齢の力ほど尊くしてまた強きものはなし」。

荷風がかくも青春を讃美する作家であったとは、これも太平洋戦争前とはおおいに異なる。続く戦勝でもっとも日本がゆたかであった大正から昭和初期にかけては、若者のアメリカかぶれの服飾文化やはしたない崩れた言語文化に、彼はたいそう苦言を呈していた記憶がある。世間の競争をはなれて自由に暮らす老人のライフスタイルに熱烈に共鳴していたではないか。

しかし――荷風は原点に帰る。青春を讃美し、おとめと仲よく手をつなぐ。初期と同じく、おとめ文化に接近する。『濹東綺譚』では自己の分身をおもわせる初老主人公男性の口を借りてまず、はやりの映画はまったく見ない、すがれた物と浮き世ばなれした古風な人間に無性に心惹かれると言っていた。安易な市民の娯楽を軽蔑していた。若い世代の軽佻浮薄な流行に背をそむけていた。それがオペラ館の踊子たちに誘われて、しげしげ映画を見るようになる。もっぱらロマンティックな洋画である。彼女たちの口にする感傷的な歌謡曲も愛する。この現象――なぜか。

原因ははっきりしている。戦争が日本から青春を奪う。若い男から順に召集されて戦地へと発つ。めっきり「ますらを」の姿が消える。春を謳歌する若者文化はここにきて抹殺される。青春のいのちは恋。その恋にうつつをぬかすなど非国民であると非難される。

日本人の核なるやまと魂とは、戦いに散るとも悔いぬ雄々しい意気であると賞揚される。恋する青春は一転して排斥されるものとなる。国のため死ぬのが、模範青年とされる。

荷風はその人生のいつでもどこでも、だんぜん敗北する者の味方である。世から弾かれる存在の肩を持つ。太平洋戦争に身代をかたむける日本にて、彼がひときわ声たかく若い清らな恋を讃美するようになったのは、作家としての彼の反骨をかんがみればもっとも自然なことなのである。

戦争の入口から、衣装美はまず敵視された。若い人さえも衣服に気を配らなくなった。まして中高年は灰色ファッションに身をつつむ。衣類のひっぱくもあるが、粗衣にてみずからの戦意を表明する。都会人からこぎれいな感じが無くなれば、東京も終わりであると批判していた荷風ではあるが、その辛辣な口にはまだ余裕があった。次第にそれどころではない、壮年期の男がどんどん消えてゆく。

若い男は街角からほぼ去った。かろうじて青春を生きるのはおとめのみ。若い力で国家の沈没に心折れず、いつか来る平和な未来を夢み、精いっぱいのいじらしいおしゃれを秘かにするのは、おとめのみ。ここは是非にもおとめに頼るしかないでしょう！

日本を支えるおとめ力にやはり鋭く気づいていた同時代の文学者に、荷風と縁のなくもない慶應義塾大学教授にして詩人学者の折口信夫がいる。

折口は源氏物語や万葉集研究の泰斗であり、先駆的に古代史における女性の高らかな存在に着目する民俗学者でもある。かねて巫女の力を秘める聖処女を、神と人とを取りもつ「をとめ」として重んじてきた。

折口の場合はとくに、太平洋戦争は身近だった。精魂こめて育てた大学の教え子はみな男子である。愛する「ますらを」男子が次々に戦地におもむくなか、折口は「をとめ」に最接近する。戦争へゆく恋しい若者を、霊力で守る少女美を歌う。聖なる巫女をヒロインとする哀切な小説や詩を烈しく書く。

折口のおとめ絶唱は荷風と期を同じくする。一九三七（昭和十二）年に日中戦争がはじまり、翌年に国家総動員法が公布された頃から、詩人学者の発表するおとめ文学はいちじるしく目だつ。一九四〇（昭和十五）年二月に五十四歳の折口は、源氏物語の研究誌「むらさき」に哀しい悲恋の詩を発表した。題名は『足柄うた』。天皇に召され、地方の村々から外敵と戦うために出征する万葉集の若き防人たちの歌に取材する。もちろん、恋人や妻にわかれて遠く外地で戦う昭和の若者にささげる詩である。もはや作者自身が「をとめ」に成り代わり、若者たちのぶじを祈る気配さえ漂う。

「をとめ子を　あはれと言ひて、健《ます》ら男《を》は立ち行きにけり」――歌口は高らかにひらかれる。短歌のリズムをいろいろに変化させて織る独特の物語詩である。少女にあらためて恋を誓い、東国の若者が国防へおもむく。思慕のあまりに「をとめ子」は村をでて山や谷をあるき、夜をこめて恋人を追う。冷えまさる冬の月だけが彼女の味方で、いつしか月明かりに伊豆の海の色がかすかに望まれる。外敵の待つ戦地へおもむく船団の、舵とる音が聞こえるのは幻か。少女は凍え、力尽きて雪の舞う山中に倒れる。ああ、このまま雪にうずもれてゆく身か。雪の舞う空には渡り鳥たちが飛ぶ。雪ひらにまがうあの白鳥に化すことができれば、どこまでも純白のつばさを広げてあの人を海こえて追ってゆくのに、と嘆きつつ行き倒れて死ぬ。

――雪よ雪　身をふり埋む――。
　雪のなかに　我は覚《さ》めつつ
かくながら　永久《とは》に覚めじと
　思ふかそけさ

折口は日本に独特の神として、常世《とこよ》から来てさまようおとめ神がいると提唱した。たとえば古代地誌『丹後国風土記逸文』に伝えられる、奈具《なぐ》神社の女神の由来譚などはその典型である、かぐや姫物語の一つの種子でもあろう、またこれは古代神話すなわち貴種流離譚の原形を濃く残すと推した。

丹後は聖水ゆたかな国。比治の山にうつくしい湧き水があって、たまさか天女がおりてきて水浴する。里の翁がひとりの天女の羽衣を隠し、天へ帰れないと嘆くおとめを娘とした。天女の醸す神秘の酒で家はうるおう。ここからが竹取物語とはきっぱりと異なる。富んだ翁と妻はおとめに辛く当たり、家を追い出す。おとめは泣きながら地上をさまよい、ついに奈具の地で旅死にする。漂泊の天女の骸を酒の神として祭ったのが、今の奈具神社の由来であると説く。

若い頃から折口はこの神話に惹かれていた。各地の奥深い古社に旅する彼は、大きな雄々しい神の蔭に隠れて、こうした姫神が点々と祭られることも知っていた。かく弱くはかない「姫神」を信仰する日本人の繊細な宗教心を敬していた。姫神には、神と人を取りもつ巫女の存在も反映されると考えた。古代の巫女信仰の証しでもあるとした。

早くからこうした聖少女のさすらいを詩にも小説にも歌う折口信夫であるが、戦争中に少女の主題を強化し、より明確にする。恋のあわれを少女の胸に抱かせる。いとしい若者を追い、その魂を全身全霊でまもる恋を歌う。

すばらしい小説を書いた。一九三九（昭和十四）年に雑誌に発表し、一九四三（昭和十八）年、敗色がいよいよ濃くなる中で出版した『死者の書』である。

すでに世界的な名作であるので、ことさら説明しても詮ない。若くして死んだ敗者の魂を救う「をとめ」の小説である。かつて謀反の罪で殺され、怨霊として山中の洞窟に葬られた死者の皇子が、死のまぎわに一目みて愛した藤原家の姫を呼ぶ。その魂の悲痛な声をとらえたのは、時をへて生まれた同じ藤原家の血をひく姫君。姫は館を出奔し、死者のために蓮糸でうつくしい衣を織り、山中で凍る魂をなぐさめ、あたため、浄化しようと身をけずる。

無念の思いで横死した古代の皇子は言わずもがな、熱帯のジャングルや孤島で名も知らぬ若い命を荒れた土くれの上に横たえる、折口の愛する若者たちの化身である。

折口のもっとも愛する養子の青年は、最前線の戦士として硫黄島の洞窟でおそらく爆死した。『死者の書』を刊行した直後に折口は告白する、小説のヒロインは私である、と。戦火の迫るなかで折口信夫は乙女に化した、そして血を吐く乙女の祈りを、戦う若者にささげた！

詩人学者には敗戦から一年後の夏八月、恋する力こそやまと魂、女性美の前に打たれる感激こそ焼けただれた国土を唯一よみがえらせる泉であるとし、乙女よ麗しくあれ、戦場から帰って負けた悔しさに心萎え、荒れる若者に恋することを思いださせておくれ、と呼びかける詩『やまと恋』（一九四六［昭和二十一］年八月発表）もある。「をみな子」「をとめ」の少女美こそは日本を救う、若い恋の感激こそ国土蘇生の泉となると、と老いびとの立場で青春の力を頼る。

荷風も折口も、賢明な〈翁〉として知っていたのである。青年たちが戦いに去り、炎につつまれる国土で心折れず、前を向く勇気と情熱を持つのは乙女であることを。時代の主役は乙女に他ならないことを。彼らは期を一にして麗しい乙女文学を発信する。

それぞれに以前から乙女を重んじていた。折口には巫女研究の積み重ねがある。荷風がその原点、日本が画期的に変わる明治欧化にこれだ、と書いたのも新しい時代を呼ぶ乙女の嘆きと反抗であった。

街角から若者の去った東京で、荷風は人心をなぐさめる娯楽興業のさいごの灯をともす踊り子や歌姫たちと出会った。学校の先生ならばいざ知らず、孤高の作家にして若い人と話す場所にいられるのは稀有である。やはり荷風は鼻が利く。この若やかに楽しい居場所のあるゆえに、東京へのしきりな空襲が始まっても、なかなか疎開しなかったことは明らかである。

彼の戦争期の日記には前にあげた青春への謳歌をはじめとし、自己防衛に血道を上げるおとなの余裕のなさに染まらず、相変わらずおしゃれや甘いおやつに夢中で、ダンスや洋画が大好きで恋にあこがれる、時代に潰されない乙女の不屈の気っぷを讃嘆する声がしばしば聞こえる。たとえば――。

一九三九（昭和十四）年十月。石炭やガス欠乏の風説を耳にし、ひそかに大応援する「英仏連合軍」の戦況が思わしくないことを新聞で目にし、荷風は「憂愁」に閉ざされる。そこで夜は行きつけの浅草公園の喫茶店へゆく。すると来た来た、踊り子がたくさん！　彼女たちと仲店をあるく。おしゃれ用品を見つけては手にとって楽しく話しあう少女たち。それを見るとかつて吉原遊廓の見習い芸妓、つまり可憐な「雛妓《おしゃく》」少女を連れてここを散歩したことを思いだす。ひらひら可愛い「花簪《はなかんざし》」をふたりで選んで買ったのだった。ああ、「世は移りわれは老ひ風俗は一変したれど、東京の町娘の浮きたる心のみむかしに変らず」と、つらい暗い心に花がぱあっと咲く。

ここでもまた荷風は独特の喚起力の確かさで時をこえている、と思わせられる。自身の若い頃の大らかな愉快な時代世相、かんざし一つで喜ぶおしゃく少女の可憐な笑顔、その奥にはさらに遥か時をこえて、浮世絵や小説で活躍する江戸の町娘のかわゆい姿が鮮明に立ち現われているに相違ない。

荷風が浅草で働くおとめを愛するには、彼どくとくの見立てが機能する。日記の他の箇所でもしきりに、下町育ちの親に育てられてあんがい古風な面もある彼女たちを、江戸の町娘に重ねてなつかしむ。太平洋戦争のさなかに江戸への愛惜は、若い頃にも負けず形を変えてふたたび燃え上がり、戦国の世にひとり立つ荷風をあつく支える感激の源となっていることがわかる。

かつて築地に仮住まいし、下町の芸妓や雛妓と仲よしになり、荷風の家へ彼女たちが遊びに来たり、白玉氷やお汁粉を食べておしゃべりするうちに皆で昼寝もしたり――、といった楽天の日々が帰ってきた。そう思わずば、孤独な老いの身でいかにこの酷い凄まじい戦乱を耐えられようか。

思えば甘いおやつが好き、人生はおしゃれと娯楽それにもちろん恋愛がもっとも大事で、朝ねぼう昼寝好きの夜行性、徹底して平和派の町娘と荷風が気の合わないわけはないのである。

浅草の働く町娘への讃嘆は、荷風の戦争日記のいたるところに見られる。一九四〇（昭和十五）年八月二日の「ミミイといふ少女」の登場も痛快である。夕飯を上野の豆腐料理でしたため荷風は街で、かねて知りあいの踊子おとめミミイに出会う。ミミイの話には、きのう銀座で踊子なかま五、六人であるいていた時、はでな服装を見とがめられたか、そのうちのナナ子という少女が街に立つ「愛国婦人連」から注意の印刷紙を手渡されたという。

ナナ子は恐れ入る風もなく、何よこれ広告のチラシかしら、と軽くあしらう態度であったという。この日は折しも敵国アメリカ伝来の「ジャズ音楽」禁止も近いとの記事が新聞に載ったのに、ナナ子もミミイも自身らのご飯の種の危機に怖じずに「悠然」たるものであると、荷風は少女の恐いもの知らずの豪胆に敬意をささげる。たぶんミミイたちは、世相が娯楽興業の沈没におおいに関わることを知らない。しかしその態度でよい。その悠然が正しい。この場合の無知は「上智」にひとしい、と荷風は絶讃する。

おしゃれな服装の少女や婦人を発見しては、険しい目で警告の紙を渡す愛国婦人の存在は都会人の脅威であった。ぜいたくは敵と自粛をうながす〈愛国〉の大義には、いかなる貴婦人も身を縮めざるをえなかった。元伯爵令嬢の白洲正子でさえ、この警告には気をつかったという。何だい、真の贅沢を見せてやる、と防空演習のもんぺに最上の絣《かすり》を着こなし、白洲さんの質素は婦人のお手本ですと誉められ、お腹のなかであかんべえしていたという（『白洲正子自伝』）。


夢を捨てない少女の輪に安心安全な翁として加わる気楽な楽しさに、とうとう東京に空襲が始まっても、荷風は麻布の偏奇館暮らしを続けた。空襲が来る日々にも浅草へ遊びにゆくのだから凄い。それだけ彼の遊びの精神はあっぱれだったといえる。それだけ孤独だったともいえる。

灯火管制がしきりになって、荷風の独身生活を廻す大切なインフラである都会の消費文化は消えてゆく。なじみの飲食店は次々閉じる。孤独をいろどる外食もままならぬ。食べるだけの場所ではない、店主や常連客と話せることも救いだった。近所のお風呂屋、荷風のことばで書くと「湯屋」も閉まる日が増える。ここで町のうわさ話を聞き、世相をキャッチしていた。あたたかい湯気と見知らぬ人の肌の匂いも、孤立を慰めていたのにちがいない。

だから乙女のらちもないおしゃべりは、荷風にとって唯一無二の平和の歌である。最後の砦である。オペラ館の踊子たちに誘われて浅草の映画館で洋画を見る楽しみも知った。一九四三（昭和十八）年五月六日の日記にたとえばこうある——「オペラ館踊子らと仏蘭西映画白鳥の死を見る。少女らはただ写真の画面に興味をおぼえ余は仏蘭西の言葉を耳にして青春の昔を思ひ暗愁を催すなり」。

綺麗なもの、すてきなもの、美味しいものをすべて奪われた少女たちは、せめて餓えたように洋画を見る。画面の美男美女や華やかなドレスにうっとりする。荷風は乙女にみちびかれ、映画館で思いもかけず久方ぶりに恋しいフランス語の響きを耳にし、ふらんす物語の日々を思いだす。乙女が、失われた時に帰る新しい道を教えてくれたのだ。

乙女との交際で荷風は映画を見直す。同年七月七日には「仏蘭西映画制作技師アルノオの映画案内」（一九二二年刊行と荷風がフランス語で書いた註がある）を読む。さいきん六本木の古本屋で買ったのだ。映画を毛嫌いしていたが、仏蘭西ではアナトール・フランス、ゾラ、スタンダールの名作も一回は必ず映画化されていることを知る。

この前後で荷風は改めてつよく自身の作品の映画化の可能性、あるいは芸術と映画の深い関係性に目覚めたらしい。何しろ時代の先端を知る少女が夢中になる娯楽である。未来性がゆたかにある。アメリカやイギリスは畜敵ぞと、英語さえ排する大人たちは、もはや世界に冠たる文化オンチである。その識見はまったくあてにならない。乙女こそはわずかに、戦争の先の未来のエンターテインメントをかぎ当てる。

戦争中、荷風は腕によりをかけて長編小説を書いていた。一九四一（昭和十六）年十二月八日、日米開戦の号外が出た日に書きはじめた。自身の誕生日の五日後である。戦争と老いと母の死がほぼ同時に訪れ、父母の懐にまもられて生い育った幼い日々が切に慕わしかった。母のひざに抱かれて「壮ちゃん」と呼ばれた日の安寧が、今さらにかけがえないものに思われた。

おっとりと優しい母のおもかげを追おうと思った。アメリカとイギリスが貴重な先生で、男性はおろか少女も英語を学んだ欧化さかんな日本を、母の背景に描こうと思った。燈火の乏しい暗い夜にも書き継いで、翌一九四二（昭和十七）年三月十七日に「脱稿」した。

一九四三～四四（昭和十八～十九）年、これも発表のあてもなく秘かに書かれた中編小説『踊子』とならび、『浮沈』こそは、戦争下の日本を守る乙女との濃密なつきあいから生まれた作品である。母のおもかげを書くとともに、乙女の夢中になる西洋映画を思わせる浪漫あふれる恋愛を描くべく目ざした。この小説には、あきらかに随所に映画の影響がある。

乙女がヒロインである。戦争が身辺にやってくる荒い世相におびえて暮らすヒロイン乙女の心の柱には、理想の母がいる。優しく愛にみちた母のぬくもりをよすがに生きる。今はぼろをまとう漂泊の女性になったけれど、いつか、いつかは母のように優雅に麗しい淑女になりたいとけなげに願う。

乙女の背後に荷風は、イギリス製の古い置時計に仕込まれたオルゴールを鳴らす。曲はアイルランドの民謡「ラスト・ローズ・オブ・サンマー（咲残りし夏の薔薇）」。鹿鳴館時代に若き日をおくったヒロインの理想の母が、その居間で朝晩聞いていたオルゴールの曲である。母は逝き、その優雅な文化も消え、自分ひとり見知らぬ荒々しい世界に迷う哀しさと不安にヒロインはしのび泣く。

ラスト・ローズは自身そのもの。うつくしい夏は去った。可憐な薔薇は枯れゆくのみ。恋しい明治はもはや遠すぎる。薔薇の匂う時代は去った。自分を置いて消え去った。灯火管制で闇の濃い日々、母を慕って涙する乙女に荷風は同化する。道路にぽたぽたと涙をおとして東京の街をさまよう、母なき子となる。

『浮沈』は過ぎ去った古きよき時代――ラスト・ローズにそっと身を寄せて泣くおとめを描く。彼女は、『腕くらべ』の駒代にもっとも似る。泣き虫駒代の系譜である。しかし駒代を描くときの荷風にはゆとりと客観性があった。芸達者な駒代に古風なよき花柳界の斜陽を投影し、一つの風俗の衰亡として距離をおいて書いた。

しかるに『浮沈』の孤児ヒロインは、荷風そのものである。慕わしい母の死に絶望し、小石川の乾いた道路にぽたぽた、と涙の痕を滴らせて当てなく歩きつづけるヒロインは、荷風の背景をなす境涯に大きく重なる。

荷風が自身の書くヒロインに同化した――こんなことは初めてである。荷風の死守してきた孤独に、太平洋戦争がもたらした変質は深い。そのことは、ほぼ全編おとめの涙に濡れる『浮沈』によく表われる。

11 おとめ座の荷風

永井荷風は十二月三日生まれ、一年中で冬至の時節がもっとも好きという冬っ子である。その生まれ星座は射手座。これもある意味で胸にハートの矢をいだき、ひたすら女性を見つめて追った彼にふさわしい。

とはいえ、もっとしっくり彼に似あう星座がある。日が暮れればだれよりも先に空をながめ、ほんのり光る宵の明星をうっとりと見上げたひと。夜に帰るときはマイホームの門を開ける前にしばし立ちどまり、濃い紺青の夜空にかがやく月と星を仰いで人間たちの俗な世界の塵をふるい落とし、心をはるか天上に遊ばせたひと。太平洋戦争中にも燦爛《さんらん》ときらめく「星斗」の美しさは変わらないと、空襲警報の鳴り渡る街を歩きながらも、人の戦いなどぞ知らぬ顔の遠い月星に生きるしるべを学んだひと。

そうした荷風にもっとも似あう星座がある――、それはおとめ座。はるかな月と星を何よりも愛し、世俗から飛翔して高らかに輝く星の子であることを願うおとめの時代に生まれ合わせた、彼こそはおとめ座浪漫の泉をゆたかに汲む文学者なのである。

何しろ与謝野晶子は彼より一歳上の姉である。明治の世に若者のための新鮮なラブソングを言上げして火を噴いた鉄幹の詩歌社、「明星」を晶子とともに支える山川登美子は、彼と同い年である。同じく晶子・登美子と力をあわせ、女性による稀有な合同詩歌集『恋衣』を刊行して世間ににらまれた恋歌の少女戦士、増田雅子は彼の一歳下のいもうとに当たる。一八七九（明治十二）年生まれの荷風は、恋のロマンを鼓舞して愛と平和を尊ぶ新時代を呼ぶ明星おとめたちと同期のさくらなのだ。――宿命的である。

晶子は日清・日露戦争のはざまで「髪五尺ときなば水にやはらかき少女ごころは秘めて放たじ」と、恋にかがやく魂を至上とする〈少女〉の心意気を怖じずにうたった。少女の恋する身体――解き放たれ渦まく黒髪、熱く張った乳房や接吻に酔う唇を画期的に表現した。北国の武家生まれのつつましい登美子も、『恋衣』におさめた自身のアンソロジー『白百合』に、恋する能力に抜きんでる〈少女〉をうたう――「髪ながき少女とうまれしろ百合に額は伏せつつ君をこそ思へ」。

少女の恋歌がこんなにも重んじられるのは、ほぼ万葉集以来ではなかろうか。今まで男性社会がみそっかすにして視野にも入れなかった〈少女〉がようやく近代に出現し、清らな星やゆりの花を理想とかかげ、恋の歓喜を盾としてうつろな競争や戦いを否定した。立ち上がる少女の背景には、日清・日露戦争の黒雲の広がる険しい世相がある。反戦の前線に立ち、平和のあかしとして恋を讃美する主力となったのが、「明星」を巣として羽ばたく少女詩人たちなのである。彼女たちの恋する反戦文学の開花は、ちょうど荷風が文壇に登場した折で、彼は作家として若い姉妹たちの旗上げに強烈な刺激を浴びて成長した。

そうした荷風にとって青少年時代から生涯をかけて、おとめは平和と愛の象徴である。戦いを憎む。小さな幸せに口出しする、かたくなな道徳を嫌う。個人を組織の働き蜂とする国家戦略にそっぽを向く。この姿勢でおとめと荷風はぴったり合致する。

といって少女も結婚して奥さまになれば、夫なる支配者のつかさどる家の上下関係にしばられ、生まれた子どもを国家の人質に取られる。何にも囚われずに自由を歌えるのは、何といっても無垢の青春力に富むおとめ。荷風は早くそう悟っていた。

鎖国が解け、極東の列島にも戦いの世紀がやってくる。国民一丸をむねとする戦いの思想にもっとも染まりにくいのは、力ない者として今まで無視され、社会からはみ出すゆえに組織への所属伝統をもたない一番つよい純な個人――おとめなのである。

若い荷風は、優雅な日傘をかたむけてゆったりと白百合や青いあやめの咲く花園を散歩するおとめに共感し、ジェントルに腕を貸した。この世で平和と愛こそはもっとも貴重なもの、恋し恋されよくぞ生まれたかいあったと笑って死にたい、という信念において荷風とおとめは仲よく手をつなぐ。

貯蓄型より消費型、娯楽産業のあふれる都会の刺激的な暮らしが好き、封建的な家に縛られるよりは孤独の崖に立っても独立をえらぶ、というライフスタイルでも両者は共通する。

そのライフスタイルはつかのまの平和な時代にはかろうじて許される。しかし戦いの時代には絶対否定される。恋したい？　楽しく暮らしたい？　それは利己的な〈非国民〉であると非難される。

荷風は大きくとらえれば作家生涯に二度、おとめを同志として乙女文化に大接近している。いずれも戦争の時代であることに注目したい。前に述べたように初度は彼の文壇デビューのとき。意気込んで二十世紀の扉を開ける彼は二十歳そこそこ、日清戦争の勝利を背景に日本には好戦の気風が烈しく吹いていた。

二度目は晩年、六十代の入口にして迎えた太平洋戦争の前後。鬼畜米英とおとなが騒ぎ、英語さえ排するなかでおとめは変わらず洋画に通い、禁令となる最後までパーマネントやワンピースのおしゃれを愛した。米や電気さえ不足するなかで堂々と「甘い物欲しい」（荷風の日記『断腸亭日乗』）と言いつのり、平和な時代を恋しがった。

口には出せないものの、敵国となったフランスの無事を日記で秘かにいのり、ナチスを倒す少女英雄ジャンヌダルクよ今こそふたたび現われよと心中に叫び、アメリカの礎をなす自由の空気にあらためて敬意をはらう荷風にとって、もはや同志はおとめのみとなった。学校が苦手の彼は女学生にほぼ知り合いはいない。それに大正時代にいい家庭のお嬢様や女学生ばかりが清純な〈少女〉として脚光を浴びるのも不満だったのではないか。

ここにも心のおとめはいる。そんな思いでミュージカルやコメディ仕様の小劇に出演し、日本人を笑わせ泣かせる二十歳前後の女性たちと仲よくなった。日記に彼女ら踊り子群のことを「少女たち」ときっぱり書く。決していかがわしい女性ではないと気を張る。

日米開戦のときは、ああもう故郷は崩壊すると改めて、父母にふところ子として守られて過ごした生家の山の手をせつなく思い出した。母も西洋へのあこがれを胸に育った薔薇のような鹿鳴館おとめだった。覚えている姿はつつましい和服であるが、イギリスの貴婦人とごく自然に英語でしゃべっていた。

鹿鳴館で紺色の絹のドレスをまといワルツをならう青春の母のおもかげは、浅草で洋楽とダンスのショーにたずさわる踊り子少女たちのすがたに重なっていたのではないか。春匂う少女のやわらかな頬は、遠い日の母の優しい頬ずりを想わせる。孤独な六十代シングルの荷風は戦争下、少女の清々しさを杖としてどうにか生きた。むじゃきな踊り子たちとデートし、笑いを忘れないでいられた。

戦争を生きる荷風にとっていかに〈少女〉の存在がたいせつな命綱であったか、たとえば——。

荷風の人生さいごの切実な戦争は、一九三七（昭和十二）年七月七日、盧溝橋で日中両軍が激突したいわゆる盧溝橋事件に始まる。じつにいやな予感がした。少年時代に日本人が戦いに狂熱する契機となった日清戦争を経験している。それまでのおっとりと柔らかい江戸風の空気が一掃され、通っていた山の手の中学科でも軍人系の教師が重用され、柔術が必須となった。にわかに武道がおもんじられ、不登校ぎみになった苦い思い出がある。荷風はここで、高学歴コースから脱落した。苦い画期点である。青年時代は日露戦争もあった。

戦争のはじまりを肌で知る。盧溝橋事件は世界戦争につながると直感した。のちに彼は日記『断腸亭日乗』でしばしば、一九三七（昭和十二）年のこの事件こそは日本が太平洋戦争への道をえらんでしまった大痛恨事であった、それは軍部の愚行に他ならないと解析して憤る。彼にとって、ここがまさに太平洋戦争の幕開けに当たる。

盧溝橋事件からほどなく、同年九月に母が死んだことも連続して痛かった。すでに独居暮らしも長い五十七歳とはいえ、柔剛を合わせもつ彼の柔の部分が濃く泣く。この世に本当に自分をたいせつに思ってくれる人がいなくなった、家なき子のような淋しさに見舞われたらしい。——ここに真の戦争が来る。今までの戦争はいやだが、遠かった。とうとう自身の上に戦争の砲弾がようしゃなく襲いかかる。

そのときに荷風の寄りすがったのが、「乙女」であった。一九三七（昭和十二）年十月二八日、若い頃から愛読したミュッセの詩に改めていたく感動したと日記に書く。それはミュッセ作『少女リュシイ』という詩で、彼はそれを翻訳した。荷風の訳詩より一部を引く。

「われと乙女。その夜唯ふたりのみ。
ひしと寄添ひゐたりけり」
「乙女とわれと唯二人物も得言はず寄添ひゐたり。
乙女とわれとその時年は十五なりけり。
われは乙女リュシイがおもてを見まもりぬ」
「この人よりも美しきものこの世にありや。
されど乙女の身より湧出る気高さに
わが恋は妹を思ふ愛なりけり」

月の光を頼りにそっと寄りそう少年と少女は十五歳。リュシイは金髪碧眼の乙女。荷風はアメリカ留学時代に自身が述べ、『あめりか物語』におさめた小説でも告白するように、ロザリンなるブロンド少女と恋をした。作家としての偽装なのか事実なのかはわからない。少なくとも彼の心のアメリカには生涯、花園と井戸のある平和なコテージハウスでピアノを弾く少女が、忘れがたい可憐な薔薇として咲いていたと言える。アメリカと日本が敵対するなかで、ひとしお濃くロザリンを偲んだのだろうか。リュシイにロザリンのおもかげを見たのだろうか。

少年と少女は口づけするが、少年は「乙女の身より湧出る気高さ」「乙女の汚れなき吐息」に圧倒され、二人の恋は「接吻《くちづけ》」のみの、「無邪気」なまま終わる。二か月後に病いを得た乙女は死ぬ。その後おとなになった少年は彼女の墓をおとずれ、永遠の乙女にささやく――「あはれ乙女よ。その胸にその思出に　ふかき平和の宿れかし」。

恋人の墓におとずれ、過去の彼女との恋をものがたるという形のロマンスは、小デュマ『椿姫』にも使われる十九世紀恋愛小説の定番であり、ミュッセのこの詩などは伊藤左千夫の初恋物語『野菊の墓』にふかい刺激をあたたものではないか。それにしても荷風がかく感傷的な初恋の詩に打たれるとは――やはり彼のおとめ座浪漫は見すごしがたい。

荷風訳するミュッセ『少女リユシイ』は『永きわかれ』という題で、戦後の一九四六（昭和二十一）年九月刊行の作品集『来訪者』のなかの創作詩集『偏奇館吟草』の一篇としておさめられた。これが訳されたのは一九三七（昭和十二）年秋、荷風にとって盧溝橋事件と母の死が続き、真の戦争が火ぶたを切った正にそのときであったことは、前述のように日記に明らかである。『断腸亭日乗』のその箇所をかいま見しよう。

一九三七（昭和十二）年十月二十七日の項より。この日はよく晴れ、夕食に出かけた銀座では「上海戦勝祝賀の提灯行列」が練りあるき、騒がしかった。荷風はすぐに地下鉄に乗り浅草へ逃げる。ここはいつも通りでほっとした。その夜――「燈火ミユッセの詩集をよみて暁に至る」。

同年十月二十八日の項にはこうある、家の庭の冬めくようすを心にとめつつ――「ミユッセの詩少女リユシイの一篇を訳す」。

日清・日露のときと同じく、またもや日本人はつかのまの勝利に酔って戦勝さわぎを繰り広げる。好景気がくると銀座の街は浮かれ立つ。同じだ、まったく同じ戦いの歴史を繰り返す。当時として長く生きる平和派の文人・荷風の絶望は深かったであろう。いつものように騒ぎの悪口も言わず、無言でただちに身をひるがえし、提灯行列の騒がしい銀座から去る姿勢にその苦い思いがうかがわれる。

その夜に読みふけったのが、ミュッセの純潔な金髪おとめの初恋の詩であったことは、戦争と荷風とおとめの密接な関係をよく象徴する。

戦争のはじまりをいよいよ実感する孤立した夜更け。おのが人生にも時代にも厳しい冬が始まる――霧のごとき不安と恐怖がひろがるなか、小寒い寝室で沈痛にもの思う荷風のかたわらに優しく寄りそうのは他のだれでもない、記憶の遠い花園から抜け出してきたブロンドの少女、ロザリンとリュシイであった。これより日本が敵対するアメリカに暮らし、フランスに生まれ育った恋しいなつかしい乙女たちであった……。

花柳小説の名手として、荷風はこれまで遊廓・娼婦とセットで語られてきた。本書では荷風をおとめと対にして語る。日本文学に古代から連綿と続き、途中で絶え入りそうになりながらも復活した〈おとめ〉歌の系譜は、近代のスター作家・荷風のなかにゆたかに勢いよく流れ込んだ。近現代に輝くおとめ座の文学者として、荷風を再発見したい。

12 『浮沈』——荷風の風と共に去りぬ

幸せなティータイムの淡い湯気のように——古きよき時代の典雅な貴婦人たちの姿が次々に浮かんでは消えてゆく。

それは鹿鳴館時代の和洋折衷の教育をゆたかに受けた知の女性群である。まずは女性の和歌教育に身をささげた中島歌子、続いては『小公子』『小公女』を訳して早く世を去った翻訳家の若松賤子、近代初の大型女性小説家の樋口一葉、森鷗外の妹で翻訳家の小金井喜美子。

そしてその中央に——荷風は愛情ふかい母を座らせる。早くからキリスト教の信仰を持ち、英国人のひらいた女学校に学び、みずからも英語の原書を翻訳した。しかし才華はつつしみ秘めて結婚した。夫はケンブリッジ大学に留学し、前途有望な高級官吏となったが、若く病死した。母は決して嘆かずひがまず、静かな山の手の屋敷で手芸と家政に打ちこみ、読書を友としてひとり息子を明朗な家庭で育てあげた。

太平洋戦争中に毎夜くらい灯火の下で、あるときは暑さにあえいで庭の涼やかな月や星をあおぎ、あるときはガス欠乏のため物置から久方ぶりに引っ張りだした昔なじみの火鉢や小型の置きごたつに手足をあたため、戦争中に物心ともに荷風を支えた実業家のパトロン相馬陵霜によれば——あるときはなぜか押し入れに入りこみ、独り荷風がこつこつと書いた長編小説『浮沈』の中央に咲き薫る注目すべき母の肖像である。作家の母、永井恆のおもかげが明らかに重なる。

『浮沈』のヒロインは、二十代なかばのカフエーで働く「さだ子」。いかにも平凡な名である。もう一つの仇なるしごと名、テレザという名がなければ忘れてしまう。さみしい陰気な面と、華やかなあでやかな面。二つの名はヒロインの人生をよくかたどる。

一九三七（昭和十二）年に盧溝橋事件のあった年から一九四〇年秋まで、戦争の暗雲濃くなる世相のなかで都会の荒波に揉まれ、運命に翻弄され、浮きつ沈みつする彼女、さだ子にしてテレザの哀しい漂泊をたどる。

さだ子はあたかも川波に流される一葉舟。荷風にもっとも近しい切実なヒロインである。荷風なる筆名に作家は、水の勢いに流され、浮き沈みする蓮の花や葉のイメージを託す。波に浮き沈む蓮におのが人生を重ねる小唄も、彼にはある。

また、よく泣くさだ子は涙の子。涙川に浮きつ沈みつする。そこには和歌の感性が薫る。俳諧を愛する荷風、一方でその源なす和歌の世界にも親しむ。そのことは新古今和歌集はもちろん、戦争下にそうとうマイナーな新千載和歌集まで読んでいることからも察せられる。とくに『浮沈』をしとど濡らすたおやめの涙には、次なる新古今和歌集の嘆きの歌を対にするのが似あうだろう。王朝和歌はあふれる涙を好む。女流も男流も、涙川に浮き沈むわが身のはかなさを詠む。

置き添ふる露とともには消えもせで涙にのみも浮き沈むかな　読人しらず

さだ子は栃木の雑貨商をいとなむ実家から逃げて東京に舞い立った。十八歳だった。母を亡くして継母と気があわない。「継母の傍にいるのが訳もなくいやでいやで」ふっと「家を飛び出した」。

土地でも評判の美少女、さだ子。そのわりに内気で目だつのを嫌う。西銀座でカフエーの女給をしながら、まじめにけなげに幸せを求める。その可憐はすぐに若い学者を魅了し、彼の母の理解があって二人はさしたる波乱なく結ばれる。山の手は小日向水道町の樹木ゆたかな屋敷で、若奥さまとして穏やかに暮らす。

夢のよう。優しい母と真実のおうちができた！　しかし四年間のはかない夢だった。夫は猛威をふるうインフルエンザで死んだ。夫の従弟に言いよられ、さだ子はひっそり身を引いて実家に帰る。シングルとなった綺麗なさだ子に世間の目があつまる。継母は見合いをすすめる。やっぱりこの女性は嫌い、とさだ子はまたも家出して東京へ。

いったん大家に嫁いだものの、夫の病死でふたたび遊びの街へ戻る駒代にやはり似る。駒代とさだ子は、荷風文学の泣き虫ヒロインの双璧をなす。大正期と昭和戦争期のふたりの泣き虫の違いは――駒代が受け身で運命に流されやすいのに対し、さだ子は弱さとよるべなさを強調されながらも芯はつよい。故郷で見合い結婚するより、仕事口のある東京で「自活したい」と固い意志を持つ。ゆえに境遇はたしかに山の手の奥さまから女給へと「浮沈」みするものの、彼女自身はそう儚く水にただよう花でもない。そこに昭和のヒロインさだ子の特徴がある。

いやな人、いやな仕事からは徹底的に逃げる。手をさしのべる男に身を任すようでいて、ああいやだ、と思うと絶対に逃げる。いやな男と暮らすくらいなら、バッグ・ウーマンとして上野の夜をさすらい、警官に補導されることすら辞さない。

さだ子は自由への気持ちがまっすぐで、そこに荷風は思い入れを注ぐ。今までにないほど己がヒロインと一体化する。荷風も自由のためには断固として逃げる戦法をとる。非戦かつ逃走主義である。

とくに義理の母、辰野未亡人へのさだ子の無垢な思慕には、母および小石川の生家を遠く切なく惜しむ荷風の愛情が波うつ。この面で主人公と書き手が密着する。さだ子の母恋いは、戦争にすさむ時代を活写する『浮沈』の要をなす。心根ただしい貴婦人の母は、古きよき鹿鳴館文化を象徴する。自身が生まれた頃の鹿鳴館時代を荷風はしばしば、近代日本の最高峰に咲く華ととらえる。

——ここまで来て私たちはどうしても、同時代を圧倒的に席巻した世界的な名作小説、戦下の極東少女たちをも魅了した戦争恋愛ロマン、『風と共に去りぬ』を連想しないわけにはゆかない。

まずは、慕わしい母のおもかげに「英国の古い民謡」である「ラスト・ローズ・オブ・サンマー」が鳴り響くことに注目したい。さだ子が働きはじめた品のいい「西洋人向けのバア」の冬のたそがれ。オルゴールからなつかしい夏のなごりの薔薇の曲が流れ、さだ子ははっとする。それは嫁いだ小日向水道町の居間で夫と「朝夕」に聞いた思い出の曲である。曲を鳴らすオルゴール時計は、義母が結婚したときに「女学校の教師であった英国人」から贈られたゆかりの舶来品と聞いていた。

評論家の川本三郎によれば、この民謡の歌詞はアイルランドの国民詩人トマス・ムーアの詩によるもので、ムーアはアイルランド出身の『風と共に去りぬ』のスカーレットの父が愛する詩人であるという（川本三郎『老いの荷風』）。

たしかに『風と共に去りぬ』のはじまりの名場面、南部恒例のすばらしいバーベキュー・パーティーに馬を駆っておもむく春風さわやかな道で、すでにほろ酔いの父ジェラルドは大声で祖国の民謡とトマス・ムーアの詩を歌う。

裸一貫でアイルランドから出てきたジェラルドは武骨でいい人、無教養さえ愛嬌がある。「詩といえばダブリン生まれのトマス・ムーアしか知らず、歌といえば昔から歌いつがれてきたアイルランド歌謡しか知らなかった」とされる。オルゴールの奏でるわざと感傷的な曲からして、『浮沈』と『風と共に去りぬ』には縁の糸が感じられる。

久しぶりに聞く薔薇の曲に、二十二歳のさだ子は胸を突かれる。まあ、何という数奇な転変を私は経験してきたのだろう。初恋の人と結ばれたあの小日向水道町の屋敷の居間。同じ曲をオルゴールが奏でた。母ひとりで暮らす今も、あの屋敷でオルゴールは鳴るのであろう。母は変わらず静かなうつくしい年月を送るはず。なのに私のみじめな落ちぶれようと言ったら。

お母さま、お母さま、お母さま。困ったらいつでも帰っていらっしゃいと言ってくれた。あんな女性になりたかったのに、とさだ子は母恋しさに涙ぐむ。都会で気を張る意地がぽっきりと折れそうになる。

この辺りでさだ子の心の内側から小説をすすめることばが離れ、こんどは目に見えぬ書き手に依りついて、客観的なナレーションが鳩の胸羽色に染めて麗しく、年月に色褪せた愛しい母の肖像を描きはじめる。

母は長い年月、寡婦《かふ》ぐらしの静な生涯に、おのずと多くの書物を読み、企てずして心の修養をも積み、その後は筆こそ執らないが、十九世紀前半の西洋文学に見られるような、人道主義の文学者らしい人格をつくるようになっていた。

明治時代の中葉《なかごろ》、教養のある中流社会の生活には、西洋文化の感化も次第に円熟し、江戸時代の遺風もなお全く湮滅《えんめつ》せず、この二流の文化の混和からつくり成された典雅、素朴、穏健なる気風が存在していた。母はこの時代――教養界には中島歌子、文壇には若松賤子、一葉女史、小金井きみ子等が現れた時代に成長した婦人であったので、才学があっても深く慎んでそれを表に現すことを嫌っていた。この修練なきものは謙遜の徳を知らない田舎者に見られるからである。母はいつも読書を娯しみにしていたけれど、家政と手芸とに熟達することが婦徳の第一である事を忘れていなかった。

脚色はもちろんある。辰野未亡人は英国人経営の女学校を卒業する頃には「ストウ夫人やジョージ、エリオットの小説を和文調に翻訳して専門の学者を驚かしたことがあった」とつづられる。荷風の母の恆は英国貴族の女性に薫育をうけたが、そこまで才華を世に目だたせる人ではなかった。静かに家の奥にいた。

しかし、ここでストウ夫人が出てくるのは気になる。南北戦争の契機ともなった彼女の名著『アンクル・トムの小屋』は、クリスチャンの恆が熱心に手に取って読んでいて、それを少年時代の荷風が新鮮に受けとめていた可能性がある。思いもよらずアメリカと日本が戦うとき、母の手にあった合衆国の起源をなすこの奴隷制を告発する大河小説を、今いちど思い出した可能性がある。

かねがねアメリカ文学には興味がないと公言する荷風。しかしそんなはずもない。早く一九〇三（明治三十六）年にアメリカ留学した文学青年である。英語にたんのうでもある。アメリカという自由の国を尊敬する。『あめりか物語』で、アメリカを我が「第二の故郷」とまで言う。また映画やジャズなどアメリカ文化は、昭和の若者を魅了した。ずばぬけて貪婪《どんらん》な風俗小説家としても、近現代アメリカ文学を無視するはずなどない。アメリカとの敵対が激化する一九四一（昭和十六）年二月四日の日記でも、それを意識してむしろアメリカを「自由の国」と讃えている。

もちろん評判作は読んでいたであろう。ただし意地がある。日記には読んだ、と書かない。記述がないので、本人の言葉どおり荷風はアメリカ文学に無関心だったということになる。

荷風の蔵書は東京大空襲で焼けた。私たちは『断腸亭日乗』にて彼の読書歴をわずかに知る。重要な本の名は書く。フランス文学が多い。しかしことさら読んだと書かなかった本や作品も多いにちがいない。その意味ではおそらく歴史資料を意識して書く『断腸亭日乗』の読書録には空白がある。

しかし少なくともストウ夫人の『アンクル・トムの小屋』に強烈な関心を持って読んだことは、幸いにして日記にうかがわれる。『断腸亭日乗』一九四一（昭和十六）年五月五日にこうある——「晴。

午後銀座教文館にてアンクルトムの家を購はむとせしが無し」。ちなみにこの七か月後、日米開戦を受けて『浮沈』に着手したわけである。

教文館は現在もキリスト教関連図書を主とする銀座の書店で、欧米の最新の文化動向を知りたい人は、まず丸善か教文館へ行く。ちなみに『熊のプーさん』を初めて邦訳した石井桃子は、一九三三（昭和八）年に親しくしていた作家・犬養健《いぬかいたける》の邸で初めて「プー」の原書に出会う。その後すぐに教文館でその前編『Winnie-the-Pooh』とさらに作者ミルンの童謡集『When We Were Very Young』と『Now We Are Six』の三冊を見つけて躍り上がった。教文館のその書棚が「魔法の棚か、宝の山に見えた」という（石井桃子の随筆『プーと私』一九六九年発表）。

石井桃子はこの奇跡の出会い以来、「日本は、戦争へ、戦争へと進んで」ゆくなかで英語の仕事が閉ざされる鬱屈から身を守るようにプーさんを訳し、一九四〇（昭和十五）年十二月に子どもたちへのクリスマス・プレゼントを意識し、岩波書店からユーモアあふれる『熊のプーさん』を出版した。それは日米開戦のほぼ一年前。続けて開戦直後の一九四二（昭和十七）年に『プー横丁にたった家』を出した。まさに滑り込み刊行だった。

愉快なプーさんは日本の暗い時代に生まれ、その後は「敵性国家のもの」として紙の配給を受けられず絶版となって戦後もしばらく、プーさんの本のゆくえは翻訳者や出版社にさえ見つけられなくなったという。

彼女が教文館で稀少なミルンの本を発見した一九三三（昭和八）年と、荷風が古典的な『アンクル・トムの小屋』さえ見いだせなかった一九四一（昭和十六）年では、本屋の輸入状況が天と地ほども違っていたこともわかる。敵国の本を置くことに厳しい規制がかかった。荷風は日記で、丸善の外国文学の書棚が品薄で寒々しいことを嘆いている。

それにしても終戦まで疎開しなかった石井桃子は、機会あるごとに外国文学の薫りを伝える貴重な教文館へ通ったであろうし、荷風も同じであろう。欧米文化に親しむ人は、戦争中は一種の異邦人とならざるをえない。そこは荷風と似ている。どんどん書物の消える丸善や教文館の本棚の前で、三十代の若い瞳を光らせる石井桃子と六十代の荷風、ふたりの異邦人はそれと知らずにすれ違っていたかもしれない。

さて、どうしてもストウ夫人著『アンクル・トムの小屋』が読みたかった荷風のことであった。当時親しく交際していた英米文学の名翻訳家・平井呈一に頼んだらしい。日米開戦前夜、一九四一（昭和十六）年七月六日の日記に「平井君小包郵便にてアンクルトムの家其他一巻を送らる」とある。平井は親切にストウ夫人の他の本も送ってくれたらしい。翌日、さっそく荷風は「終日アンクルトムを読む」。

南部の奴隷制に小説で反対したストウ夫人は、父も夫も牧師である。作品にはキリスト教の博愛主義が流れる。開戦以来とくに荷風は、大国アメリカの礎をなすキリスト教に注目する。そのかみ母の膝に抱かれて、幼い自身も目にしたかもしれない『アンクル・トムの小屋』をぜひ読もうと思う。祖母と母はクリスチャンで、末の弟も牧師である自身の武家家系の血に流れるキリスト教信仰について、あらためて深く考えこむ。

キリスト教の根幹は弱者への愛であると、悟りのいいこの人は聖書からすぐに読みとった。平和主義の荷風は、愛の宗教・キリスト教の有利と未来性を感じる。そんな思いも、ストウ夫人の著作を熱心に読んで程なく着手した『浮沈』には反映する。

『浮沈』の主題は恋愛浪漫、そして母恋いである。当時仲間であった浅草小劇場で踊る乙女たちのためにもぜひ、西洋映画のような綺麗な恋愛小説を書きたいと願っていた。

この主題については荷風自身が日記で吐露する。『断腸亭日乗』一九四一（昭和十七）年三月一日、この頃は『浮沈』を書く筆に脂がのっていた時期である。夕暮れ、上野で所用をすました荷風はしばらく駅地下道をあるく。すると人目をしのび別れを惜しんで寄りそう、身なりのいい中流家庭の「若き男女」を目にする。とても感激する。殺伐たる「今の世にも猶恋愛を忘れざる」若者のいることに安堵する。じっと彼らを観察する。「去年来筆とりつゞけたる小説の題目は恋愛の描写」なので、貴重なレアな恋するふたりの表情や身ごなしをよく見ておこうと思う。

目下書く恋愛小説とは『浮沈』で、荷風文学には珍しく、さだ子を思う男に誠がある。同じ階級の高慢女と異なるいじらしさが可愛い、といい気なエゴはあるものの、ヒロインを深くいとおしむ心根がある。『つゆのあとさき』『ひかげの花』『踊子』などで、荷風が次々とヒロインの脇に登場させる浅はかなで浮気なチャラ男とは一線を画する。さだ子のようやく巡り合った恋人、越智《おち》は恋愛小説の正統に立つ。

灰色に塗りつぶされる戦都・東京を舞台とする『浮沈』の恋の主題については、荷風に傾倒する中国文学者・奥野信太郎が激賞する。とくにさだ子と越智のベッドシーンを評価する。すっかり越智を信頼してすやすや眠るさだ子のうぶな寝顔にかかる巻き毛を優しくなでる越智のしぐさは、日本の男にはちょっとできない。どこか洋画の情人のよう。奥野信太郎はその麗しいバタ臭さを鋭くかぎ取り、この場面は恋人たちが人目をのがれて「シャトオ」でしのび逢う「西欧小説」をほうふつさせると述べる（奥野信太郎『荷風文学鑑賞』）。

その一方でさだ子の恋愛とからむ主題、母恋いの西欧色については従来さしたる意見が出ていない。みずからも母恋いの主題をかかえる評論家・江藤淳はもっぱら荷風の実母への思慕とかさねて注目し、そこに没落するよき日本中流階級への鎮魂を読みとった。

しかしながらじつは――『浮沈』の母の主題は母・恆への思いもさりながら、その背景に戦下の作品としては相当な反逆精神が脈うつ。アメリカ色が濃く匂う。荷風はたくみに「敵性国」の礎をなすキリスト教の愛あふれる母を理想として掲げる。ここに日米開戦をめぐる荷風の表現のおおきな問題がある。

『浮沈』にはこれまでの中期以降の荷風文学にはないほど、欧米のイメージがふんぷんと薫る。さだ子のもう一つの名はテレザ。ここからはじまり、オルゴール、リラの花、バア、ビール、ホテル、ドレス、ダンサー、ノーチップ、パトロン、アベック、マスター、アパート、サンドイッチ、スタンド、トランプなど、日米開戦以降は〈敵国語〉として憎まれる英語をはじめフランス語などがこれ見よがしに使われる。かつては「ピクニック」にはじまり、その随筆で若い世代のちゃらんぽらんな英語の使い方を厳しく指弾していた荷風であるのに、この変節はどうしたことか。

英語を主とする事物をまき散らす『浮沈』では言いたかった。知識人から庶民まで、いかに日本人が英米文化にふかく感化されてきたか。暮らしの会話のすみずみにまで、いかにアメリカとイギリスの風俗事物が浸透するか。「鬼畜」「敵国」の文明を取り入れて日本は成長してきた。映画にダンスに電気にカフェ、パンにワインにビスケット、パーマネントに靴にスカート。すべて欧米から来た。今さらこれらと日本人を切り離そうなどとは無理無体、ナンセンスのきわみ、骨と身を引きはがすようなもの。たとえば越智もさだ子も都会人として、英語表記の食物や娯楽にどっぷり漬かる。

さだ子の心に薫る永遠の母の肖像にしてからが、ホームの主人公たる欧米の明るく活発な母を思わせる。荷風はさだ子と義母を書きながら、徳冨蘆花はじめ森鷗外や泉鏡花など、近代日本小説作家が連綿と腕をふるってきた嫁姑争いからはきっぱり離れる。横暴な夫に耐えて子どもを守る日本のけなげな母とも訣別する。

辰野未亡人はゆたかな読書を通じてキリスト教の「人道主義」に染まった。家を出た薄幸なさだ子をさげすむどころか、「真心籠め」てこの少女を「完全な女性」に薫育するべく決意する。どうしてもアメリカの女流作家群が書く精神の貴婦人、よきWomanたるクリスチャンの母によほど近い。

近代アメリカで女性作家の台頭とともに新鮮に生まれたのは、娘が愛情こめて描く理想の母ものである。母を通し、戦争の世紀にも不滅のキリスト教精神をものがたる。これが日本の大正デモクラシー期と、連続する昭和初期によく読まれた。女性が理想の女性を書く――新しい家庭小説は多くのおとめ読者を獲得した。

その幕開けは一八六八年に発表されたLittle Women。日本は明治元年である。作者・ルイザ・メイ・オルコットの家族をほぼ映す。牧師の父は南北戦争へ、父不在の家庭で四人姉妹をすこやかに育てるのは、敬神と奉仕の精神にかがやく明るい母。聖書を読む母のまわりに四人の少女がつどううつくしい光景が、「お母さま」を柱とする愛の家庭を象徴する。

研究者の海都《かいと》洋子によれば、早くは一九〇六（明治三十九）年に『小婦人』の題名で、北田秋圃が抄訳した（岩波少年文庫『若草物語』「解説」）。これも欧風教育を受けた文学少女、荷風の母の本棚にあったであろう一冊である。

その後を追うアメリカ母文学の代表、パール・バック著『母の肖像』も、『浮沈』の理想の母とあながち無縁ではあるまい。こちらは一九三六（昭和十一）年の発表。パールが自身の母の波乱の生涯と博愛を語る。母は伝道の情熱を抱いて宣教師と結婚し、以降を中国で暮らした。疫病や外人排斥も恐れず、キリスト教を広めた。若草物語のお母さまと同じく、家庭ではいつも朗らかに歌っていた。至上のホームをつくった。娘は献身的な母を「アメリカの華」と讃える。

そしてもっとも『浮沈』と結びつきの深い母ものが、『母の肖像』と同年に発表されたマーガレット・ミッチェルの大河ロマン『風と共に去りぬ』である。南北戦争を駆け抜けるヒロインの悲恋と、母への永遠の慕情を主題とする。

スカーレットの母エレンは初恋に破れ、人に尽くす愛で自身を生かした。いつも聖書を手に大農場をつかさどり、困った人に手をさしのべた。さいごは隣人と家族を看病し、自分が疫病で死ぬ。

無敵に愛らしいスカーレットは母のふところ子。何かあったら、お母さまの居間へ駆けこめばよい。すべては聡明な母が解決してくれる。自分も恋するアシュレと結婚して、お母さまのような「貴婦人」になりたい。とりあえずアシュレを獲得しよう、そう思っていた。

単純無垢な夢は、戦争の勃興と南部の敗北で消滅する。北軍の砲撃を受ける前線の地アトランタから馬車で脱出するくだりは山場である。スカーレットはひとり奮闘し、お母さまのいる故郷を目ざす。これは悪い夢。お母さまの膝に頭をのせれば、お母さまが何とかしてくれる。そこまでがんばろう——お母さまが戦争の出口だ。

やっとタラ農園にたどりついたヒロインは、その前日にお母さまが死んだと知らされる。父もどっと老いた。スカーレットは呆然とする。ここで彼女特有の愛らしさは消える。少女時代は終わる。戦中戦後の飢えと戦う大人の女となる。

母エレンは、戦争が破壊する古い優雅な文化を象徴する。人が変わってがつがつ稼ぐヒロインの内部には、いつも母がいる。愛と優しさを説いた母の教えに逆らう後ろめたさが湧く。余裕のあった母の時代とはちがうから仕方ない、と言い訳しつつも母のようなクリスチャン「貴婦人」に届かない自身の心の貧しさがかえりみられる。

さだ子も、人生の不運に負けない義母の愛にみちた心根にあこがれる。母の暮らす小日向水道町の緑ゆたかな屋敷は、さいごの楽園だった。帰ればきっと母は、オルゴール鳴る居間で抱いてくれる。ふたたび東京で落ちぶれたのも恥ずかしいし、母のいる場所は大切すぎて訪ねられない。戦雲のひろがるなか、ついに我慢できずに母の元へ向かったその当日、邸から出てくる葬列を目撃する。出征兵を見送った帰路に母は交通事故に合い、死んだという。さだ子を覚えていた女中にそう教えられ、ふたりの女性は抱きあって泣く。

ついに心の母には会えなかった。『浮沈』のこの山場は、ヒロインが原郷へ帰還したとたんに母の死を知る『風と共に去りぬ』を彷彿させる。エレンも辰野未亡人も戦争のために死ぬ。やすらかな故郷は戦いの嵐に滅び去り、ひとり荒々しく餓えた世相に放り出される、という孤独な若い女性像が酷似する。


『浮沈』を書いたとき荷風がすでに『風と共に去りぬ』を読んでいたか。確証はない。ただヴィヴィアン・リーがスカーレットを演ずる映画は、戦後の一九五三（昭和二十八）年に見ていることが日記に記される。それにしても英語にたんのうな荷風が早く原書で、あるいは邦訳で読んでいる可能性は高い。『風と共に去りぬ』は世界戦争期に発表され、各国で共感の嵐を巻きおこした。発表後すぐに映画化され、原作は一九三七（昭和十二）年にピューリッツァー賞をうけた。

ちょうど荷風が銀座を舞台とする『つゆのあとさき』に続き、すがれた下町に魅かれ『濹東綺譚』を書き、ついで見出だした浅草に通いはじめた頃である。アメリカではパール・バック、マーガレット・ミッチェルと女性作家が続けて世界的な文学賞を獲得し、女性が描く不屈の愛の女性物語がメガトン・ヒットを飛ばしていた。

物書きたるもの、この新しい動きを無視できまい。ましてアメリカ留学時代から、女性芸術家の活動に喝采をおくって注目していた荷風である。『風と共に去りぬ』は大勢の少女読者を感動させた。ちょうど浅草で若い踊子とおしゃべりし、彼女たちのために小さなミュージカルも書いていた荷風である。読んでいたと考える方が自然である。邦訳は大久保康雄と竹内道之助が、一九三八（昭和十三）年から一九三九（昭和十四）年にかけて三部構成で完訳出版している。

男性読者の感想の声はない代わりに、破壊から立ち上がり、力づよく生きるスカーレットがだんぜん、太平洋戦争を生きる若い女性を魅了したことは明らかである。ドレスも恋人アシュレも好きなものすべてを奪う戦争が憎い、と叫ぶヒロインに共感が集まった。ここで荷風がつきあっていた踊り子ナナ子やミミイとまさに同じ年頃の、三人のおとめの証言を聞こう。みんな学生である。

荷風は女学生が苦手だったというけれど、戦争中は阿部雪子という知的な若い女性と交際し、彼女にフランス語を教えていた。いわば先生の役をしていた。評論家の高橋英夫が日記の深みを探り、表面には露出しない雪子との深い交情をすくい上げている。

荷風にとっても女学生は苦手、などと贅沢を言えた大正期は遠いのではないか。可憐に西欧にあこがれる女性は、すべからく荷風の仲間である。外国文学や洋画やおしゃれが好きな女性は、心の友である。

たとえば森英恵《はなえ》、一九二六（昭和元）年生まれ。日米開戦時は十五歳。
たとえば西村クワ、一九二七（昭和二年）年生まれ。日米開戦時は十四歳。
たとえば田辺聖子、一九二八（昭和三年）年生まれ。日米開戦時は十三歳。

みんな戦下の学窓で『風と共に去りぬ』に触れている。もっとも身にしみてこの大河ロマンを読んだのは森英恵である。大学英文学科進学を希望したが、敵国語なので父に却下された。母のとりなしで東京女子大学高等学部へ入った。戦況の悪化で工場へ狩りだされる十七歳の日々、友だちと大学図書館の本を回し読みするのが唯一の楽しみだった。ずばぬけて秘かな人気を博したのは『風と共に去りぬ』だった。スカーレットが戦後のタラ農場で知恵を働かせ、緑のカーテンを切ってドレスをつくる場面に刺激され、まねして古いセーターから新作をつくった。自伝によれば、これがファッションデザイナーとしての自身の原点だという（森英恵『グッドバイ　バタフライ』）。

西村クワは大正デモクラシーを代表する自由思想家、西村伊作の第九子に当たる。伊作は、荷風とは縁がある。イギリスの日常芸術家ウイリアム・モリスの影響を受け、家父長制とは無縁の家庭の樹立を唱える伊作の新しい〈中流〉のライフスタイルに、早く明治末から荷風も深く共感した。中年からのひとり暮らしに麻布の小さな洋館をえらんだのは、どうもシンプルな英国風住宅の設計家でもある伊作の影響が大きいらしい。

クワが父の創立した文化学院女学部に入ったのは十二歳、一九三九（昭和十四）年。芝生にデイジーが咲くイギリス風のシンプルな家に住んでいた。生活全般が洋風だった。父が創立した学院は自由な校風で、満洲から帰国した「アコ」という少女などは天衣無縫、凄い読書家だった。『若草物語』なんか小学校二年で読んじゃった、ディケンズの『二都物語』はいいね、と言う。入学してまもないある日、アコがそっと教科書の下に本を隠して読んでいる。何？　と聞くと「これ？　アメリカでベスト・セラーになった『風と共に去りぬ』。南北戦争の頃の恋愛小説で面白いよ」と言う。クワは未読であったが、『風と共に去りぬ』の日本語訳が発売禁止になったのは知っていたので、発禁本を学校で読むアコの大胆とおませに驚いた（西村クワ『光のなかの少女たち――西村伊作の娘が語る昭和史』）。

田辺聖子は大阪の写真館のお嬢ちゃん。戦争前は父がよく洋画に連れていってくれた。第二次大坂空襲で、ハイカラな洋風の実家は焼けた。さいきん発見刊行された彼女の昭和二十年から二十二年（一九四五～四七年）の戦中戦後日記を見ると、古今東西の書を十七、八歳で読みまくっている。女学校から勤労動員され、グンゼ工場で働くクラスメイトも皆「軍国少女」であった。しかし彼女たちの文化文学の世界に国境はない。勤労奉仕のあいまの授業内容は驚異的である。女学生たちは万葉集からはじまり近松門左衛門、漱石、ゲーテ、ツルゲーネフ、ビョルンソン、ヘッセ、シエイクスピアについて喧々諤々《けんけんがくがく》と論じあう（『田辺聖子　十八歳の日の記録』）。

戦争末期の一九四五（昭和二十）年に「宇賀田さん」という同級生が、聖子に「しきりに『風と共に去りぬ』を推賞し」、聖子は彼女にノーベル賞受賞のポーランド文学『農民』を教えている。他に娯楽のないこともあり、当時の女学生は凄い読書量を誇る。大人の文学の他、『四姉妹』『あしながおじさん』『ハイジ』『パレアナ』など、少女がはつらつと活躍する西洋おとめ文学も聖子の支えだった。独立心のつよい四姉妹のジョーと、あしながおじさんのジュディが理想だった。

敗戦二か月後の日記に、パール・バック『母の肖像』への感激も記される。聖子の家では父が戦災のショックで病気になり、母ひとりが市場で働き、生活苦に立ち向かう。パールの偉大な母にわが母をかさねる。戦争に負けない女性の力を感じる。

戦争中に多感な年齢の少女たちは読むにしろ読まないにしろ、『風と共に去りぬ』の威力を明らかに耳にしていた。原書はもちろん邦訳も発売禁止ということで、学校の図書館や家の本棚にひっそりと置かれるこの画期的にたくましい女性の物語を、反抗心もこめて若い女性が秘かに読んでいた風景が歴然とある。

荷風が遊んでいた浅草の踊子たちは、当時しじゅう甘い恋愛ロマンと「甘い物」を欲しがっていた。このあたりはビスコ、チョコレート・カステラ、ドーナッツ、シュークリームだの「昔、幸福だった時代の美味しい菓子」を恋しがる十八歳の女学生・田辺聖子と何ら異なるところはない。荷風とて早くから、甘いおやつはゆとりある人生と平和の象徴であると、随筆『砂糖』で高らかに唱えていた平和甘党である。こうした好みはおとめに等しい。

欧米の言葉も事物も禁止されるなかで、少女たちがそっと耳打ちしあう女性作家の戦争恋愛ロマン――とびきり新鮮な『風と共に去りぬ』を荷風おじさんも読み、自分の小説『浮沈』に生かしたことは十分ありうる。

じつはもう一つ――、荷風が見たと記録にはないが、『浮沈』にほのかな残り香のただよう洋画として、第一次世界大戦の始まるロンドンを舞台とするアメリカ映画『哀愁』も考えられる。これも戦争恋愛もの。一九四〇（昭和十五）年に前年の『風と共に去りぬ』で成功したヴィヴィアン・リーが主人公を演じて映画化された。

ヒロインは親のいない清純な踊り子。ロンドンの劇場で踊り、親友と自活する。第一次世界大戦でイギリスがドイツに宣戦布告し、都会に空襲が始まるある日、避難した大きな橋の上で若い将校に助けられ、互いに恋に落ちる。

将校は領地を持つ古く立派な一族の出で、この身分ちがいの恋は越智とさだ子を思わせる。夫を早く亡くし、広い屋敷をつかさどる将校の母はひとり息子の恋を受け入れ、哀れな孤児のマイラを娘として暖かく迎える。慈愛あふれるほんものの貴婦人である。マイラと彼女の関係は、さだ子と辰野未亡人にいたく似る。

都会を悠々とながれる川にかかる橋が恋人たちの思い出の場所で、戦争のために職場を失い、娼婦に落ちぶれたマイラは義母となるはずだった恋人の母にだけ秘密を打ち明け、最後は橋から身を投げる。川と橋を愛する荷風にはたまらない映像であろう。

何しろ劇場で踊る若いバレエ・ダンサーの悲恋である。浅草劇場の少女たちの間で話題沸騰だったのではないか。一九四〇（昭和十五）年頃はまだ東京にもゆとりがあった。荷風も浅草で楽しく過ごしていた。踊り子に楽屋で、『風と共に去りぬ』に続いてヴィヴィアン・リーがヒロインをつとめる『哀愁』の話を聞いていたかもしれない。戦後の一九五三（昭和二十八）年に書かれた短篇小説『吾妻橋』などももしや、この洋画を底に秘めるのかもしれない。

『吾妻橋』のヒロイン道子は、戦争で家族をみんな失った。マイラにひとしい。夕暮れの橋にたたずみ客引きをする女たちに交じり、よぎなく娼婦をして暮らす。橋の欄干に身をよせて、白いブラウスを夕風にはためかせ、流れに映る都会の灯を虚無的にみつめる道子は、そういえば愁いあるマイラの白い横顔を想わせる。

荷風といえばフランス、そしてパリを愛する文学者として知られる。一方で彼の生い立ちの背景には、アメリカとイギリス文化がより濃密に薫る。父も自身もアメリカへ留学し、母はイギリス貴婦人に淑女教育をうけた。戦争中に当てなく書いた小説や随筆は、幼時の平和な暮らしを慕うものが多い。したがってアメリカやイギリスへの慕情がにじむ。

荷風は思いきり母と祖母に愛された子どもだった。彼女たちのひざの上に抱かれ、世界を見た小公子だった。やわらかい女性の肉の感触と鳩のような胸、優しくしっかりと幼児を支える両手の囲い、彼女たちが話すきれぎれの英語のふしぎな響き、幼児のために広げる聖書のページが荷風の原初の世界である。

『浮沈』は改めて読むと、わびさび趣味の横溢するそれまでの荷風の作品世界とは画然と異なる。万物は英語の物語や洋画に厚くコーティングされ、その表面を和歌的な懐旧と悲嘆の涙がしとど濡らす。日本における英語文化がもうすぐ息の根をとめられる危機意識が、かろうじて都会のバーに居場所を見つけた家出娘の恋の哀れをさらにかき立てる。

すなわちこれは日本が熱烈に欧米に恋し、最高の文明を生んだ蜜月時代、和洋が神秘的かつ円満に婚姻した母の時代に、戦いと分断の時代を生きる子がひれ伏し、母のひざに頭を預けて砕け散った平和をしのび泣く物語に他ならない。その意味で泣き虫さだ子は全身全霊、荷風である。

第II部　荷風につらなるスターたち

13 リン、ビン、ソウ——海潮音を聴く三きょうだい

森鷗外、本名は林太郎。

上田敏、筆名も本名に同じく。

永井荷風、本名は壮吉。

年の順からリン、ビン、ソウ、と切れよく並ぶ。たがいに愛し、ふかく理解しあった幸福な三人の文学者である。こうした幸せな関係は、日本がまだ若くういういしい明治ならでは。時代が擦れて文壇競争のはげしい大正・昭和時代には稀有であろう。

たとえるならば彼らはしごく仲のいい三人きょうだいで、みな前代の武士家系をになうべく大切に育てられた長子であり、それぞれの家族のふんいきもかけ離れていなかった。とくに既婚のリンとビンは家族ぐるみで親しかった。

二人には同じ年頃の令嬢がいたし、その令嬢を良妻賢母としてではなく、英語にフランス語を自在にあやつる国際的な芸術家、ないしは外遊経験もある誇らかな貴婦人として教育したいという父としての熱望でも一致していた。

リンの第一令嬢は茉莉、ビンのただひとりの子どもは瑠璃子。たった半年ちがいの茉莉と瑠璃子

はいっしょによく遊んだ。少女たちの名もほのかに似る。かたや父の好きな異国の香気たかい花の名、かたや父祖の胸に忘れがたく沁みる太平洋の紺碧の波うつ名、あるいは西欧の野の風にゆれる忘れな草の優しい色。いずれも当時としてまことに華やかな女子の名である。じみで謙虚な婦徳なんぞ蹴とばし、思うぞんぶん華やいで生きよ、と願う父の夢がほとばしる。

独身のソウは、こうした夢と情熱をはらむ女性がこれから誕生する時代がきた、とあこがれをこめて二人の兄さんが個性的に創造する家庭をながめていた。日本の封建的な家庭は暗くて陰気で大の苦手であったから、結婚からは極力避難すると決めていた。しかしこんな新しい家庭で育つ幸せの香りのする芸術家おじょうさんとならば、自分のようなわがまま自由人でもどうにか結婚できるかしらん、と思った一時期もあるにはあった。

それはソウ、永井壮吉つまり荷風が華咲く遊楽の都パリから帰り、数少ない貴重な帰朝者として注目され、鷗外と上田敏の推挙をうけて慶應義塾大学部文学科教授になる話のひそかに起きるころ――さあ、これから縁談話のあまた降ってくる三十代の入口に立ったころである。

一九〇九（明治四十二）年十月。荷風は二十九歳。夏から新橋名妓とつきあっていた。それでも結婚相手を芸妓にとは、この頃は考えていなかったらしい。「中央公論」に中篇小説『帰朝者の日記』を発表している。いかにもフランス帰りの若い作家に期待される内容をふまえて取り組んだ。西欧をよく知る人間の個性に富む結婚譚を書いた。新世代をになう若者の結婚への希望を書いた。

世間の需要に若い荷風はサービス精神でよく応えていたのだなあ、この人の世間への妥協のなさは名声と確たる位置を得てからのもので、孤高にはそれなりの孤高権の確立への努力があってこそ、とも痛感させられる。

小説の主人公は半年前に欧米から帰り、権威ある「父」のつかさどる家に住まう青年「自分」。もちろん荷風の分身である。読者もそういう体勢で読む構造になっている。

いろいろ日本がいごこち悪い。温泉の同窓会へ行っても出世じまんばかり。日本間での正座も辛いし、世話を焼きすぎる宿のおもてなしも煩わしい。自邸で好きなピアノの前に座っても、黒光りする楽器の表面にきもの姿の自分が映り、我ながらそのダサさにぷっと吹き出したくなる。ピアノを弾くのもいやになる。父の麗しい墨書きの手紙だって何だ、こりゃと思う。息子にむかって決まって「拝啓陳者」から書きはじめ、「早々頓首」で終わる。空々しいこと限りない。英語の「My dear father」「Your affectionate son」を訳した日本語で自分は書くぞ、その方がよっぽど「自然」じゃないか。

つまり日本の万物をコーティングする空疎な形式主義に「自分」は気がついてしまったのであって、そうなるとすべてがこけおどしで笑える。父の手紙にかんしていえば、その漢字を駆使した名筆がまったく心にとどかない。判読しがたい、くねくねした「アラビヤ文字」に見える。帰国した自分は異国にいると悟る。

ひとり異国をさまようのは、辛すぎる。いつも仲間を探してしまう。ぽつぽつ出会う欧米帰りの男性知識人にようやく同族を見いだす。そのなかにはじっさいに荷風がパリで知り合い、仲よくなった上田敏をモデルとする聡明な建築史家も出てくる。みんな「半分欧羅巴《ヨーロッパ》人になった」人々である。

同性には少数の理解しあえる人もいる。しかしお年頃の自分には、結婚相手というおおきな課題が控える。異分子の自分が毎日をともに暮らせる女性が日本にいようか。良家の女性はすべからく家の奥で秘蔵される。純白といえば聞こえはいいが、自分に言わせれば極端な無知の人だ。近代日本の悪夢のごとき矛盾を、そのまま素直に受け入れる。うわお、ありえない、無理すぎる。彼女も気の毒、自分もかわいそう。ことばさえ通じない異国人どうしが、愛の結び目さえなく毎日を一つ屋根の下で暮らすなんて！

周囲から湧く見合い結婚への圧は、恐怖でさえある。そんな折に「伊太利《イタリア》大使夫人」が公邸でもよおす音楽会に出席し、やはり「半分欧羅巴人」の令嬢と出あう。彼女は銀行頭取の令嬢で、キリスト教の学校で学んだ。フランス語と英語を自在にあやつる。自分の性質として熱烈な情熱ではないが、春子になみならぬ好感を持つ。シューマン作曲「ユーモレスク」を演奏するバイオリンとピアノの二重奏に聞きほれる彼女の目の輝きに魅せられる。かく自由に明るくふるまい、音楽芸術をよく理解する女性が日本にいたとは――帰国以来はじめて女性美に打たれる。

春子は音楽会に和服の最たる正装、美々しい三枚重ねで現われる。それでいて、アメリカ青年と英語で楽しく語らう。欧米の高官貴婦人に囲まれてまったく物怖じしない。この輝かな奇跡に自分は打たれる。ちなみにこの春子登場にひそかに深く感動した読者がいる。三島由紀夫である。三島は春子の悠然としたおもかげを、あきらかに自作『春の雪』のヒロイン聡子に映した。

聡子は、三島のいたく愛して手のとどかなかった高貴な女性を描くと伝わる。作者の至上のヒロインであることは間違いない。その聡子が恋人に招かれ、劇場へ歌舞伎を見にゆく場面に注目したい。荷風文学を敬慕する三島は、ここで歴然と『帰朝者の日記』における春子登場のイメージを活用する。

シャンデリアきらめくロビーで聡子は、幼なじみの恋人・清顕がその留学を世話するシャムの王子たちに紹介される。聡子は英語を話さない。しかしいささかも悪びれず、「京風の三枚重ねを」ゆるゆると着こなした姿で王子たちに挨拶する。黙って花のように立つだけで、彼らを圧倒する。

その高貴な態度に異国の貴公子ふたりは魅せられ、彼女は日本で会ったもっともうつくしい人だ、君は何と幸せな男かと清顕にささやく。清顕は聡子を新鮮に見直し、身を捨てても恋に落ちる。聡子は世界のどこにも通ずる社交性を自ずとわきまえる。荷風と三島は共通し、こうした和洋の段差をものともしない豪胆な貴種女性と恋に流される夢想を持つ。

それに春子には――当時荷風がもっとも敬愛し、その学恩と恩義にもっとも厚く浴していた鷗外と上田敏の令嬢教育の理想が映される。さらにその背景にはリンとビン両者が熱く応援する女性解放運動「青鞜」の立ち上げと、社会における〈新しい女性〉噴火の気運もうねる。

帰国したての荷風が芸妓ではなく、異色なことに高度に知的な令嬢を書いた一九〇九（明治四十二）年といえば――鷗外は四十七歳で、長女の茉莉は六歳。五月には次女の杏奴《あんぬ》も生まれ、鷗外は二人の娘の父となったところである。茉莉は四月にエリート校・東京女子高等師範学校附属小学校に入り、鷗外は娘たちの将来と教育について考え、ゆたかな夢を胸にはらんでいた。女性教育はちょうど、鷗外最大の問題であった。鷗外を高らかに仰ぐ若い荷風は、それを視界に入れる。

鷗外はいい意味での教育パパの先駆である。これほど忙しい男性がこれほど子女の教育について考え、みずから世話した例は、その盟友の上田敏をのぞいては日本中に見当たらないであろう。茉莉と杏奴、末の男の子の類は父の愛を語るエッセイを多く書いた。それらを読めば、鷗外の子女教育の熱意がよく解る。鷗外文学を理解するには欠かせない要素である。

上田敏も娘の瑠璃子にかんしてほぼ同じ環境にあった。敏は荷風が帰国した五か月後に、自身もパリからロンドン経由で帰国した。敏の外遊は一九〇七（明治四十）年十一月に船で横浜を出港し、ニューヨーク、フランス、イギリス、ヨーロッパ諸国を歴遊し、翌年はほぼパリにいた。そこで荷風に会った。妻の悦子に面白い若いひとと親しくなった、と手紙で報告している。

留守家庭をふかく案じる敏はなんと六十通ほどの手紙を外遊先から妻に発しており、幼稚園にかよう五歳の瑠璃子についてひんぴんと問い、その健康と教育を遠くから導いている。じつはパリに拠点をさだめて長く滞在する一九〇八年（明治四十一）年には、なぜか留守宅への手紙が間遠になる。敏は帰国まぎわの手紙にもいちばんパリが好きだ、と書く。屋外のカフェにすわって一杯の飲み物で、ぼおっとパリの賑わいをながめるだけで幸せだと妻に書く。幸福感に比例して手紙はめっきり少なくなる。

上田敏を研究する比較文学の今は亡き泰斗・島田謹二はこの謎に突っ込み、もしやパリで秘かな恋が敏にあったのではないか、当時お金をかなり必要として金繰りに腐心している、異国での情事に関わるのではないか、と推理している。その可能性は充分にある。このあたりは荷風との共通性も濃い。後述しよう。

さてそんなわけで、敏のまめな手紙には愛嬢・瑠璃子への想いがこまやかにうかがわれる。彼は鷗外と同じく、父としての権威からみずからを先駆的に解放した人だった。子どもたちが鷗外を慕ってパッパと呼んだにひとしく、先駆的に子どもと親しいPapaだった。海を渡って日本の家へ届いた彼の手紙から少し引いておこう。

まず船がホノルルに着いた現存する第二便の手紙では、出航のおりに「るり子が泣きながらハンケチを振りし可愛らしさ」が忘れられないとし、太平洋の青さは「サッファイヤの玉」のようで「あなたとるり子に見せたい」と妻に書く。海の青色はむすめの名でもあり、のちに敏が京都帝国大学教授をつとめていたとき、つねにサファイアの指輪をはめていたという。この外遊で買ったものか。

精神主義の敏にして、稀少な欧州のおみやげを買うことにかなり熱心であるのも、海を渡ることが一種の奇蹟である明治の匂いを残す。シカゴの街にさえ「るり子やあなたへ買って上げたきもの沢山あれど」、ロンドン・パリ・ニューヨークまで忍耐すると告げる。でもでも「このあたりの物皆るり子に買ってやりたし」と、家族に海外のおもちゃや装身具を買いたくて、うずうずする様子をしめす。

るり子は大きくなったか、風邪はひいていないか、踊りのおけいこや勉強も大切だけれど、何分おさないので健康を専一に、と何度も妻にたのみ入る。るり子に「papa」と呼ばせていることもわかる。「るり子は是非外国へよこしたい」と何度も書く。その名のとおり、海を渡る女性に育てたいとの敏の願いはつよい。かなうならば、一家でパリ暮らしをしてみたいとも述べる。

一九〇八（明治四十一）年四月にパリの下宿から発した手紙は深刻である。二月に家族ぐるみで親しく交際する鷗外の長女・茉莉と生まれてほどない次男・不律《ふりつ》がともに百日咳にかかり、不律は死んだ。鷗外の短篇小説『金毘羅』に書かれる家庭悲劇である。時差で森家のふたりの子どもの感染だけを知った敏は「非常に心配」し、不律さんもまり子さんもどうか無事で回復してほしい、それにつけても「悪性の流行病ある今日なればるり子をどうぞ注意するよう願いたく」、幼稚園も休ませていいでしょうと細やかに神経を働かせる。

愛嬢の瑠璃子がどうか健康に、どうか海を渡る開明的な女性になるように、との父・敏の願いは帰国後に、家族と別れてひとり京都帝国大学教授として単身赴任する古都からの、娘へのおびただしい愛の手紙に熱烈にほとばしる。これについてはぜひ、新たな一章を立てて述べなければならない。

ともあれ、荷風はふたりの兄さんの欧化の波を浴びた独創的な令嬢教育をふまえて、『帰朝者の日記』の春子を書いた。春子は幼い日から「天主教の仏蘭西女学校」で教育された。さらに英語を学びたい希望で、築地に住むアメリカ人の邸に身を寄せ、そこで夫人の弟にあたる二十三、四歳の若者と恋に落ち、結婚の約束をする。国籍の異なるふたりは「兄弟のように親しく」話す明朗な仲である。

令嬢・春子に魅せられた自分は、「Mademoiselle Printemps」という宛名で始まる手紙を春子へ出す。自分は朝日に匂う桜よりも、Lila の花を慕う変てこな「人種」になってしまったのだけれど、貴方はいかが？　と問う。貴方もわたしの同族でしょう、貴方のような方に逢えたのは「生涯の最大幸福、最大光栄」と絶讃する。

すぐに春子の返事がきて、それは「Tsukiji, le 16 janvier-Cher monsieur」と宛名に記される。令嬢もまさに同じ気持ち、私はどうして母国のことばより外国のことばが慕わしいのでしょう、私は「哀むべき思想上の追放者」なのですと訴える。

ああ、ついに同種の女性に出逢えたと胸おどるけれど、令嬢はアメリカの若者ジェームズと恋する仲、それを両親が知ってあわてて春子を実家に押し込めた。清い恋愛で、しかも若者の保護者フォート家が正式に結婚を申しこんだのに、悪事でもしたように一家を責める春子の家の態度にアメリカ人はショックをうけた。フォート家は日本に失望し、近く帰国するという。

そこで好機と春子を奪う覇気も、春子を助けてその恋の成就をかなえる義侠心も、いずれも恋愛貧血症の自分にはない。日本ってそういう国さ、自分はやはり日本が性に合わない、とつぶやくのみ。「日本の種族全体の運命を危む」と肩を落とすのみ。明治の第二世代は、熱い血しぶく親世代とはちがい、情熱は冷めている。

小説のさいごは、フォート一家がインド・エジプト・ギリシャを巡遊してからアメリカへ帰るとのニュースを流し、「春子はどうしたのであろう。遂に音信がない……」と虚無的に締めくくる。

ぷうっとふくれた華やかな紙風船がすぐに破れて地面にみじめに貼りつくような、初めてひらいたピンクの薔薇が雨の一夜にしおれるような、そんな空っぽのアメリカと日本の恋。春子という名は、荷風の愛する花園少女、ばら子やロザリン園子の系譜を引く。これが鷗外令嬢・茉莉でも、敏の愛嬢・瑠璃子でもいい。幼時からピアノをならい、白百合や聖心の女学校でみっちり英語フランス語教育をうける彼女たちの将来を、荷風は春子の自由なレディぶりに映した可能性は高い。

下町の粋で涼しい芸妓に魅せられる一方で、欧化教育を受けて半分日本人ではなくなった令嬢と結婚し、理解しあって日本のなかの異邦人として二人ともに生きる夢が、帰国したての荷風にひそかに抱かれていた。その夢には、欧化いちじるしい兄さんたちが精魂こめて育てる美少女ふたりの影がちらつく。荷風は芸者、と決める前にいたく気になる問題である。

14　父から娘への愛の手紙

荷風がもっとも尊敬した森鷗外。そして鷗外は子どもたちを、とりわけ長女の茉莉と次女の杏奴を鍾愛し、明治・大正のパッパとして独創的な女性教育を手づからほどこしたことでも知られる。若き日の荷風の女性観にはその影響が脈うつ。

でも今ひとり、上田敏の女性応援を忘れてはならない。そもそも荷風とぴったり気性の息の合うのは、鷗外よりも敏の方だと言える。このことは鷗外と荷風の師弟にも似た関係に隠れてしまい、文学史では言われない。

鷗外は荷風より十七歳年長。いわば父に近しく、ちょっと恐れ多い。敏は荷風の五歳上、親しい兄さんである。そして敏も荷風も生まれながらの東京っ子で、ふたりとも故郷の顔、すみだ川が大好き。築地生まれの敏などは、幼時からすみだ川で遊んだ。このへんの感覚は島根県津和野に生まれ育ち、十歳で東京にでて苦学した鷗外とはかなり異なる。つまり敏と荷風は、親の代から都会人なのである。明治においてこの差異は大きい。

そして上田敏が珠と愛する令嬢をもち、彼女のために大量の愛の手紙を書いていることは、ぜひとも荷風文学の背景に銘じなければならない。鷗外とならび立ち、西欧の最新の文学を翻訳紹介し、あざやかに近代日本文学を更新した上田敏。鷗外にくらべて自身の創作が少ないために、忘れられつつある。図書館の上田敏全集の前には今、ほとんど佇む人を見ない。王朝文学の水脈を汲むあまりに麗しいその美文が、かえって若い読者を遠ざけるのか。

それならば、彼が病いをおして切々と発する娘への手紙から、上田敏入門するのが最適である。上田敏全集の解説で、今は亡き比較文学の泰斗・島田謹二は声を大にし、父から娘へのこのような愛のほとばしりの証しを大正期に見ることは貴重である。上田敏の娘への父性愛は、「大正文学史にちゃんとした位置を与えたい」と主張する。深く共感する。

前に見た外遊中の妻への手紙でも感じるが、敏はことばからして筋金入りのフェミニストである。妻の悦子に対して終始、やわらかい敬語をつかう。そもそも決して悦子などと呼び捨てにしない。「悦子さん」「なつかしき悦子どの」「るり子を大事にして下さい、くれぐれも」「るり子にもあなたにも遠くからキスします」と妻にも断じて、貴婦人に対する騎士風をつらぬく。

いや、これは西欧の騎士というより光源氏流か。上田敏は、明治において源氏物語を熱愛する稀有な男性知識人である。おさない日から家の女性の読む源氏物語に慣れ親しんでいた。それもあり、女性で初めて源氏物語を全口語訳する与謝野晶子をあつく支持した。

一九一二（明治四十五）年から一九一三（大正二年）にかけて刊行された晶子の『新訳源氏物語』に、当時の文化権威として鷗外と上田敏が序を書いて応援したのは著名であるが、どこかしらん源氏物語になじみがなく薄情な鷗外の気配にくらべ、敏の序文にあふれる源氏愛はきらきらと輝やく。ゆえに再版のおりは序文の順序を逆にし、敏の真率な源氏礼讃文が巻頭をかざる。

光源氏は、女性に対しては身分にかかわらず優しい敬語をつかう。晶子の訳はその特色をうつしく前面に出す。王朝の女性の位置の高さを歌う。敏はその伝統をごくナチュラルに身につける。敏のつくった家庭は母・妻・娘の女性ばかり。彼女たちを敬し、守る特異な近代家長に徹する。そんな敏の心にはおそらく、欧化のレディ・ファースト以前に和の理想の王者・光源氏がいる。

一九〇九（明治四十二）年、三十五歳の上田敏は外遊直前に契約したとおり、京都帝国大学教授に就任した。当初はずっと家族で京都に住まう予定だったが、途中で瑠璃子にフランス語と英語を学ばせるために聖心女子学院小学校へ入れ、彼はひとりで京都住まいした。娘の語学教育を優先させる先駆的な単身赴任パパである。

京都移住のほぼ七年後、一九一六（大正五）年七月に敏は死ぬ。四十一歳だった。たまたま帰京し、鷗外を訪問する日に具合が悪化し、翌日死んだ。京都へ行ってから体調を崩していた。外遊中には元気はつらつ、気力体力にあふれてタフに各国を旅していたのが別人のように弱くなった。

そのなかで敏はしきりに瑠璃子へ手紙を書く。日々の学習と健康をまるで母鳥のように気づかう。十二歳前後の娘へも敬語である。瑠璃子が両親をパパ、ママと呼んでいた日常もうかがわれる。体の弱る一九一五（大正四）年から手紙は逆に増える。聖心女子学院小学校をおえ、女学校へ入ったばかりの新学期の娘をこまごまと気づかう――。

「ノウト・ブックのいいのをママに買っていただくとようござんす、遠慮無く学校の用品はお願いなさい」

「勉強もいいが、からだもお気をつけなさい、キァメルになってはいけません、どんどん運動をなさい」

「仏語も英語も同じようにかなりむずかしくなりますが聖心学院のように西洋人から自然に習えば日本語と同様になります、とにかくからだが大事ですから眼と胸とをきをつけて頂戴」

「るり子さん、きのうヘイドン先生、平田先生、フランス語のマザアはあなたの勉強とお友達づきあいのよい事をほめていらっしゃいました」「御気をおつけ遊ばせ、眼をあまり本に近しくして読書しないように、胸をこごめないように、近眼になるといけませんよ」

瑠璃子の知の生活が長いことを予想し、本を読む姿勢をことさら注意するのは、学者の父ならでは。ピアノのレッスンや新調の洋服のことも問い、風邪を引きやすい「ママ」を案ずる。そのくせ家族でもっとも体調の悪いのは敏らしい。ときどき「病気」にかかる様子が報告される。いつもすぐに治った、とは記されるものの。

敏は死の前年からなにかの予感があったのではないか。瑠璃子の語学教育にふかく関わる。「英語も仏語も共に会話が大事です」とし、「Amelia でも Camelitta でも Gladys でもやたらにつかまえてやたらにフランセエかイングリッシュ（アングレエ）を話しかけてごらんなさい」と助言する。助動詞の変化表や課題を手づくりし、瑠璃子へ送る。「少し工合が悪いのでつい遅れてすみません」としつつ、「パパはどんなにいそがしくとも、病気でも」あなたの課題は添削しますから、どしどし送りなさい、と励ます。死を自覚し、まだ幼い息子のために手づくりの教科書で教えた鷗外の晩年を思い出させる。

　敏はペンもつ娘の手を取るように、英語の動詞の分類を教え、字と音のちがいを説き、娘の書くスペルの誤りを直す。決して居丈高ではなく、「ここはあなたの疑いが理のある」「パパは大層感心しました」「皆、大そう、たちのいい感服する質問」ですと娘の学習の進展を褒めつつ、たくみに導く。いつもパパは娘のとなりにいる。

　一九一四（大正三）年七月にオーストリアがセルビアに宣戦布告し、第一次世界大戦がはじまる。欧米の地政図がゆさぶられる戦争についても、父は娘へ語る。

「独逸《ドイツ》の暴威も、丁度今絶頂か、絶頂を通り過ぎました」「平和は望ましいが、今ぐずぐずにしたら、また大戦争が起こるから、思いきって独逸をやっつけて真の永い平和にしたいものです、連合国の考えもそうでしょう」（一九一五［大正四］年四月）。

「私はどうしてもしまいにフランスが勝つにちがいないと思う、勝っても負けても正はフランスにある、La douce France! Vive la France」（一九一六［大正五］年二月）。

　第二次世界大戦を敏は知ることなく逝った。しかし連合国の勝利を、とりわけかつて遊学して愛するフランスの勝利をその国のことばで叫ぶ姿勢は、太平洋戦争を耐える荷風を思わせるではないか。

　荷風も日記でジャンヌ・ダルクよ出でよ、と祈り、敏と同じくフランスの勝利を祈った。もっとも遠い戦場における他人事の第一次世界大戦にくらべ、荷風がフランス愛を叫ぶのは歴史上初めて日本列島が戦地になった恐怖の渦中で、しかも敵国となったフランスに対して、という違いはある。

荷風と敏には大きな共通点がある。海を渡り、愛する文学と芸術の地に立ち、帰国しても自身は全的に日本に所属しない。日本のなかの異邦人になったという思いである。

第一次世界大戦がなかなか終結しない一九一六（大正五）年五月二十一日、敏は娘にイギリスとフランスへの熱愛を吐露するこんな言葉を残す。実にこの一月半後、敏は急逝する。

「ドイツは実に困ったものです」「パパは英吉利《イギリス》と仏蘭西《フランス》との二つを昔から愛しているが、るうちゃんもそうなって下さい、日本はもちろん、つぎに」

敏の異変はまず中耳炎だった。耳に激痛がおこり、病院で切開することになる。手術について報告する一九一六（大正五）年五月十日の手紙は悲しい。床に消毒液の流れる外科室で「居ても立ってもいられない」ほど痛む耳の腫れにコカイン注射がされ、針で鼓膜が突き破られ、小刀で腫れがえぐられる……。


なかなか痛がつよい、口をかたくし、指を握ってこらえました、すきな人たちの事を思い、るうちゃんと口のなかでいいました。

ここは涙が出る。敏は武士家系である、少しの痛みくらいは跳ねのける。なまなかではない激痛だったのだろう。手術のあいだ、祈りのように愛娘の名を心に唱えて痛みに耐える孤独な碩学のすがたが浮かぶ。

この切開手術がたいへん応えたのではないか。瑠璃子を心配させまいと「パパの手術はうまくいきました」ときっぱり書きながらも、顔がひん曲がり、膿がとまらず、痛みも引かずに眠れない様子が続く。そして頓死というに等しい死に襲われる。恋しい東京で倒れたのはせめてもであった。


手紙の敏は、端正な評論や論文とは異なる表情を見せる。娘としか通じない言葉で楽し気に語る。ローマ字、英語、フランス語を自在に織り交ぜる。このアラベスクちゃんぽん語は、もはや父娘語というしかない。娘を呼ぶ愛称も独特で、ころころ変化する――「るうちゃん」「おべんちゃのり子さん」「すきなるり子さん　パパを忘れてはいやよ」「かわゆい、大すきなるり子さん」「ポンポンポンポン、もう一つポンのパパより」「あなたの写真を机の前に見ながら　パパより」。

まるでキャンディーのような愛語を臆面なく書きつづる、あたかも烈しく片恋する男のように、あたかも最愛の紫の上にささやく光源氏のように。

瑠璃子は、敏の育てる大正の紫の上なのである。そして最強の同志なのである。母と妻もいとしい家族であるが、彼女たちはひたすら自身が守る存在で、西欧へのあこがれを共有することはできない。いっしょに真っ青な海潮音を聴けない。国際語として英語とフランス語を身につけ、西欧の文化歴史を学ぶ若い瑠璃子こそは、もっとも深い絆で結ばれる稀有な家族同志である。これから海を渡り、敏の夢をさらに咲かせる次代の若芽である。

Ma chère Ruriko――敏が手紙にもっとも多く書く呼び名には、そうした感慨がしみじみと籠もる。

彼は娘を家の妻、母として育てなかった。ひたすら学問をし、海を渡る人として育てた。それは上田家の伝統でもあった。

15 海を渡る女性の家

幼少期の荷風――、壮ちゃんの家にはふつうにビフテキや珈琲の匂いがただよっていた。誕生日など特別な日には、お母さまの手ずから焼くケーキのいい香りもした。

壮ちゃんは初めて父親に精養軒へ連れてゆかれたとき、真っ白なテーブルクロスやきらめくナイフ・フォークにちっともたじろがなかった。むしろ、へぇー自分の家の外にも洋食をつくる所があるんだ、と驚いた。とんでもない明治の王子さまである。

荷風が理想の文人とあおいだ森鷗外は、若い日は焼き芋や葛餅、砂糖をかけたスイカがいいおやつだった。島根から旧藩主を慕って出京した鷗外の父は、千住の町医者として終わった。質素と篤実が家訓であった。土地の新鮮な野菜料理が日々の食で、鷗外はとくになす、いんげん、えんどう豆が好きだった。それに卵焼きがあれば上等で、海苔と醬油にだけは少々うるさかった。

洋食は鷗外が大人としてなじんだ新しい味で、彼の華々しい洋行の象徴である。一九〇二（明治三十五）年に四十歳で再婚した鷗外は、ドイツの記憶を新しい家庭にそそぎ入れた。たとえば千駄木団子坂の自邸二階で主催した詩歌の会〈観潮楼歌会〉は、あつまった人々にご飯を饗応した。洋食が多かった。それはドイツから持ち帰ったレクラム本（小型廉価本）を見て、鷗外自身が楽しみながら妹の喜美子と相談してメニューを決め、「洋食といえば一口も食べられぬ」鷗外の母が長男の指導のもとに調理するのであった。何と「立派な西洋料理」と感激する客人もいたという（小金井喜美子『鷗外の思い出』）。

しかし鷗外自身がハンブルクステーキやロシア・サラダを、その第一令嬢にして次世代の茉莉のように本当に好んだかはわからない。一説に鷗外は洋食とは多くの人手をかけ、どろどろして不衛生だと批判していたともいう。

ともあれ洋食はドイツへ官費留学し、とちゅう一種の左遷はあったものの乗り越えて東京へ戻り、はなばなしく陸軍軍医総監の座についた長男を主とする、森家の颯爽たる新しい旗印でもあった。くだけて言えば、ちょっと肩肘の張る味がする。母の手に支えられてまるい銀のおさじを持ち、コンソメスープをすする壮ちゃんの口にひろがる滋味とはちがう。日本でも先駆的な白亜のホテルが立ち、外国籍の人々が多く行き交うエキゾチックな築地に育った敏の洋食へのなじみとも隔たりがある。

敏は一九〇七（明治四十）年十一月、三十三歳で私費遊学を決行した。能力とは別の何かの問題で、官費留学の枠がどうしても取れなかった。当時は莫大な費用であろう。父の実家の乙骨家にかなり援助を頼んだらしい。

旅先から家を守る妻に発した手紙も多い。思うぞんぶん楽しみ、思うぞんぶん食べている。いい、悦子さん、西欧はようござんすよ、いつか必ずあなたと瑠璃子を連れてもう一度来ましょう。一家で暮らすにはパリがすてきです、皆で一、二年住んでみたい。気候もいいし、何より街がきれいでおしゃれで、お金を沢山もたない人も都会の享楽にあずかれる。今日も私は通りを散歩してカフェにすわり、飲み物をいただきながら道ゆく人をながめてました、それだけで大変楽しいのです――。

これが今から百十五年も前の海外旅行か、と驚くほど船で横浜港を出発した洋行のはじまりから、敏はとびきり上機嫌な異邦人であった。船酔いすることもなく、「サッフアイヤの玉のよう」な海の青色を嘆賞し、夕日が華やかに波間に沈む景色に目を奪われる。まさに愛しい瑠璃子の名は、海の青にちなむことが察せられる。ホノルルを出て船は高い海潮に傾くこともある。大揺れは「面白かりし」と、余裕しゃくしゃくである。

とちゅう上陸したハワイやアメリカのホテルはどこも一流。とくにニューヨークのインペリヤル・ホテルでは、帳場やエレベーターのボーイも掃除の女性もとても親切にしてくれる、「生えぬきの紐育子《ニューヨークっこ》のように堂々と」滞在したと妻に報告する。どうも敏とその家族にとって、洋食はわざわざ報告しあう特別なものではないことも察せられる。いずれのホテルも「美味」ゆたか、栄養満点に過ごしております、とだけ妻に知らせる。

ニューヨークから乗ったのはパリ直行の豪華客船ブリウヘル号で、手紙のようすから華やかな社交の空気が伝わる。とちゅう暴風雨にあい船が揺れ、半分ほどの乗客が船酔いに悩むなか、敏は「気分よろしく」食欲もあり、毎日食堂へ通う。嵐のあいまに甲板に出て、荒れる怒涛や空にかかる大きな虹を見物する。

「世界各国の人」が乗りこみ、英語にドイツ語フランス語が飛びかう船中はむしろ愉快で、日本から来た敏は人々の好奇心にこたえて流暢に、たぶん英語とフランス語で日本の今を紹介し、「大もて」にもてる。「食堂はなかなか美しく晩食の間は音楽あり」、耳が肥えてきました、と書く。なぜここまでこの人は自然体なのか。ゆれる船中でテーブルクロスの上をすべるナイフ・フォークも面白がる。築地生まれで小さな頃からすみだ川で遊んだ川っ子だから、海も大好きな海っ子なのか。英語フランス語に長けた稀有な東洋人だから、欧米でモテまくるのか。それもあろう、あろうけれど……。

じつは西欧は敏のもう一つの故郷である。父が若い日にアメリカへ留学し、さらに官吏として欧州各国を視察旅行した荷風とても生まれながらに海の彼方の空気になじむ人であるが、敏はさらに幕臣の家系ごと深く三代にわたりヨーロッパに喰いこむ。

妻の悦子あての手紙にとくべつ印象的な箇所がある。一九〇八（明治四十一）年四月五日にようやく居をさだめて落ち着いたパリから発した手紙である。「時に不思議な事もあるものかな」と前置きし、珍しく高揚して奇跡の体験を語る。下宿の親切な老主人が一日、ジャルダン・デ・プラントという公園を案内してくれた。園内の博物館へ入ったところが何と──「亡きお父さんの写真」が展示されていた！　ガラス越しに見る父のポートレート写真には「乙骨ワタル、十七歳江戸の生れ」「タイクン（大君即ち将軍）の使節の一行」とフランス語の解説が付されていた。

思いもかけず異国の博物館に掲げられる、結婚前のうら若い実父のポートレートとの対面である。陳列ケースのガラスに隔てられて十七歳の父の顔をじっと見つめる。あ、私によく似ると、まるで乙女が亡き慕わしい母のおもかげを手鏡の自身の顔に見る哀切な伝説──松山鏡を思い出したと敏は書く。敏は早く、十五歳で父に別れた。

そう、敏の父は幕末の儒者である乙骨耐軒《おっこつたいけん》の次男に当たる乙骨絅二《おっこつけいじ》。一八六七（慶應三）年、徳川昭武ひきいる使節団に随行し、パリ万国博覧会を訪れた。その後に上田孝子と結婚し、婿養子として上田家を継ぐ。つまり敏の父は幕末にパリを知る人だった。

そして母方の上田家はさらに西欧と縁が濃い。祖父・上田畯《しゅん》は新潟奉行につとめる幕臣として、一八六二（文久二）年に品川港をイギリス艦で出発した文久遣欧使節団に加わった。安政五か国条約に約された新潟などの開港の五年間延期の要求と、ロシア・サハリン国境問題とを折衝した。パリでナポレオン三世に徳川将軍家茂の国書をささげ、さらにイギリス、オランダ、プロシア、ロシアを廻って交渉した。一年がかりの使命であった。上田畯はその五年後、一八六七（慶應三）年の遣露使節団にも参加している。家茂すでに亡く、新将軍慶喜の命による。

徳川慶喜は西欧との交渉を積極的に展開した。家茂から継ぐ黒船以降の処理があった。また、フランスが尊王攘夷の嵐にゆらぐ幕府に援助をもちかけていた。フランスと親しくしつつ、これが日本侵略のきっかけとなるか、なれば日本自体が沈没し元も子もない、危うい淵をうまく泳がねばならなかった。上田敏の祖父も若き日の父も、内外がはげしく動乱する幕末期に最後の将軍の意向をかかげ、小さな日本に牙をむく大国と堂々と英語で渡り合った知的さむらいたちのひとりであったのである。

敏の祖父・上田畯は明治維新後は、他の旧幕臣とどうように栄えない生を送った。外務省官吏として新潟開港を助け、あとは築地に女性の英語教育をむねとする「上田女学校」をひらいた（寺沢龍『明治の女子留学生』）。

いわゆる「外人居留地」築地をえらび、西洋女性教師も雇用した上田女学校はさして成功しなかった。たとえば「英語を習い、外国へ留学したい」と一心に願った一八五七（安政四）年年生まれの少女の証言がある。昭和を代表するフェミニスト山川菊栄の母――青山千世である。

千世は一八七二（明治五）年、十五歳で念願かない、築地の上田女学校へ入学する。外国事情に明るい上田校長が「女子教育の必要を痛感して」開校したと聞かされていた。椅子にすわるのも初体験。初日からアメリカ人のカローザル先生が地球儀を見せながら、世界のなかの日本の位置や地球の自転を日本語で教授した。世界！　地球！　広大なイメージに目からうろこが落ちて感激した。向学心に燃える千世にここはまずくなかったが、どういうわけか「年上の宮本さんがこんな学校にいてはいけない」と言い出し、理由もわからず千世は他の少女といっしょに上田女学校をやめ、四谷見附にできた男女共学の報国学舎に入った。ここは老いたイギリス人女性が主任教授で、会話・漢学・洋算の教員も充実していた。英語がめきめき上達した。

上田女学校は、教員の手が足りないわりに月謝が高い。そこに不満が生まれたか。あるいは〈異人学校〉にまつわる黒い噂を生徒の少女が聞いたのか。この周辺の問題については、泉鏡花や谷崎潤一郎が作品化している。明治初期の異人学校ではひそかに売春が行われている、という風聞があった。西洋の女性教師は客をとる、異国の肉体を知りたい日本人男性にとっては貴重な体験ができる、という好奇のささやきが巷に流れていた。場所も築地。上田女学校はそんな黒噂に足を取られたのかもしれない。廃校となった。

上田家は男性だけが海を渡ったのではない。女性も渡った。そこがきわめて異色である。敏が育った築地の生家には、二歳の頃からその女性がいた。叔母の上田悌子、すなわち敏の母・孝子の妹である。

一八七一（明治四）年十二月二十三日、岩倉具視を大使とし、木戸孝允・大久保利通・伊藤博文など明治維新の重鎮が岩倉使節団を組み、横浜からアメリカ合衆国をめざして出港した。大型郵船アメリカ号には留学生五十数名も乗り込んだ。なかに五人の少女がいた。皆まだ母の手を必要とするほど若い。十歳の永井繁子、六歳の津田梅、十一歳の山川捨松《すてまつ》、十四歳の吉益亮子、そして十六歳の上田悌子。初の女子留学生である。

近代日本史で初めて海を渡って学んだ女性が叔母であったこと。当時最高に知的な女性と幼少期を女系家庭のなかで暮らしたこと。家にはごく自然に女性たちの読む英語雑誌に混じって源氏物語などの和のロマンスのあったこと——これが上田敏の詩心を鮮やかに色づけた。瑠璃色に染まる魂はそこに育ち、海の彼方のもう一つの故郷へ歓喜にみちて羽ばたいた。

16　サファイアと珊瑚

京都での日々に、上田敏は青いサファイアの指輪をはめていた。むすめ瑠璃子の形代である。自分の家系を流れるなつかしい海の色でもある。

家の男たちは将軍の命をおびて幕末の海を渡った。少女も文明開国の使命を背負って海を渡った。敏が一、二歳のときに既に、悌子叔母さんが留学先のワシントンから築地の家に帰ってきていた。体調を崩しての途中帰国だった。敏の母は家つき娘、婿養子をとった女系の家であるから、叔母さんと暮らした。

叔母さんはしばらく上田女学校で英語を教えていた。家には英語の本や雑誌、器物がたくさんあった。上田家には祖父や父、叔母の口から発される英語も飛び交っていただろう。ローマ字も敏はひとり、木のおもちゃ遊びで学んだという。アメリカみやげの積み木だろうか。

敏は回想する、「母方の祖父は今ならば外交官とでも言おうか、嘗《かつ》て露西亜へ行く使節の一行に加わったことなどもあり、それに叔母の如きは我国から女子として海外へ留学したものでは最初の人であった」。

されば幼い時から西欧の文物は胸に沁みた。長じて英文学を研究する源もそこにある、と敏は分析する。その顕著な例を書き示す『仙女の説』と題する珠玉の回想記が敏にはある。イギリスの民俗学者ジェームズ・フレイザーの『金枝篇』をもっとも早く日本に紹介した、敏ならではの一種の伝説研究論でもある。自身の胸の奥をのぞくとき、そこに透きとおる羽もつ美少女がいる、と敏は語りだす。

まだおさなかりし時、ある静なる昼過にわれは、はじめて仙女フエアリイと知りしやうなり。家に古き外国雑誌、たしかハアパア月刊の草子と覚えし一冊の口絵に葡萄の蔓あまりに繁からぬ棚の下、若き男のうつらうつら夢見ぐらしに横たふあたりを、白きうすものの袂軽く笑み湛え愛ぐるしく、しかも高雅のけはひ、人間のものならぬ仙女浮び翔りぬ。

ゆかしい薫香の立ちのぼるような文語体が敏の特色である。小さな男の子が世界のはじまりとして出会う本の挿絵への思いがこもる。英語はまだ読めない。意味がわからないから、空想が湧いて自分だけのたいせつな物語となる。ぶどう棚の下で居眠りする若者のそばに、白い衣をふわりと風になびかせ微笑する神秘の乙女、「仙女」が浮遊する。この不思議の少女はいったい何者なのか——初恋にちかい思慕が湧く。

さらにページを繰れば、春や冬のたそがれに彼女たちが群れをなして野を舞い、飛びはねる絵がつづく。幼児はすっかり魅せられて羽もつ少女に会いたさに、何度もこの古びた英語雑誌を手に取った。日の暮れるまで見入った。「慕はしき如く憧がれ夢むたそがれに及びしことたびたびなりき」。

同時代の泉鏡花に『女仙前記』（一九〇二〔明治三十五〕年）をはじめ、和のフェアリー小説がおびただしいことも思い出される。この原体験は敏の瞳を優しくまどかに英文学にひらかせた。少年になって「英吉利《イギリス》の言葉を学びし時」、英語の教科書のなかに「フェアリイ姫」の挿絵があった。ああ、この姫こそは「わが旧知」と胸ときめく。

さらにテニソンやミルトンの詩、シェイクスピア『夏の夜の夢』にも、この羽もつ姫が活躍する。愛らしい羽姫も、おてんばで人間をからかう陽気な姫も、異類なれど人間の若者と恋をする麗しい姫もいる。しばし西欧の物語を彩るこの少女の系譜を探ろうではないかと、敏は何千年も積もる「口碑伝説」からいかに少女が羽ばたき、洗練された文学のヒロインとなったか、時をこえてフェアリー文芸を追う、ただし軽妙に短い敏スタイルで。

おそらく悌子叔母がアメリカから持ち帰った雑誌バックナンバーの妖精少女が、つまりは敏を伝説の霧濃いイギリス文学の世界へ招いた。「幼い時に見たもの聞いたことなどはやがて大きくなった時の血となり肉となり、かつ深く魂にまで沁み」、その人の芸術の母胎となる。――先駆的に伝説研究に着手した敏の主張である。

外人向けの白亜のホテルをはじめ、海の向こうの楽土がもたらす文物にひしめく築地界隈はまた、江戸の風情を濃く残す川の下町でもあった。水練場以外での川泳ぎは禁じられていたが、子どもは巡査の目を盗み、すいすい泳ぐ。六、七歳の敏は年上の子たちの着物を持って岸で待つ役目で、巡査がくると敏は着物をかかえて家へ隠れ、泳ぎの連中は裸で逃げたという。

敏より五歳下の荷風が、しきりに築地の川の町を恋《こ》うたことが思い合わされる。荷風は山の手の子。小石川の高台にあった生家から遠く、すみだ川が夕日にきらめく景色をながめて深くあこがれた。

それは荷風には文学の川でもあった。愛読する『梅暦』などにおいて、すみだ川は恋の舞台。名散策記『日和下駄』によれば、荷風が現実の川波に触れたのは十五、六歳、中学生のとき。水泳の訓練を課され、すみだ川に親しんだ。同級生と河童のように泳いだ。永代橋近くに泊まる帆前船の船長が椰子の実をたくさんくれた。南洋まで航海するという。荷風少年は将来は、「勇猛なる航海者」になるのを夢みた。

近代文学史は敬愛と尊崇のラインで荷風と鷗外の二点をひときわ強く結ぶ。しかし荷風といえば今ひとり、鷗外の盟友でもある上田敏の影響を忘れてはならない。むしろ環境や資質のラインでは、ビンとソウはぴったり息が合う。

ふたりは川っ子、東京っ子、父祖の代から西欧を知る武士家系。家には英語の書物やイギリスの陶器、若き日に母や叔母がまとったドレスがあった。江戸の粋がそれら文明開化の文物に綺麗に調和していた。

敏の驚異的に早い碧の訳詩集『海潮音』、それにつづく荷風の真紅の訳詩集『珊瑚集』は、ふたりに共通するそうした環境を背景とする。前者は一九〇五（明治三十八）年、後者は一九一三（大正二）年の刊行。年齢もほぼひとしく、ビンは三十一歳、ソウは三十三歳にしての刊行である。

世界のなかでパリがいちばん好き、何といってもパリ！　ふたりはパリ派でもある。アメリカ・

タコマ市の大学に学び、ニューヨークとリヨンで銀行員として働き、後はぶらりとパリにいた荷風に対し、敏の留学は欧米漫遊旅行、グランド・ツアーの形をとる。駆け足でニューヨーク、シカゴ、ロンドン、ブリュッセル、アムステルダム、ドレスデン、ウイーン、スイス、イタリアを巡る。

ベルリンへも行った。ここは敬愛する森鷗外が書いた『舞姫』の地。鷗外の逍遥したウンテル・デン・リンデンを散歩する。「新開の都なれば規律正しい市街」ではあるが、パリのような優美に欠けると不満をもらす。鷗外のドイツ三部作の一つ『うたかたの記』の舞台にも行ったけれど、原作で狂王と少女が溺死する水景の方がいいと落胆する。

妻の悦子にはこっそりと、自分の留学先がドイツでなくて本当によかったと書き送る。イタリアの壮麗は別として、自分は運河の走るアムステルダムとパリが好き、そして住んでみたいのは断然パリ！　と強調する。

鷗外は実学留学のドイツ硬派。敏と荷風は芸術遊学のパリ軟派。リン・ビン・ソウはここで一対二にくっきり分かれる。それに鷗外は一族で初めての洋行者で、対して敏と荷風の洋行は家の伝統を継ぐ。だから先発者に独特の気負いがない。巨船での航海も父祖から聞き伝える。鷗外に押しかぶさる荘重な緊張――「石炭をば早や積み果てつ」（『舞姫』）の重苦しさはない。

そういえば鷗外という人、団子坂に建てた邸の二階から品川沖が見えるのを賞美し、そこを「観潮楼」と名づけたけれど、いったい水に親しかったのかしら、水泳はできたのかしらん。

明らかにリンは、ビンとソウのような川っ子ではない。彼の故郷・島根県津和野は山にかこまれた内陸部で、冬は近所に出没する猪を父が退治するのを見て育った。学生時代に水練にはまったという記録もない。

洋行するときも果たしてビンのように船の甲板に立ち、「海の色益々青くサッフアイヤの玉のやうに候、夕日華やかに、明星が海に沈む時は燈台の光る如く」（一九〇七［明治四十］年十二月、ホノルルに近づく船のなかから妻へ出した手紙）と、広大な海を朝な夕なに愛しただろうか。少なくとも鷗外の分身である『舞姫』の留学生・太田豊太郎は、電光が熱く照る船室にこもって書きものばかりしている。海の青をいとしむ気配はさらさらない。

鷗外先生、と聞いただけで粛々と正座する荷風であるが、鷗外が自身の恋を自然主義的につづる『舞姫』にはそう感心していなかった。座談ではちょっと本音も吐く。

ドイツの恋人は鷗外を追ってついに船で日本へ来た。あわてて鷗外の親族が彼女を説得して帰国させた。ようするに鷗外先生は色恋はへたなんだなあ、と荷風は評する。

「案外日本で遊んでいない人だもの――日本で遊んで修業して行かなけりゃだめだ」。

一九五八（昭和三十三）年の蘆原英了《あしはらえいりょう》との対談『独身の教え』のなかの言葉である。万能の人・鷗外のアキレス腱は色恋の経験不足であると、遊び人の自負をもって鋭く刺す。

荷風はさらりと言う、鷗外先生のみならず明治の日本人は欧米で「モテましたよ」。女性におごるのは男として当たり前、という概念があるから自然にモテる。そこを切り上げてうまく逃げるのが通なんで、その点は「上田敏さんなんかうまかったよ」とまで比較する。

蘆原英了は藤田嗣治と小山内薫の甥で、慶應義塾大学を出た生粋の東京人である。シャンソンとバレエ評論を書く洒脱な人なので、荷風とは阿吽《あうん》の呼吸で質問する。仕事柄もちろん若い女性にも慣れた蘆原に乗せられたか、とうとう荷風は鷗外が帰りの船中からドイツの恋人に何通も手紙を発し、ゆえに彼女がその気になって追ってきたのではないか、「日本でやっていない人」は惚れられたとうぶに思い込み、異郷の恋をややこしくする、と言ってのける。対して上田敏はまことに女性の扱いが上手だったと証言する。自由におしゃれに女性と話す。万一すてき、と思われてもさっと退く。これはパリで一時、敏とさかんに交際した荷風の肉声なので信じられる。

敏自身が、欧米での大モテを妻への手紙で自慢もする。パリに着くやいなや、上等の紹介状がきいて貴婦人の主催する芸術サロンへ招かれた。珍しい東洋人を囲み、人々がパリの第一印象やいかにと問うと、敏はよゆうで一笑し、ご婦人方のファッションの美に感動したと述べた。こりゃわかってる御仁だと、居並ぶ淑女紳士からやんやの喝采を浴びたという。

荷風も敏も遊び精神ゆたかな江戸っ子、すなわち世界に通用する高度な紳士なのである。ふたりの家風は男尊女卑とはほど遠い。荷風の母も祖母も、文明開化のクリスチャン貴婦人である。敏は知的な女系家庭に育った。手にキッス、頰にキッス、女性にドアを開け椅子を引き、といった社交術もお手のもの。その機知と軽妙は万国の女性の心に響く。響くけれど本気で深みにはまらない。恋愛にかんして、両者はともに深刻な『舞姫』派ではない。そこも息が合う。

余談めくが、ビンとリンを結ぶさらなる縁の糸がある。悌子叔母さんはのちに蘭学をもって幕府に仕えた医家の名門出身の、桂川甫純と結婚した。そう、最高の学者にして優しい父のもとで桂川家のおひいさまとして過ごした幸福な少女時代を回想する『名ごりの夢』の著者、今泉みねの親戚に当たる。甫純は下谷に医院をひらき、小学生の敏は家庭の事情で母とともに一時、下谷の桂川医院で暮らしていた。

粋と風流をそなえる最高の学者家系にして、幕府瓦解後はいさぎよく世間を退いた桂川家は、荷風の敬愛する江戸人の華である。荷風が幼時にあずけられた、母方の祖母の武家屋敷も下谷にあった。荷風は敏の背後に、最高の粋で高潔で国際的な江戸人の肖像のつらなりを感じていただろう。ソウとビンをつなぐ縁は時代を超えてかく深い。

森鷗外『於面影《おもかげ》』——上田敏『海潮音《かいちょうおん》』——永井荷風『珊瑚集《さんごしゅう》』。

近代日本に言葉と心の新しい扉をひらいた三大名訳詩集と位置づけられる。しかしこのラインでも、ビンとソウが仲いいコンビであるのは一目瞭然。偉大な兄さんのリンとはいささか距離がある。

題名をみても——『於面影』が鷗外の愛する西洋乙女の白いかんばせと異郷の恋愛をイメージするのに対し、『海潮音』と『珊瑚集』は海に駆けよる歓喜のイメージに濡れる。南国の匂いがする。

『海潮音』は冒頭に、イタリアの詩人作家ダヌンツィオ歌う海つばめの詩をかかげる。さいしょの一節を引く。

——弥生《やよひ》ついたち、はつ燕《つばめ》、
海のあなたの静けき国の
便《たより》もてきぬ、うれしき文《ふみ》を、

海を渡って異郷の手紙をはこぶ若いつばめは、日本に未知の西欧象徴詩を紹介する敏の翻訳行為を象徴する。

八年後に刊行された荷風『珊瑚集』は、この海つばめの後を慕う。序文で荷風は、江戸時代の長崎の港を思い描く。外国の貿易船が運ぶ「伊太利亜《イタリア》珊瑚《さんご》珠の美」とインド更紗の絢爛に日本人が金を使うのを恐れ、幕府は輸入を禁じた。今わたくしが翻訳する「海外」の新思想はあたかも鎖国下にひそかに輸入されたイタリア珊瑚で、「軍国政府」に憎まれる。ま、わたくしの訳す西洋近代なんて詩歌だからお目こぼし草だけれど、と独特の自嘲でむすぶ。

命がけで異郷から渡る海つばめに、紅く濡れて輝く海の宝珠。ビンの直球姿勢とソウの屈折姿勢のちがいはあるものの、ふたりの訳詩集は、ふたりが愛する海からの贈り物として意識されている。海っ子詩集なのである。

『海潮音』は扉に敬愛する鷗外への献辞を置く。『珊瑚集』は特にふたりの兄さんへの言葉は置かない。しかしじつは『珊瑚集』が敏の『海潮音』に胸ゆさぶられて出来たことは、一九一一（明治四十四）年十一月の「三田文學」に荷風が発表した紀行文『海洋の旅』によくうかがわれる。

当時荷風は慶應義塾大学部文学科教授と「三田文學」の主幹の任に着いてほどなかった。慣れぬ組織でのしごとに疲れ果てた荷風は、夏休みにめずらしく列島の南へ旅行した。その旅の記である。

横浜から上海ゆきの船に乗り、四日間かけて長崎へ行く。この人やはり、海が好き。船酔いもせず広い海原、豪華な日没、闇に燃える不知火に快く酔う。長崎は初めて上陸する。いい古い静かな町だ。京都にも似るが、海と行きかう船が開放的で、京都より自分には好もしい。坂と石畳と墓地が多い。花と木も多い。とくに「長崎の町と入海」は遠い山脈にかこまれた「円形劇場」のようで、寺々の夕の鐘の音色が何ともせつない余韻を生む。

一九〇九（明治四十二）年に、長崎の南蛮文化を軸にした絢爛豪華な北原白秋の詩文集『邪宗門』が大ヒットした効果も匂う。じっさい来てみれば、とても「綺麗」な町。軍人と道路工事だらけの東京を捨てて、長崎に隠棲したいと荷風はつぶやく。若いのにすでに引退モードに耽る。

茂木からさらに知る人ぞ知る、島原半島の小浜海岸に立つ小さなホテルへ移動する。ここは大陸に近いので、上海・マニラ・ウラジオストクで働く西洋人が避暑にくる。英語やフランス語ロシア語の飛びかうホテルの簡素な部屋でベッドに寝そべり、ベランダから見える広い海の景色を楽しむ。海水が日光に反映し、壁と天井にたえまなく「波紋の影」が動くのをぼうっとながめる。ホテルの窓ぎわに巣をなすつばめが幾羽も海へ飛び、口ばしに海藻をくわえて帰ってくる。

久方ぶりのぜいたくな無為の時。ここで敏の『海潮音』の冒頭、海つばめの詩のことばが鮮烈に荷風を襲う。いわく、「この可愛らしい燕《つばめ》の姿と思うさま照り輝く夏の日光」に「ダンヌンチオの作品中に描き出された景色を思い出す」。

『海潮音』の名こそ直接に口にしないものの、明らかに敏の先駆的な訳詩集に思いを馳せる。東京のしがらみから解放されて、荷風は幸福な自由の感覚を思い出す。「南の方へ漂って来た心持」が深まる。このまま何者でもなく漂いたい。至福の孤独に浸る。『珊瑚集』の構想はこのとき——長崎から小浜への海洋の旅で醸されたに相違ない。そこには、『海潮音』の冒頭で詩歌の黎明を告げる若いつばめがひゅんと飛ぶ。

そういえば上田敏は、帰国して日本になじめず鬱屈をうったえる若い荷風にこう言っていた。「君は春に舞う小鳥であれ」。京都から東京の荷風に発した手紙である。京都に就職の口があるかと君は尋ねるけれど、この古都は因習がふかく残る。やはり君は新進の気風はらむ東京で思いきり、春空を自由に舞う小鳥のように歌いたまえ、新しい文学を創りたまえ、と敏はさとす。

春に舞う小鳥とは、まさに自身が訳した南国の情熱詩人、ダンヌンツィオの詩の海つばめに重なる。ビン兄さんはソウ弟に、異郷のことばを日本にもたらし花咲かせる自由人であれと願っていた。それほど荷風の若い才能をいつくしんでいた。

サファイアと珊瑚。『海潮音』と『珊瑚集』はやはり、波ひびく渚にならべたい。海が運んだ二粒の青と真紅の宝珠なのである。

17 森鷗外のふわふわバニラなキス

筋骨りゅうりゅう、胸がぶあつくて誠実で、妻子のために肉体労働する明るい男にもなりたかった。並みいる男女にこの人ならばと、どんな放埒も贅沢も微笑してゆるされる美貌の貴公子にもなりたかった。と思えば、いなかの小さな町で一生いちどの恋をひとり噛みしめる、内向的な人妻の中にもするりと入りこめた。

森鷗外の翻訳は驚異である。なめらかにすばしこくドイツを柱とする西洋、とくにその北方文学に息づく人間の肉体と情念に濃密に依りつく。彼において翻訳するとは、演じることなのではないか。日常で背負うわずらわしい重荷をたまさか外し、はるか異郷の城館や庭園、居酒屋カフェに涼やかに身を置き、さまざまなドラマの渦中の人となる――そのひとときの自由と虚構を楽しんでいる。愛好するビールも深くは酌まない鷗外の、翻訳とは秘かな酩酊をもたらす美酒にもひとしい、そんな気がする。

翻訳ならぬ鷗外の創作小説は、史伝と武士ものは別として、いたく地味でアンチドラマを明らかにめざす。自身とその周囲、家族をほぼ等身大に写す筆致で書かれる。『半日』や『金毘羅』を思い出そう。『ヰタ・セクスアリス』に『鶏』『独身』なども言ってみれば華がない、暗い色調である。

鷗外の分身と思われる主人公男性内面の知的独白が続く。

なぜこんな地味な傾向をえらんだか。二つの理由が考えられる。一は、同時代の文壇に巨大なエネルギーを発生させた、田山花袋『蒲団』流の自己卑下モードの自然主義を分裂させるため。現実に密着する陰鬱な花袋の描写をなぞり、それでいて高度な知識人を〈私〉に設定した。花袋系の筆から生まれる動物としての人間とは訣別し、思想小説としての広い自然主義の可能性を示した。

一にも関わるが二は、鷗外には言いたいこと啓蒙したいことが常にあふれ、虚の物語をつくる余裕が遂になかった、甘美な浪漫には人いちばい胸打たれるきゃしゃな性情であったのに。

まず「われ」「自分」「余」の脳髄から流れあふれる先駆的な思想を、分身の主人公に語らせる必要があった。たとえば『沈黙の塔』では、社会主義や無政府主義を罰する政府の言葉狩りを批判した。『金毘羅』は近代家族の内面に新たに発生する分断を指さす。妻は迷信や夢にたよる。夫は俗信を見下し、最新の医学衛生を支持する。といって両者とも微妙にぶれる。そこは家族で肉体も結びつく男女、たがいに影響されて迷信と科学のはざまで揺れる。――これが近代。

鷗外の博識と啓蒙精神は彼をかぐわしい官能ドラマから引き離す。この傾向は、「総じて言えば浪漫味ゆたかな美しい作品」（『舞姫　うたかたの記』稲垣達郎解説）とされるドイツ三部作にさえある。

とりわけ『舞姫』は通常そう思われるように、恋愛ロマンではまったくない。基本的に「余」が自身の従属的な性情を分析し、内省する鬱屈系の思想小説である。「余とエリスとの交際」は惨めなつぼみで、花を咲かせない。それは何者のせいか。前代の古い教育をほどこされた自身の奴隷化のせいである。せつない恋より、作者はそこを言いたい、啓蒙したい。

だめ。小説では理と知がせり出し、人が人を恋う情の迷宮にせつなく迷えない。しかし鷗外にはもう一つの強力な物語への通路がある。近代日本で切望される西洋文学の紹介である。翻訳という営みはかつてないほど社会に求められ、つよいエンジンがかかる。それもよかった。タイムリーな必須のしごととして、勤勉な鷗外を駆り立てた。

目の前にひろがるのは異国の文字。形も方向も母語とはちがう。左から右へ、そして字と字がとぎれなく連なり、何ともしなやかなラインをなす。山なみのよう、波のよう、木や草やリボンのように高低をなして無限にたなびく。

その装飾的な動きに読む息を合わせるのが、鷗外には心地よかった。怠惰をゆるさない漢字の角ばりから解放され、上下関係を思いださせる垂直方向の読みを離れ、なんだか……自分が消えてゆく。気持ちがいい。

今ぜひ最高の例として、訳者すなわち役者の彼がのどを鳴らして言葉をほおばり呑みこむ絶品、ベルギーの小説『聖ニコラウスの夜』をご紹介したい。一九一五（大正四）年刊行、鷗外の翻訳文学集『諸国物語』におさまる。一九一三（大正二）年に「三田文學」に発表した。今は読者にほぼ忘れられて眠るこの小品にはじつは、鷗外の愛と官能のひみつが紅くときめく。まくれた可愛い子どもらしい唇に、甘やかに近づいて魅せられる鷗外がいる。

『聖ニコラウスの夜』の狭い空間にはキス、キス、甘いおいしいキスがみちる。キス小説といってもよい。それは家族どうしのキスで、愛しあう夫と妻の口がぴったりと吸いつくキスで、若夫婦も味わう、老夫婦もおちゃめに高らかに舌を濡らす。なごやかな家庭のキスを鷗外は、ミルクと卵、林檎ケーキの匂いに上手にくるんで読者に贈る。

真冬、午後七時。大河が凍てつつ流れるベルギー「テルモンド市」の河岸に泊まる多くの船にしだいに灯がともる。今宵は幼子イエスキリストを守る巨人・聖ニコラウスがいらっしゃる。ストレンジャーを迎え、家々も通りも船もあかあかと灯をつける。

一転、大きな風景から小さな風景へ。ここは魚の黄金飾りを舳先につけた「グルデンフイッシユ」号の内部。家でもある。雇われ老船頭のトビアス爺さん、妻のネルラ婆さん。それに新婚の息子夫婦、ドルフとリイケがブリッジ下の部屋に暮らす。「桶を半分に割った」形の小部屋は町いちばんの小さなおうちで、町いちばんの幸せなおうちである。

船内の小窓のそばに立って、河明かりを見つめるリイケが本当は夫ドルフの帰りを待ち焦がれるのを言い当て、恥じらう嫁に「それは、お前、おっ母さんでなくって、だれが御亭主の事を思っている若いお上さんの胸が分かるものかね」とお婆さんが優しくいたわる。嫁姑争いとはほど遠い。ここは鷗外、当時母と妻の争いに燃える団子坂の火宅に疲れきっていたので、そうとう羨ましかったのにちがいない。

あ、たくましい若船頭ドルフが帰ってきた！　粉、玉子、ミルクを買いに行っていたのだ。ありがとドルフや、さあお前を待っていたリルケにキスしてお上げ、「蠅は蜜を好くものだからね」と息子に母は言う。

ここから祝祭のおごちそうが始まる。ドルフはリルケの腰を抱いて、うなじにキスする。それじゃあ足りやしない、と今度はリルケが背伸びして夫の口にキスする。ドルフはうなる、「ああ、旨《うま》かった。ミルクで煮たお米のようだった」。

ミルクで煮たお米？　日本人にはわかりづらい。西洋の家庭菓子で、フランス語でいえばガトー・ド・リー。米をバニラさやと砂糖と牛乳で煮て、冷やし固めて蒸す。大男のドルフは子どもっぽいのも魅力で、キスをおやつのように旨がる。にゅるっと柔らかいプディングとキス。たがいの唾に濡れる口づけにむろん重なる。

鷗外は、西洋の嗜好品を日本の名にむりに変換するのを嫌った。イプセンの戯曲『人形の家』でヒロインのノラが、夫のおみやげのマカロンを待ちきれずに摘まみ食いする。鷗外はマカロン、とそのまま訳した。これはわかりにくい、あめの鉄砲玉とでも臨機応変に訳せばいいのにと批判されたときも、うちの子どもでさえ本郷の青木堂で売るマカロンを知っている、駄菓子の鉄砲玉ではノラの箱入り奥様らしい品がなくなると反駁した。ここも「あま酒」や「汁粉」ではだめなのだろうなあ。

さて若夫婦のキスに刺激され、トビアス爺さんが妻に「おい。己達《おれ》も若い者の真似をしようじゃないか」と言い出し、もちろんいいわ、と即答するネルラ婆さんの頬にキス。お返しにお婆さんがお爺さんの口に二度、音をさせてキスする。

お祭りのろうそく灯る小さなおうちは熱烈なキスだらけ。そして二組の夫婦のキスの周辺にさらに、お祭りの特製ふわとろお菓子が次々に天上的に浮かぶ。キスにお菓子と、口唇の快感が暖かい狭い空間を駆けまわる。

お婆さんが火にかける大鍋の臓物煮込みをたらふく食べたら、こんどはもう一つのお鍋のごちそうで、中には聖夜のお菓子生地が「ふっくりと」横たわる。お婆さんがこしらえた生地はよく発酵し、「すくつて杓子《しゃくし》を持ち上げると、長く縷《る》を引く」。

四人ぎゅう詰めの小部屋にこもる濃密な香りは、こちらにも洩れてくる。読者もお皿を持ち、唾をのんでケーキを待つ。お婆さんのみごとな焼き方を、鷗外は散文詩に仕立てて訳す。痩せた腕で高く上げた杓子からケーキの種は糸を引き、熱したフライパンに「しゅう」と落ちる。あっ、瞬間いい匂いがする！

菓子種は小川のように焼鍋の上に流れる。バタが歌う。火がつぶやく。そしてだれの皿の上にも釣り上げられた魚のように、焼立の菓子が落ちて来る。

「バタが歌う」という言葉が断然いいじゃないですか。これは西洋でバターに親しむ人でなければ出てこない言葉。バターじゃなくてバタ、という凛と正しい訳語も鷗外らしい。一家は河で荷物を運搬し、ときに漁をして暮らすので、「川」や「魚」のイメージがぴちぴち跳ねるのにも気づく。しかも魚はイエス・キリストの殉難の象徴であり、お婆さんが焼いては皆のお皿にぽーんと投げ入れる即製ケーキは「金色《きんしょく》をして、軟《やわらか》く脆《もろ》い、出来立の菓子」であり——まさにこのおうち、黄金の魚号の銘にもたくみに重なる。

いやあ、まさか鷗外がこんなにおいしい文章を書く人だとは思ってもみなかった。これは彼の小説を読んでも気づかない。翻訳を読まないと、見えてこない。赤ちゃんがおっぱいを吸うのに似るキスや、すべすべした肌に匂うミルクやバタへの愛着は、彼自身の創作には出てこない。けれど自分と他者の境がうやむやになる翻訳では——ときに彼は自身の内なる赤子に帰り、人類原始のキスで甘い乳をぞんぶんに吸う。

鷗外の翻訳文学にはきれいなキスが頻出する。女性や少女がかなり積極的に出る。初期の翻訳『ふた夜』（ハックレンデル原作）では、十八歳の美貌かがやく伯爵将校と、彼が旅の途次に休んだ駅舎のむすめが電撃的な恋に打たれる。別れぎわに少女の方から伯爵のうなじを抱き、「かくこそ。いま一たび。いま一つ。マドンナ守れ君を」とキスを三度する。悲恋ながら伯爵はとき経た後も、「かの少女の三たびわれに触し唇はいまも忘れず」。これより女性との口づけは数多あるとも、少女の「熱く甘きには似る」ものはないと追慕する。少女はいやいや人妻となって死んだ。その忘れがたみの幼女にめぐり会った伯爵は、母をしのんで「愛らしき唇に接吻」する。

『サロメ』では、預言者ヨハナアンの首を王に所望した美少女サロメが、ついに手に入れた男の血染めの生首にキスし、誇らしく恋の勝利を宣言する、「ああ。ヨハナアンや。わたしはお前の口に接吻しましたよ。お前の口に接吻しましたよ」。オスカー・ワイルドの書くサロメは恋の怪物である。鷗外は女性の性的欲望に驚き、おののき恐れ、訳したであろう。

戯曲『花束』（ズウデルマン原作）の令嬢は悪い男にだまされて、人生をつぶされかけた良家のむすめ。彼女を守って奔走した弁護士とふしぎな恋に落ちる。自分の過失をだれよりもよく知る彼が額にキスしてくれた！　抑える恋情があふれ、淡いキスよりもっと、と彼女は彼のうなじを両手で抱きしめる。弁護士がこたえて本格キスをし、令嬢は彼にぴったり慕わしく身を寄せる。初めて彼をこそ、愛する本心をみせる。

ここか、これか！　と読みながら訳しながら、鷗外は得心したであろう。西洋の本格小説のかなめはキスである。恋愛物語は熱烈なキスを心臓とする。とくに鷗外はおとな同士のキスもさりながら、少女が恋する血潮をたぎらせて男に紅唇をよせるキスに感じ入った。

キスは日本の恋愛史の伝統に無い。それを先駆的にラブソングの形で表わしたのが、のちに鷗外も上田敏も大応援して親しくつきあう『明星』派の与謝野晶子と鉄幹。そして小説で白ゆり薫るロマンティックキスをとびぬけて早く描いたのは、永井荷風の文壇デビュー作『地獄の花』である。

これらは明治三十年代のことで、手早いキスにかんしては二十年代の鷗外の開拓精神を忘れてはならなかった。翻訳で、美麗鮮烈なキスを次々紹介した鷗外の功績はおおきい。晶子も鉄幹も荷風も、鷗外浪漫にいたく当てられ、画期的なキス表現を手に入れた。ただしリアルを重んずる鷗外自身は、日本を舞台とするおのが創作小説に断じてキスは書かなかった。

ただ一つの例外は、バヴァリアを舞台にするドイツ三部作中の『うたかたの記』である。美術学校のモデルをつとめる妖しい美少女が、学生のつどう酒場で「巨勢」なる日本人画家の頭を両手でいだき、額に接吻する。わっと囃し立て、われもわれもと叫ぶ画家の卵たちの無礼に、少女は卓上の飲みさしのコップをつかんで口にふくみ、そなたたちクズ男は「わが冷たき接吻にて、満足せよ」と口の水を彼らに霧吹いて吐きかける。男たちはブーイングの声を上げる。

なんとも色気のない風変わりなキスである。生育環境から兆す少女の「狂人」ぶりを象徴する。巨勢へのキスも恋の情熱からではなく、過去に彼にうけた恩義を感謝する額へのキスであるし、しかも少女マリイはそのときいささか酔っていたし……鷗外の創作キスは近代日本文学史では、キスの王者・晶子と鉄幹、荷風に勝ってずっと早いけれど、どうも映えない。

やはりそれより鷗外がキスの王者たるのは、翻訳においてである。先の『聖ニコラウスの夜』にもどれば――ベルギーは美食の都で、何しろ世界に冠たるチョコレェトの都で、原作者カミーユ・ルモニエもかなりのお菓子グルメであると察せられる。そんな彼の高度な甘々キス・イメージに、しっかりついてゆく鷗外の洋菓子偏差値が高すぎる。幕末の生まれですよ、鷗外は。育った津和野の貧乏士族の家のまわりにビスケットやケーキなど一切そんな香りはなかった人ですよ、アメリカ帰りの叔母さまと暮らした上田敏や、お母さまがイギリス貴婦人に習ったレシピでバースデーケーキを焼いてくれた荷風とちがって。

それなのに焦らずあわてず平然と、ルモニエの続けて謳うこんな凝ったヨーロッパのデザートまでしゃらしゃら訳する。鷗外という人はぜったい敵――批評家とか、場合によっては読者も敵になる――に弱みを見せたくない作家なのだと実感する。

ネルラお婆さんが突然の産気でおびえる身重の嫁のほっぺを指で突つきながら、安心させようと言うことばのなかにまたもやお菓子のイメージが浮上する。しっかりおしよ、恐くなんかないから。自分の赤ちゃんが産声を立てるのを聞く嬉しさといったら――。

天国へ往くと、ワニイユの這入った、甘い、牛乳と卵とのあぶくを食べながら、ワイオリンの好い音を聞くのだそうだが、まあ、それと同じ心持がするのだからね。

ワニイユ、とはバニラのこと。くだんのミルクお米より謎のお菓子だ。正体が知れないのも、異郷のお菓子の魅力ではある。「あぶく」とお婆さんがいうんだから、至極やわらかい甘いふわふわに相違ない。アイスクリーム、スフレ、ババロア、そうした儚い一瞬のお口の楽しみに、読者はとりあえず思いを馳せてうっとりすればいい。

これはじつはかなり凝った上級デザートで、大正期日本で正しく把握するのはむりでしょう。バニラ風味のクリームで、フランス名はポ・ド・クレーム・バニーユ。牛乳を砂糖とバニラのさやで煮て、卵黄をよく攪拌《かくはん》したものに流し入れ、ちっちゃな壺に垂らし、天火で焼く。壺の温かいクリームを小さじですくって頂く。

歯はいらない。口にふくんで呑むデザートで、もうすぐ生まれる赤ちゃんがリルケお母さんの乳房にキスして吸う甘いおっぱいに響きあう。

鷗外が読んだのはドイツ語訳であると言われる。こうしたときに彼が目にした原文を見て読むことができたらば、と浅学が悔しい。本当に、本当に原作者はこんなに甘くバニラなキスで『聖ニコラウスの夜』の前半をいっぱいにしていたのかしら。ちゅっちゅっと唇や肌を吸う子どもっぽい甘噛みの快感を露わにしていたのかしら。それとも訳者、鷗外の筆が乗りに乗ったせいで、随所にちゅっちゅっとバニラなキスが香るのか……。

鷗外はあきらかにキスが好きである。恋人の親子の夫婦の――西洋の愛を織るいろいろなキスに胸を射られる。あるときは彼自身が乳を吸う赤子に回帰して、殺風景だった幼年時代をやり直す。優しいやわらかな肌に口をつけ、甘いバニラな香りをかぐ。あるときは赤子のように愛をむさぼる恋人の、欲ばりなかわゆい唇に魅せられる男となる。

鷗外渾身の翻訳戯曲『僧房夢』（ハウプトマン原作）も、さながらキスの名画集である。冒頭から夫婦の接吻で幕が開く。伯爵は、名家の出身ながら落ちぶれて物乞いをする少女エルガアを一目で愛した。館に連れ帰り、妻とした。エルガアには謎が多い。幼なじみのいとこと密通する。伯爵はじめ、世のなかすべてを馬鹿にする。裏切りに気づいた伯爵は、いとこを殺すために館に招き、彼を前にいやがる妻を抱いてこう言う、「この口を見てくれ。可哀らしい口ではないか。丁度乳が呑みたいという赤子の口のような」。

お放しになって、と身を振りほどこうとするエルガアを逃がさない。サディスティックにつよく抱いてさらに恋敵に見せつける、「本当の赤子の口のやうじや。まだ乳の気を離れぬのじや」「広い亜細亜《アジア》大陸の、野も山も町も探して歩いても、このような口はあるまい。このような人を迷わせるような口はあるまい」。

密通を知っても伯爵は、「赤子の」ように欲しいものにむしゃぶりつくエルガアの残酷な無垢から心が離れない。エルガアの薔薇色の口づけの魔に囚われるのは、伯爵なのか鷗外なのか。ふっと伯爵になって鷗外が、悪い美しい少女・エルガアのまくれた唇におのが唇を寄せる気配がただよう。ミルクを欲しがるその口に口を合わせて陶然とする瞬間が、訳業の行間に放散する。

少女時代から父の翻訳文学を読みふけった鷗外の長女、森茉莉はだれよりも早く父の官能のひみつに気づいていた。鷗外の鍾愛するバニラなキスと愛らしい薔薇色の唇を、彼女自身の書く恋愛小説に濃密に受け継いだ。森茉莉はこの点にかんして、もっとも敏速な鷗外批評家であるのかもしれない。

このお話は、また後ほどのお茶うけに――。

18　鷗外、女性のパリ行きに奮闘する

父親の貴族趣味――鷗外の長女で作家の森茉莉は、父を語る多くの随筆でしばしばこう言う。茉莉自身かえりみるところによれば、父に「お姫様」のように育てられた。女学校の行き帰りは自家がやとう人力車で、顔をあらうお湯を「女中」が運び、長い髪も女中が洗った。実家で台所に立ったことはない。フランス語、ピアノ、裁縫に料理の家庭教師が来ていた。まるでオードリー・ヘップバーン演ずる映画『ローマの休日』の王女様である。教養として家事を一流の教師に学ぶものの、じっさいに腕をふるう機会はない……。

文豪に鍾愛された少女時代の記憶は、茉莉の心のよすがである。濃密な美化が遠い明治の時間をいろどる。しかしそれにしても、やはり娘の海外雄飛を想定して熱烈に薫育した盟友の上田敏にくらべても、――鷗外が四十歳で初めて授かった女の子への心配りは、森家の経済状況をかんがみれば明らかに常軌を逸する。

鷗外は少女の薫育には慣れていた。八歳下の妹の喜美子がいる。青年時代は妹に源氏物語の本を贈り、語学をおしえ、翻訳への道にみちびいた。彼女の健康にも気を配り、肺炎から救った。しかしあくまで華美よりも質素と忍耐、勉学の必須を説いた。喜美子は「お兄様」をひたすら崇め、家

事と勉強を両立してよく立ち働く女性となった。鷗外の小説や史伝に清楚に咲く賢い武家の妻たちに似る。

ひとしく鷗外の薫育をうけた茉莉の方は本人いわく、実家ではヤカンに水を入れたこともない。茉莉は後年、「お姫様位楽な商売はない」（随筆『優雅の伝統　その他』）とうそぶく。なるほど彼女はきゅうくつな妻の座からも自身で脱出し、心の国の王女の座へ帰還した。

若かりし日の妹への仕向けと、娘の養育におけるこの違いは何か。もともと森家は藩閥政治の恩恵に洩れる津和野藩の、士族扱いの藩医の出である。一家こぞって東京に上って勉学と学校が第一のつましい生活を旨とし、長男の鷗外を必死で世に押し出した。努力向上生産型のきわみをなす。その鷗外が自身は変わらず節倹と質素を尽くしながら（たとえば若い荷風は観潮楼を訪問したさい、鷗外の下シャツ一枚の「兵隊」のような質素なふだん着に驚いている）、長女にはなぜ華美なロココ的消費文化をまとわせたのか。

ここに鷗外の大きな問題がある。彼は自身の見果てぬ夢を最初の女の子に託した。貴族趣味のありったけを茉莉に注いだ。フランス社交界でデビューしても恥じない淑女を想定し、長女を育てた。茉莉によれば、妻と長女を前に鷗外が初めて教えたフランス語は、「大使閣下にお目にかかれて光栄です」という華やかな社交語だったという。〈フランス〉と〈お姫様〉は、鷗外を説く重要な鍵である。

〈フランス〉と〈お姫様〉へのあこがれは、時代をこえて多様な日本文化を生む旺盛なエネルギー源である。今や世界に冠たる日本アニメの一つの母胎である少女漫画も、この夢の羊水のなかで育った。細川知栄子『泣くなパリっ子』、水野英子『白いトロイカ』、わたなべまさこ『花の館』、木原敏江『摩利と新吾』シリーズ（ちなみにこの連作形式のボーイズラブ浪漫は、鷗外のドイツ三部作や『ヰタ・セクスアリス』を物語の核とする）はじめ、もちろん池田理代子『ベルサイユのばら』にいたるまで、フランスとお姫様ものは二十一世紀にも引き続き豊穣な生産力を誇る。

――その源に鷗外がいる。鷗外はこの方面でも私たちにごく近い。意外ではない。今までお姫様文化と鷗外の密接な関係が指摘されない方がふしぎである。これは鷗外のなかなか見えざる重要な一面で、娘の茉莉の文学を通してほのかに透かし見える表情である。しかし彼が稀有に自身の屈曲したフランスと貴族趣味への憧憬を明かす作品がある。ユーモラスな諷刺小説『大発見』である。

鷗外の一九〇九（明治四十二）年は、彼自身の分身を活用する現代小説の豊作期となった。家族の分断を克明につづる「半日」はじめ、茉莉と次男の百日咳罹患を取材する『金毘羅』、妻をモデルとする人妻が遭遇する思いがけないセクハラ事件を書く『魔睡』などが次々に発表された。自伝的な要素の濃い長編『ヰタ・セクスアリス』発表もこの年である。

同年の群作のなかに、個性的な短篇『大発見』がある。何と「鼻糞」が主題なので、鷗外に似合わないと見なされるせいか、あまり取り上げられない。しかしこれこそ鷗外の留学の核心――怒りと「負けじ魂」をものがたる。二十二歳にして官命で衛生学を学ぶためにドイツへ留学した孤独な戦いを、年経てようやく打ち明ける。浪漫小説のドイツ三部作には見られない告白を全開する。

『大発見』の主題は、初めて踏んだヨーロッパの地で、自分に向けられた複雑な差別とその理不尽への憤怒である。若き鷗外の分身「僕」が留学して真っ先に参じたベルリンの日本公使館は、門も塀もないそまつな平屋の一室だった。まずヨーロッパにおける「帝国日本」の格の低さに驚く。しかも日本を代表する公使までが母国をばかにする。君は何をしに来た、との公使の問いに衛生学を修めに、と答えると「馬鹿な事」「人の前で鼻糞《くそ》をほじる国民に衛生も何もあるものか」とせせら笑われる。

差別は入れ子状となって、うぶな僕を襲う。「白皙人種」の島国への差別、日本人の内部にさえある「黄色人種」への差別、あるいは低い地位の若い人間への差別。僕は凍りつく。これをはじまりとして三年間の留学生活で僕は、学校でも下宿でも実験室でもドイツ人によく笑われた。

とくに身ぶりが差別の芯となるのを覚った。「お辞儀」の姿勢がカッコ悪い。西洋では男は立って礼をする機会が多い。彼らはジュニアの頃から学校でダンスの授業をうけ、お辞儀の身体訓練をならう。和の作法とはちがう。そこを嘲笑される。親切な若いドイツ女性がお辞儀のコツを教えてくれる。気のいい娘さんだな、と思う一方で誇り高い僕は屈辱にまみれる。

そこからが鷗外だ。何くそ、と思って書物で「白皙人種」が鼻くそをほじる史実や小説の場面を探しまくる。帰国後もずっと暗い情熱で調べ続ける。ときに一九〇八年、ドイツから取り寄せる新聞雑誌で、デンマークのウィードなる作家が頭角を現わすのを知った。以降、ウィードの作品を気にして読むうちについに発見した、白皙《はくせき》人種が鼻くそをほじる場面を彼の短篇小説のなかに！「嗚呼《ああ》」と鷗外は文中で慨嘆する。これを大発見と言わずして何を大発見と言おうか。恨みふかき彼の公使よ、「僕は謹《つつし》んで閣下に報告する。欧羅巴人も鼻糞をほじりますよ」と誇らしく結ぶ。

鷗外は凄い怒りんぼうであったのだ。留学中に「野蛮人」「黄色人種」としてうけた侮辱をほぼ二十年も忘れない。ここが彼より後に留学した荷風や上田敏と決定的に異なる。時代のせいも、潤沢な仕送りのせいもある。荷風と敏は船中でも市内でも自分への差別はいっさい感じず、円満に欧米留学を完了した。

鷗外の社会的な活動範囲は、むしろ彼らより広い。『大発見』にいわく、三年間の留学生活で「あらゆる階級」に出入りした。階級のトップは王宮で、夜会にも出た。ここが鷗外の強みで、とともにアキレス腱でもある。ダンスの心得がないと、貴族のあつまる夜会では身の置き所がない。

ドイツ三部作中の『文づかひ』の中央には、王宮の華麗な冬の舞踏会が花ひらく。六百人も集まるドレスデン王宮に、舞い踊る貴婦人の肌や衣服を飾るダイアモンドがきらめく。鷗外のある種の分身でもある若い日本人士官は、踊ることなく傍観する。そのうち王宮の女官となったイイダ姫にそっと扇でさし招かれ、人気のない美術の間で彼女の告白を聞き、さいごに姫のさし出す右手にキスして貴婦人への礼とする。

一八九一（明治二十四）年発表の『文づかひ』とは、イイダ姫の謎めいた結婚拒否も清新な主題であるが、近代日本で一番乗りの西欧お姫様ものでもある。『文づかひ』の背中を追うのは文学詩歌のみならず、パリへあこがれる少女漫画界も続く。改めてそう見直したい。華麗な舞踏会が必須の山場であることも、少女漫画の西欧ロマンに通底する。

冒頭、帽子のヴェールで顔を隠す騎馬の麗人・伯爵令嬢イイダ姫がまずクローズアップされ、続いて貴族の城館でのクロケット遊びや晩餐の情景、その後で席を移してのコーヒーと食後酒のサービス、歓談をまで細やかに描く。

さらにはヨーロッパ王宮の盛大な舞踏会を、じっさいに宮殿に出入りした鷗外なればこそ、日本人として初めての肉眼で書いた。ごく自然にヨーロッパ貴族階級の身ぶりに通ずる帝国日本軍人「われ」の風姿、参集する貴族たちの馬車の降り方、貴婦人の毛皮の脱ぎ様、大理石階段の真紅の絨毯を人々が登る様子、イイダ姫のたおやかなソファの腰掛け方までを細密にうつくしく描き切る。まるで一連の泰西名画のようで、たぶん鷗外は貴族の風俗画・肖像画なども参照したのだろう。

じっさいの貧しい若い鷗外は安下宿で笑われたくらいだから、光あふれる舞踏会の片隅に立ち、ここで堂々とふるまえないと終わりだと感じていたのにちがいない。ヨーロッパ王宮の会話はフランス語が至上である。このとき、フランス語こそ万国に共通の最高言語だと実感した可能性が高い。

鷗外はドイツであらためて文化の華としてのフランスを意識した。ゆえに帰朝後の小倉時代に、フランス人神父からフランス語を学んだ。平川祐弘編『森鷗外事典』「フランス文学」の項は、「鷗外のフランス文学の蘊蓄の深さには驚かされる」とし、長男の於菟《おと》はドイツ名であるが、続く茉莉はマリー、杏奴はアンヌ、類はルイと、フランス名である特色を指摘する。鷗外における文化コンチネンタルはじつはドイツではなく、フランスなのである。そう変わった大きな契機はもう一つ、一九〇九（明治四十二）年にある。

ここで今いちど、鷗外の大豊作期、先の『大発見』も発表された一九〇九年という年をふり返ってみよう。

この年は上田敏に続き、永井荷風がパリから帰った直後に当たる。荷風は一九〇八（明治四十一）

年七月に帰国し、翌月にアメリカ留学に取材する短編集『あめりか物語』を刊行し、おおきな話題を呼んだ。続く一九〇九年三月にパリ遊学をおもにつづる『ふらんす物語』を刊行、こちらは書店にならぶ前に発禁となった。発禁も若い作家には追い風となった。「朝日新聞」に長編『冷笑』を連載発表したのをはじめ、『すみだ川』など荷風の多作の年となった。

すなわちフランス組が帰国し、勢力を伸ばす時代が始まった。文学芸術はフランスが本場、と認識される時代が幕を開けた。荷風は一気に文壇アイドルとなった。彼は早いパリ留学者で、この後に画家や作家がぞくぞくと芸術の都フランス・イタリアを目ざす。近代日本を鮮明に染めるフランス憧憬が本格的にスタートしたのがまさに、一九〇九年であると言っていい。

対して一昔前のドイツ組・鷗外は古物あつかいされた。二十九歳のシングル荷風にくらべて、鷗外は三人の子どもをもつ四十七歳。当時は老いの坂にさしかかる人と見なされる。近代日本に初めてレモン香る南国イタリアを紹介したけれど、鷗外の場合は書物の知識で、現実のイタリアの地は踏んでいない。かえって鷗外の翻訳『即興詩人』を敬愛する上田敏が名訳を銘じ、欧米留学中にイタリアを旅してルネサンス芸術の風光に触れた。

上田敏や荷風の留学との間にあるほぼ二十年余の差、加えて公費留学と私費留学の差はおおきい。鳴り物入りのフランス組の帰国を迎え、鷗外は若き日のドイツ留学のきゅうくつ、自由の少ない日々、いわれない屈辱を今さら鮮明に心に嚙みしめた。文学芸術のゆたかな土壌、フランスをじっさいには見ない引け目をおおいに感じた。――そう察せられる。

『大発見』には屈折した自嘲と誇りがないまぜに表われる。極東日本にいても書物を読む力を盾とし、つねに知を更新する「負けじ魂」がみなぎる。一方で、自分などはパリやロンドンも帰国の際の駆け足で、エッフェル塔に登っただけが関の山。帰朝後はむだに白髪が生え、現代の文壇では「黙殺」される。毎日勤務先へ行って帰るだけの生ける屍のよう、とつぶやく。文学世界に君臨する巨大な鷗外が、じつはこの時点で自身を墓穴に封殺される死者と感じていたのだ。

ちなみにこの時、百日咳から癒えて前よりひ弱でなくなった茉莉は六歳、お茶の水のエリート付属小学校へ入った。ちょうど薫育を施すにふさわしい状況となった。お茉莉こそはフランスへ、芸術の都パリへ。その父のように貧寒な形ではなく、フランス語を話しサロンで乞われればピアノも弾ける国際的な令嬢としてパリに、と鷗外は茉莉の未来の羽ばたきを聴くうつくしい夢をいだいたのだろう。

鷗外は徹底して終始、公平な人である。フランス組を両手をひらいて迎えた。新時代の華である若い荷風が羞恥を知る気持ちのよい人柄であると知った鷗外は、敏と共闘して無職の荷風を慶應義塾大学部文学科教授に就任させた。このとき鷗外は内心、いつか与謝野晶子をも源氏物語の教授に推したいと願っていたらしい。

その代わりという気持ちもあったか、鷗外は数年後の一九一二（明治四十五）年に夫の鉄幹を追ってパリへ留学した晶子を全力で支援した。鉄幹の留学費用はおもに晶子が捻出した。晶子の費用は――当時三越百貨店の文化広報に関わっていた鷗外がかなり奔走した。晶子を三越専務取締役に紹介し、費用を補助させた。

日本を代表する歌人がパリへ行く。渡航費や滞在費ばかりではない。たとえば与謝野夫妻はパリ郊外のロダンの屋敷や市内のレニエの屋敷などを訪問している。各種サロンへも出入りする。見すぼらしい服装では行けない。パリの晶子の写真が何枚か残る。新聞雑誌に取材されるので、いかにも日本女性、という感じの花もようの訪問着すがたもある。パリの流行に合わせ、造花のついた優雅な帽子《シャポー》に長い真珠ネックレスをかける洋装の写真もある。

一九一〇年代はちょうど日本の御木本が真円真珠の養殖に成功し、ロンドンやパリの支店で革命的な養殖パールを売り出した時代である。晶子のパリ行きは、欧米の宝飾界が突然の養殖パール出現に大混乱する渦中に当たる。

おそらく晶子の真珠の首飾りは、養殖といえど高価な御木本パールではない。晶子の渡欧のちょうど十年後、やはり夫のフランス留学を追ってパリへ行った鷗外令嬢・茉莉は、オペラへ行くのに真珠の首飾りなしでは礼を欠くため、パリの老舗真珠商「テクラ」で人造真珠を購入したと随筆で述べている。

モーパッサンの短篇『首飾り』にあるように、パリでは中流向けの人造真珠を売る伝統がある。晶子の胸をかざる真珠もおそらく、情報通の鷗外や女性の服飾に造詣のふかい上田敏が、ぜひテクラで買うようにアドバイスしたのではないか。ヨーロッパの社交界では優雅な帽子にローブデコルテとパールネックレス、白革が無理ならば絹の長手袋、これが揃わなければ嘲笑される。淑女と見なされない。晶子をヨーロッパへ押し出すために、鷗外はこんな方面まで気を配ったのではなかろうか。

第一歌集『みだれ髪』に着物の歌が目だって多いように、晶子は生涯おしゃれに敏感な人だった。

うつくしい衣装は彼女の詩の生命でもあった。夫との合作紀行文集『巴里より』では、シャポーをかむれるのが嬉しい、と感激している。「キモノ」を着てあるくと皆の目が集まっていやだ。とくに足袋はパリの人には「野蛮」に見えるらしい。コルセットはつらいけれど、洋装すると帽子が私を華やかにしてくれる。だから洋装の方が好き、と述べる。パリの美容室で髪にこてを当てて綺麗にふくらませてもらったのも初体験だった。

初夏のオペラ座観劇にパールネックレスをつけて出席できたのも嬉しかったらしい。肌にひんやり触れる真珠の快い感触を詠む歌が残る。

しら波の沫のやうなる真珠の輪頸《くび》に掛くれば涼風《すずかぜ》ぞ吹く
巴里《パリイ》なるオペラの前の大海にわれもただよふ夏の夕ぐれ（歌集『夏より秋へ』）

このとき極東日本の書斎では鷗外が晶子の代わりに、彼女の初の源氏物語現代語訳の校正を引き受けていた。校正は鷗外の大得意であるものの、これは他人の出版のための徹頭徹尾、黒子作業である。

上巻はパリへ発つ前に刊行され、晶子がフランスで彫刻家ロダンに捧げた。中巻の校正は間に合わなかった。それを鷗外が引き受けて晶子を出発させた。鷗外は十六歳も下の人間のための下作業も厭わない。やるべきことをやるためには変な誇りなどない。権威主義からほど遠い。

政府関連の教育者ではなく、夫の大使や外交官に付き添う夫人としてでもなく、ほぼ初めて私費で芸術のために七人の子どもを置いてパリへ留学する晶子に、二人の娘をもつ鷗外はそれほど共感と期待を寄せていたのだろう。

神野藤昭夫『よみがえる与謝野晶子の源氏物語』によれば、鷗外は五月六日に晶子源氏の校正に着手し、版元の要請に応じて数日徹夜し、原稿を仕上げたという。

コクリコが野原一面を紅く染める初夏にフランスに着き、真紅のジュースに添えられるおしゃれなストローの演出に驚き、ちょいワルの居酒屋給仕の男前のしぐさにどきっとし、「生きて世にまた見んこと」はあるまいパリに晶子が恋していたとき――文豪・鷗外は眠らずに彼女の原稿にこつこつと書き込みをしていた。――いい光景だ。ある意味で男性より伸びしろの豊かな女性の未来に手を貸し、そのファッションまで誇りをもってパリに乗り込ませた鷗外。明治版マイフェアレディの優しい香りがする。

19 晶子と荷風が生んだ次世代文学者、森茉莉

鷗外パッパの心願はかなった！

ドイツで勉強したいちばん上のおおきな兄さんオットーの他の三人の子どもはみんな、マリーもアンヌもルイもパリへ行った。

長女の茉莉が一番乗りで、晶子が渡欧した十年後の一九二二（大正十一）年、留学したフランス文学者の夫を追ってパリへ行った。ここが私の本当のふるさと。鷗外の薫育でフランス語に慣れていた恐れ知らずの十九歳は、パリをまったく異郷とは感じなかった。箱入り姫はパリで胸いっぱい外気を吸った。好きな人がたくさん街にできた。キャフェの親切なおじさん給仕、下宿の女主人、アジアから来た女の子にも一流の接客をする専門店員たち。

そう、私はパリではすごく可愛い女に見えたらしい。深夜のレストランで見知らぬ男性にキスを請われたこともあるし、下宿のマダムも私をしげしげと見つめ、マダアム山田（当時の茉莉の夫の名は山田珠樹）はお嬢さん時代にとてもモテたでしょう、と言って夫を苦笑させた。使えるお小遣はわずかで、夫の実家からの仕送金の上前をはねてのやりくり。しかしこれが楽しい。センスを活かして自分で選んで買うことの何たる至福！

パリの百貨店で買った吊るしのローブにテクラの人造真珠、靴だけはエナメルの上等を買って闊歩したっけ。あるとき夫が奮発してオペラの一階席を買った。そこに座るために買ったソワレや、真紅の薔薇をあしらう帽子をお誂えした喜びは、あれから幾星霜年をとっても忘れがたい。茉莉は随筆でくり返し、「巴里」の歓喜を噛みしめる。

着物と足袋を脱ぎ捨て、華やかなシャポーをかむる嬉しさをつづった十年前の晶子に似通う。晶子と茉莉はその夫たちのように美術館や古本屋に夢中になるより、パリの街をきらきらさせる消費文化のるつぼに陶然と身を浸した。黒髪なれどパリジェンヌ。熱い鏝《こて》で前髪をふくらませ、キャフエに座り、客と給仕の醸す粋な人間劇に酔った。晶子はパリの街を慕って歌う。

ああ夏が来た。こんな日は
君もどんなに恋しかろ、
巴里の広場、街並木、
珈琲店の前庭、ボアの池

帰国後の詩『夏が来た』の一節である。

晶子と茉莉にもう一つ共通するのは中流家庭の女性よりも、パリで見かける遊びの世界の女性に関心を抱く点だ。晶子が夫の寛と下宿したのはパリの大歓楽街モンマルトルなので、おのずと浮かれ女が目に入る。パリの雑誌取材にこたえての晶子の舌鋒は厳しい(『巴里に於ける第一印象』)。フランスは女性の社会的活動にかんして思ったより遅れている。女性教育をもっと徹底し、男女が共同して労働する未来を目ざすべきだと訴える。

晶子はフランス女性のおしゃれ感覚を絶讃する一方で、男の周りをひらひら舞う歓楽街の女性のありさまにはおおいに不満、不安だったらしい。——「仏蘭西《フランス》の婦人は自己の権利を主張する」教育をちゃんと受けているのかしら？　愛と自由と平等の都パリは、女性にも十全にその光を届けているのかしら？

晶子は自身、労働者階層出身だという意識が根底にある。少女時代、実家の職人とともに日夜お菓子を仕込んだ。今も毎日はげしく働く。「教育の普及」こそが、私のような「平民出身の女」の経済的独立をかなえると信じる。ここが晶子の女権論の芯だ。

ふくざつな目でパリの遊女群を見ていた晶子。対して〈お姫様〉の茉莉はあっけらかんと彼女たちの美装にあこがれる。オペラ座に来る椿姫のような「高等娼婦」の隆たる出で立ちに目をみはり、お手本とする。茉莉姫ゆえの無邪気さだ。

じつは父の鷗外も、和洋にわたり特級の遊女へのあこがれを深く抱く。自身で翻訳した『即興詩人』の中央に立つ絶世の歌姫、アヌンチャタの影響も流れる。

たとえばドイツ三部作の二作までもが浮かれ女を描く。小劇場で容色を買われ、男の目の集まる舞台に出る踊り子エリス。男性画家のモデルをつとめるマリイ。ふたりは「恥づかしき業」に従事するものの、律儀な家庭で育てられて心は気高い。

鷗外はたまに和のヒロイン芸妓も作中に登場させる。こちらもエリスやマリイと同じく、あくまで清く正しい。たとえば一八九七（明治三十）年の『そめちがへ』は、鷗外が俺も書けるぞ、と負けじ魂を燃やして書いた珍しい芸妓小説で、惚れた男への恋に殉ずる堂々たる柳橋芸者を主人公とする。プライドを捨てて好きな青年に体当たりし、彼が今の恋人に夢中だと知れば、二人の幸せを祈って潔く退く。高等娼婦にして恋の純に生きる。

『ヰタ・セクスアリス』にも忘れがたい美妓が点描される。総じてこれは男性同盟のドラマであって、魅力的なヒロインなどは不在の長編であるが、末尾近くに出てくる下谷芸者の小幾がぴかりと光る。主人公の僕――十九歳の金井湛《しずか》の胸が彼女を見出してふっと明るく灯り、読者にもその甘い輝きが伝わる。

場所は大学卒業祝賀会。多くの芸者が出張る。みんな学生など相手にせず、教授ばかりをもてなす権の高さがいやらしい。ところが西欧の女神像を思わせる綺麗でスタイルのいい芸者がひとりいて、掃き溜めに鶴のこの人が、美男ながら朴訥な大学生の児島に一目ぼれする。児島はいたく鈍感な男。彼の大好物と知って彼女、小幾が運んだ栗きんとんの山をむじゃきな男の子のように食べるだけ。栗が消えてゆく彼の紅い唇をじっと見つめる小幾。ああ児島よ、せめて彼女のためにゆっくり食えよ、と僕は祈る。

鷗外の小説のなかでも、白眉をなす恋の情景である。哀切な少女美を湛えるエリスを抱きとめる余裕なく、国家によるサイボーグ化から自己を解放する作業に必死の「僕」の闘争をつづる『舞姫』より、ある意味でほんものの恋の薫香がただよう。

鷗外は芸者をヒロイン格にすえるとなれば飛びきり一流の存在をえらび、恋する純な思いをその白い胸に点火する。意志的に恋する心もその容貌も、鷗外のヒロイン芸者はどこか西欧女性のイメージを宿すのも特徴だ。

思うに鷗外は、家庭の内のみに暮らす女性がそう好きではない。だから二度の結婚に「脳髄」（小説『半日』）がすり減った。家政に熱心な女性ほど家計を気にする。つねに計算してお得に暮らしを回そうとする。鷗外の母がその典型で、家計管理に執着し、家の将来を支える不動産購入にも熱心だった。

鷗外は、野心なく医業に忠実に従事した実父の日常を尊敬していた。短篇『カズイスチカ』に穏やかな父の自足の肖像を描いた。それに見合う重さの母のポートレートは書いていない。短篇『半日』などで母の質実剛健を肯定してみせるものの、細かい殖産で家を守るその生き方は、明らかに鷗外の理想を外れる。

鷗外が特級の遊女をえらぶのは、わが家を両手で囲うエゴイズムや生活臭と無縁だからであろう。まさしく椿姫タイプ。特権階級の男に養われる高級娼婦マルグリットは、世間知らずの〈お姫様〉。一文なしの若者アルマンに心の血のすべてを捧げる。椿姫の中身は純な乙女で、境遇と精神の差異がこの世界的浪漫の主題だ。以降の文芸・映像における娼婦ものの原点となる。鷗外もこの水脈に浴する。

敗者の夫を雄々しく助ける非常時の妻は、共感をこめてよく書いた。しかし平時のブルジョア家庭で計算高く生きる妻や主婦を書く鷗外の筆はいくぶん苦々しい。彼女たちは、人間を器械化する家と子孫繁栄主義に結びつく。ゆえに家のしがらみに最も遠い芸妓や高級娼婦を愛する一面をもつ。

質素な官吏であるからじっさいにさして接触がなく、おもに書物で出会う美人族であるので幻滅もないのであろう。

家庭がときに発する功利の精神を厭う父の心根は、言わずもがなの阿吽の呼吸で二人の娘に濃く伝わった。その遺伝子が娘たちを王朝時代の自由な恋と、永井荷風の花柳文学へと接近させた。

茉莉と杏奴は、大正時代には貴重な荷風の少女読者である。鷗外パッパはそれを止めず、笑って荷風に、娘たちは君のファンだと告げた。

茉莉と杏奴が娘時代に読んでいたのは、もっとも脂ののった荷風の大正花柳小説『腕くらべ』や『おかめ笹』であろう。とくに『腕くらべ』は古風な芸道をまもる芸者と、裸一貫で男を狩る新興芸者との肉弾戦が主題である。まさか乙女が読むとは、荷風も予期しなかったはず。

荷風の芸者や娼婦小説は、ある種のポルノグラフィ扱いされていた。良家の子女は読まなかった。源氏物語も、恋を不徳とする仏教さかんな中世からそうした伝統をもつ。とくに太平洋戦争下では、不要不急のエロス文学として忌み嫌われた。

荷風文学も源氏物語も、鷗外の娘たちの場合は父に導かれ、父の前で手に取った本である。鷗外は家庭の少女への最高の性教育書として、晶子訳の源氏物語と荷風の本を手渡していた可能性も濃い。とくに茉莉にとっては、荷風文学が生きる支えともなった。このあたりは、鷗外パッパが想像もしない娘の未来である。

二十四歳でみずから離婚した茉莉は、紆余曲折を経て日米開戦前夜の一九四一（昭和十六）年、初めてひとり暮らしをはじめた。三十八歳文豪令嬢がそのとき選んだのは、生まれ育った環境から遠い下谷神吉町のアパートである。

茉莉の意識では当時の荷風が毎日通っていた浅草オペラ館を追ったつもりで、懐かしのアパート勝栄荘を語るときは必ず、「浅草の」「第二の故郷」と記す。この時代をながめる茉莉の視線はつねに明るい。

まだ若かった私は、荷風が、レビューの女優の楽屋へ入り浸つているのを素敵だと思い、年中、下車坂のアパートから歩いて浅草の映画館街をふらつき、オンナカフーを気取っていた。（随筆『可愛い葉書』）。

独居生活をはじめたときから、茉莉の内面は〈オンナカフー〉だったのだ。荷風文学を握りしめ、戦前の中上流家庭からはみ出す女性のひとり暮らしを生きようと努めていた。

離婚後の茉莉は精神的に封殺された、と感じていた。まさに若き荷風の描いた『地獄の花』の準ヒロイン富子にひとしい。富子も茉莉も、明治大正の社会常識から見れば〈黒い女〉である。自身から夫に三下り半を突きつけ、男性の権威を破壊する。ゆえに社会から無視される。生きながら墓穴に埋められた「死者」（『地獄の花』）になる。無言の制裁を受ける。

この罰の重みは、離婚が日常である現代の私たちにはわかりづらい。しかし茉莉の随筆を読めばその残酷さが身に沁みる。かつて家族ぐるみで交際した人々に無視される。しかも夫は学者だった。

すべての知識人が茉莉を加害者あつかいする。

妹と弟以外、この世に話す人はいない。一日中、無言。そんな日がほとんどで、そのうち世界中から非難されている気分になる。戦争は大嫌いだけれど、戦争が東京も自身の悪い噂も焼き払ったと茉莉は書く。食べるのに必死の人々は、茉莉のことなど忘れた。道徳意識も変わった。戦後にふしぎな安らぎが訪れた。

茉莉と杏奴が荷風の娼婦文学を愛するのは、そこにドメスティックな匂いがないからであろう。家と家族をめぐる慣習や社会制裁にさんざん苦しんだ彼女たちは、荷風の案内する遊びの町をすてきな異界と感じた。自分の腕いっぽんで稼ぐ娼婦をアイドル化した。

とくにシングル茉莉は実によく荷風を読み、その娼婦文学を絶讃する。たとえば「荷風の花柳界の女の描写にはおどろくべきものがあった」とし、細密に荷風文学の情景を巻きながら、荷風は「芸者屋に」「潜んでいて、そっと見ていたのではあるまいか」と驚嘆してみせる（随筆『おことさん、その他』）。

五十代で開花した茉莉の随筆と小説のテーマは、家の外で生きる女性の孤独の豊穣である。シングルライフをつらぬく荷風の主題に重なる。茉莉が独特の毒舌をふるう随筆にも、荷風の影響があふれる。

戦中戦後の殺伐とした世相のなかで荷風の孤独を慕い、新しい文学を生んだ男性作家は少なくない。

たとえば敗戦直後に小説『ガラスの靴』で新人としてデビューした安岡章太郎はその代表である。学徒出陣した彼は入院した軍隊病院で大好きな『濹東綺譚』を見つけ、あらためて感動した。荷風から再出発した。盟友の遠藤周作もどっぷりと荷風に漬かり、世相への憤激を笑いのネタに代える〈狐狸庵先生〉シリーズを展開し、高度経済成長期の若者の人気をさらった。

戦後のそして森茉莉も、「三田文學」系の安岡章太郎や遠藤周作にならび、荷風の辛辣な文明批評精神を受け継ぐ稀有な女性作家である。

女性と怒りのタッグはまだ認められない時代に、茉莉は先駆的におおいに怒った。戦後社会の「贋物」世相をやっつけるとき、孤高の茉莉は明らかに荷風の力を借りて戦う。

たとえば——昔とちがって融通のきかない商売人に向かい、「八杯に切れと言いて、豆腐屋に通じた時代よ！！！　昔を今になすよしもがな、（荷風）」と、荷風の名を看板に掲げてなじる（『新宿のParisien』その他）。

「私の父も、永井荷風も、室生犀星も、皆怒り屋だった」（『作者と役者』その他）。「マリアのこの怒りが又、父親の遺伝であると同時に、荷風の遺伝でもある」（『紅い空の朝から……』）。「噴飯である。荷風曰く。（わらふべし）」（『テレヴィの青白い光』）などと、自身が荷風の辛辣な諷刺精神の申し子であることを宣告する。

なるほど娘は鷗外パッパの翻訳文学に滴る浪漫の果汁を吸い、夢幻としての〈欧羅巴〉を作品に薫らせる。一方で娘は怒りの子として現実に対決する。個人の自由と夢をへし折る社会の狭さに憤る。そんなときは、高みにいるのを好む父には似ない毒舌をえらぶ。一見相反する浪漫と毒舌が、茉莉の双璧をなす。

たとえば戦後の高度成長期の贋物ぶりを、「日本は全くインテリだらけのへんなブンカ国家、電化国家になってしまった」と指弾し、「地震を忘れた人々によって陸続と空を摩して建つ、不具な帝都美化事業」と、地震列島に東京タワーはじめ爆発的な高層建築ラッシュを招致する無策を揶揄する。「ばい菌入りのジュウスや、あらゆる毒物をやたらに放り込んで、ただ綺麗に、もちがよく、速く」（随筆『反ヒューマニズム礼讃』）モノをつくる大量生産を、職人芸の栄えた明治を知る立場から、ぶすりと深く刺す。

その論調はえんりょない皮肉と揶揄にみちる。生々しい怒りを韜晦《とうかい》でつつむ、鷗外の冷静な批判の調べとは異なる。テンポがよく軽妙に悪口をたたく江戸っ子流、すなわち痛烈な代わりに後腐れない荷風流、彼の駆使したご隠居減らず口の自由奔放を思わせる。

荷風文学のエネルギーは生産力に富む。女性文学として異色で早い茉莉の老女版毒舌エッセイの、そして世俗をかえりみない遊びの精神を高らかに歌う彼女の官能小説の、荷風文学はみごとな生みの親でもある。

茉莉の文学には今ひとり、父・鷗外ゆかりの重要な生みの親がいる。与謝野晶子とその現代語訳源氏物語である。

鷗外は源氏物語を尊重していた。若き日に乏しい小づかいを割いて妹に源氏物語を贈ったし、茉莉の回想によれば、妻と少女の茉莉に自身で源氏物語を講義したこともある。鷗外はとくに同時代の晶子が成し遂げた現代語訳を愛し、家庭に持ち込んだ。

茉莉の随筆『与謝野晶子』は、彼女が女学校に入った一九一五（大正四）年頃の観潮楼を細密に回想する。広々と風が通り、すだれや枕屏風のある実家は王朝の貴族の家に似ると、十二、三歳の乙女は感じていた。ちょうど晶子の『新訳　源氏物語』全四冊が完成し、森家には美しい挿絵入りの源氏物語が置かれ、かぐわしく光っていた。茉莉の母はこの綺麗な本に夢中で、母が読むから娘もよく読んだ。茉莉は自分もふくめて父母、祖母がよく昼寝する習慣があるのも、ほぼ横たわって日がな暮らす光源氏や姫君のよう、と思っていた。

母は原文も読んだが、茉莉は読んでいない。独特の茉莉の美意識は、鷗外の西欧趣味と晶子の源氏物語に育てられた面が深い。わかりやすく大胆で新鮮な晶子の訳文を茉莉は、「ジュウシイ」「樹液の充分にある若い樹のような感じ」と回想する。そこには晶子の「何ものをも恐れない見識」がぴんと張っていて、その凛々しさも好きだった。

茉莉の随筆の何気ないくだりにしばしば、母胎としての晶子の源氏物語への思慕が書かれる。茉莉は源氏物語のなかでは、若い光源氏にさらわれて以降しばらく大切に育てられ、妻となる若紫系ストーリーにもっとも感動する。青年とおさない少女の恋のすばらしさを熱烈に語る。一端を挙げよう。


源氏物語の中で、私が最も好きな話は、源氏と、まだ幼い紫の上を描いたところである。（中略）源氏が無理強いに邸に連れ帰って、若い父と幼い娘のように暮らしているところである。

（随筆『夢みる七十三歳の青春』）

幼い姫は源氏の君がどこかへ行くのを知って淋しがって拗《す》ね、横を向いた顔に、肩まである振り分け髪が掛かっているのが可憐である（中略）この物語のなかでは、ここの件が大変に好きである。美しい花が、未だ小さな蕾の時、又、美しい女の人の幼い時というのは私にはひどく可憐で、素晴らしいものに、思われる。（随筆『花森親分その他』）

晶子の訳する光源氏はとても優しい。言葉づかいに女性への思いやりと配慮があふれる。晶子は、源氏の君に女性的にしゃべらせる。大正の男性言葉とはほど遠い。とくに幼い若紫への会話の語尾は「なのね」と柔らかい。きゃしゃな小さな人に合わせる言葉づかいも、手づから若紫の着るもの食べるものに気配りする姿勢も――茉莉が読むと、子どもの衣食住のすみずみまで世話した父の愛情と重なるらしい。

これで作家・森茉莉の謎がはらりと解ける。彼女は六十歳を目前にする一九六一（昭和三十六）年、忽然と青年と少年が愛し合う異色の恋愛小説を書きはじめた。いわゆる同性愛ロマンである。先駆は三島由紀夫の長編『禁色』（一九五一〜五三年発表）くらいしかない。この大胆の謎が解ける。

初めて書いた小説『恋人たちの森』は一九六一年、つづいて翌年に小説『枯葉の寝床』が刊行された。両者とも、少年を保護する美青年の父性愛が光る。たとえば『枯葉の寝床』の富裕な青年ギランは孤独なレオ少年を街で拾い、心をこめて育てる。ふたりで登山した夜に初めてレオを抱き、衝撃で発熱した少年を優しく介抱する場面などはあきらかに、茉莉が感激する光源氏と若紫の初夜の場面そのものである。成熟しない少女もそのとき発熱し、源氏の君がこまごま気をつかう。

男女カップルの枠組みを唯一の自然とする恋愛と結婚の制度に、戦後の若い女性は息苦しさを感じていた。一九七〇年代に入ってフレッシュな文化である少女漫画が、恋愛と結婚のきゅうくつな規制に抵抗しはじめた。萩尾望都や竹宮惠子が、トーマス・マンやヘルマン・ヘッセなどの西欧文学と映画の教養を礎に、繊細な〈少年愛〉の世界を開拓した。結婚と生殖の未来を強要される少女たちに異次元の夢をあたえた。

初老の文豪令嬢・茉莉の同性愛ロマンは、こうした年若の少女漫画家たちより十年も早い！　早すぎて、文壇から嘲笑と非難の矢も飛んだ。茉莉の物語を守ったのは、日本古典と官能文学に造詣がふかい室生犀星と三島由紀夫である。それにもちろん、女性読者の支持である。

茉莉は異端の愛の物語を、考えぬいて闘争的に仕立てたわけではない。彼女は素直に彼女の源氏物語を書いた。彼女の同性愛小説は、膝のうえに幼い茉莉をのせて愛した父・鷗外を光源氏に、父の愛をむじゃきに吸って育った自身を若紫にたぐえ、さらにその関係を美青年と庇護される少年に移し替えた、お茉莉版の源氏物語に他ならない。

お茉莉版源氏物語の変奏は、最後の長編『甘い蜜の部屋』にもつづく。こちらは父と娘の恋愛をテーマとする。ときに茉莉は七十二歳。随筆『夢みる七十三歳の青春』はこの長編についておおいに語り、父と娘の異色の恋愛の発想源が、「若い父」のように幼女の若紫をいつくしむ光源氏の恋愛譚にあることを明かす。

源氏物語の愛は近代の道徳を超える。義理の母子にして、帝の正妃と帝の子との恋が柱となる。その大樹に青年と少年や幼女との恋、兄の愛人を奪う弟の恋などが花咲き絡まる。恋の女王・晶子から伝えられる自由な愛の文学に育てられた茉莉にとって、本格小説の主題とは禁忌の愛に他ならない。ゆえにためらいなく、昭和の世間常識から零れ落ちる同性愛を書いた。この営みは、武士道由来の少年愛をちりばめる明治の学生物語『ヰタ・セクスアリス』を遺した父の娘としてもふさわしい。

思えば——鷗外亡き後、文壇に茉莉をデビューさせたのも与謝野晶子である。鉄幹と晶子夫妻は離婚後の茉莉に手を差し伸べ、翻訳や劇評発表の場を与えた稀有な助け手である。三十歳の茉莉はフランスの飛んでもないおてんば少女の物語『マドゥモァゼル・ルウルウ』(原作ジップ)をひとりで見つけ、翻訳出版した。茉莉の「処女出版」を祝い、晶子は温かい序文を書いた。茉莉は晶子の恩愛をふかく胸にきざむ(前掲『与謝野晶子』)。

晶子と荷風の官能文学は普遍の抵抗精神を核とし、再生産力に富む。晶子山脈と荷風山脈は、言論抑圧が解けた戦後の文学史に豊穣な書き手を提供した。なかでも森茉莉は、ふたつの山脈から生まれたエロスと毒舌の申し子である。この近現代のメガトン級文豪令嬢を、あらためて晶子山脈と荷風山脈の中央に据えて光らせたい。

20　生きて帰りて――、荷風

　それぞれ学びの場や職場、家庭から引き剝がされて多くの若者が前線の戦場へ狩りだされた太平洋戦争。昭和の青春は娯楽が少なく、もりもりと本を読む時代だった。本を心の栄養の軸とする時代だった。

　若者たちは背嚢に、あるいは心のなかに愛する本を入れ、列島を発って離島やジャングルへおもむいた。人気のあったのは、まず万葉集。国を守るために海を渡って戦う古代の防人の絶唱をお守りとした。

　堂々と皆の前で取り出される勇猛なますらをぶりの万葉集に対し、そっと隠れて愛されたのが、恋を至上とするたをやめぶりの源氏物語。戦争中は不要不急の恋愛を主題とし、あまつさえ皇族の禁忌の愛を伝えるゆえに不敬の書、反社会的な書と忌み嫌われた。平和を求め、戦いのない王朝の優美と平和を恋う兵士にひそやかに慕われた。

　ところで荷風文学も、前線で戦う昭和の若い防人に隠れた人気があった。一つにはその花街の活写が、妻別れする戦場の男性にとって癒やしの効果がもちろん高かった。この作家は東京の大冒険家であるから、失われた昭和の平和な空気――カフェやビヤホール、ダンスホールに映画館が林立し、空に百貨店のアドバルンが浮かぶ和やかで楽しい都会の光景を、その文章にしのぶ人も多かったはずだ。

荷風を愛して荷風文学を心の灯とし、戦場へ行った若者のひとりに作家の安岡章太郎がいる。彼は五十一歳のとき、戦争一色に塗られたみずからの青春をふり返ってこう述べる。

「奇妙な取り合せだが、戦争中私たちの間で最も人気のあった作家は永井荷風と太宰治ではなかったろうか」（安岡章太郎の随筆『飾窓の前の老人』一九七一〔昭和四十六〕年発表）。

奇妙な、とは戦争中に太宰治が三十代の新進、かたや荷風が六十代の老大家であったゆえの言葉であろう。

たしかに荷風と同時代に活躍した文学者たちは太平洋戦争中、あるいは戦争前に多くが世を去っている。荷風とほぼ同い年の与謝野晶子も、島崎藤村も泉鏡花も、萩原朔太郎も逝った。

代わりに荷風が文壇につよく推してデビューした谷崎潤一郎が売れに売れ、堀辰雄もファンが多く、一方で三島由紀夫や太宰治などとびきり若い作家が頭角を現わした。とくに一九四〇（昭和十五）年に『走れメロス』を発表した太宰は、安岡いわく当時「一番活躍していた作家だった」。

若芽のような太宰治。すでに老い枯れた大樹と世間から見られた荷風。なぜこの極端な老若ふたりが、戦争期の若い人に人気だったのか――。

両者にはおおきな共通項がある。昭和文学において稀有に人間の弱さを書いた。弱さはときに強さに優る。弱さは他者の弱さを受け入れる。優しさに昇華する。弱さの価値を打ち出した。

彼らの弱さの文学は、つよくおおきく肥ろうとする当時の軍国日本への逆らいの意味がこめられていよう。

つよくおおきく勝者であれ。おさない頃からそう言われて育ち、おおきなりっぱな日本を支えるために死ぬ覚悟をもて、と教えられつづけてきた若い世代にとって、人間の弱さをいとおしむ太宰と荷風の文学は、心の脱出口であり救いでもあったにちがいない。それは、親からも教師からも聞けない声であった。

とくに安岡章太郎はそうした面で荷風文学を熱愛した。昔から彼は学歴社会の弱者だったから。小学校でよく叱られて廊下に立たされた。自身いわく「学校が嫌いに」なった。高等学校の入学試験にも落ちつづけ、十八歳から三年間浪人した。この落ちこぼれ方が凡ではない。

陸軍付きの獣医だった父は、各地の軍隊駐屯地に赴任してほぼ家にいなかった。一九三八（昭和十三）年から一九四一（昭和十六）年のあいだ、一種の戦争母子家庭でひとりっ子の章太郎は、ゼロの境遇を満喫した。

家は世田谷代田にあった。浪人友だちと銀座や築地、浅草に繰り出した。すみだ川ながれる下町が気に入ったのが早いのか、やはり高学歴社会からずり落ちた荷風にはまったのが先なのか。ぶらぶら仲間と世間的には何の役にも立たない江戸趣味を追求した。戦いの世に意味をなさないその行為が、すなわち安岡章太郎の文学の芯となる。

章太郎のゼロの日々は、荷風の円熟期に当たる。一九三七（昭和十二）年に「東京朝日新聞」「大阪朝日新聞」夕刊に連載された『濹東綺譚』や、一九三八（昭和十三）年に岩波書店から刊行された創作集『おもかげ』をむさぼり読んだ。章太郎は花の十八歳。制服をさっぱりと脱ぎ捨て、ついでに堅気も投げ捨てた青春の真っただなかである。

たとえば単行本『おもかげ』は、小説『おもかげ』『女中のはなし』をはじめ随筆・浅草オペラ座のためのシナリオ・俳句をおさめる。当時の荷風は浅草通いに夢中で、表題作『おもかげ』は浅草の興行街でおどるダンサー、露子さんに胸うたれ、毎晩通ってしまう流しのタキシー運転手「おれ」のせつない純情をつづる。アイドル追っかけ愛を先駆的に取り上げる。

腰をふって足をひろげて艶っぽいアピールをする舞台から降りると、露子さんはおとなしい優しい人柄で、ふだんは髪に黒リボンを結び、じみなオリーブ色の外套で街を早足でゆく横顔が少しやつれているのも美しい。

露子さんに萌える「おれ」の胸は極致まで高鳴る。そのようにジュニア章太郎の胸もきゅん、と震えたにちがいない。浅草の映画館街をあるけば、「おれ」のように露子さんに出会えると想像しつつ浅草をぶらついたのだ、きっと。

一方で『女中のはなし』のヒロイン恵美子の恐いものなしの大胆な生き方も、将来が見えない浪人生をいたく魅了したはずだ。

恵美子は戦争の影響でダンスホールが閉鎖されるかもしれないのに、ダンスに夢中でダンサーをめざす。「なるようにしかならないわ」というのが恵美子のやけっぱち人生の信条で、荷風の分身である「わたくし」は、平和が失われゆく今しきりに「強く生きよ」と世間で言うが、恵美子の好きな道を進むしかないという割り切りこそ、戦乱の世の真の強さではないかと考える。荷風は、強さを国民に強制する風潮について苦々しくこう書く。

「強者を称美し、強者を崇拝するのが今の世に活る人の義務のようになった」

それに対して明日を思わず好きに生きる恵美子の気質は、「泣寝入りに寝てしまう強者」であると、やはり自分の好きを中心に生きる作家は満腔の敬意を払う。

『女中のはなし』のここを読んで章太郎はそう、その通り！　僕らなんかいつ兵隊に取られるかわからない、今のうちに好きなことを存分にするしかないと、他人の説教に左右されない真の心の強さを唱える荷風の哲学に共鳴したであろう。戦争下に生きる十八歳が、決して時代の機嫌をとらず自由に殉ずる荷風に惚れこんだことは想像に難くない。

章太郎が一九四一（昭和十六）年、二十一歳で入ったのは荷風にゆかり深い慶應義塾大学文学部である。荷風はすでにいないが、もちろん荷風の跡を慕って入学した。代田の自宅から通えるのに母にねだり、荷風の愛するすみだ川と築地に近い古家に下宿した。

ひとりっ子だから甘えている、と決めつけるのは早い。同年十二月はついに最悪の事態、日米開戦が起きる。戦況は悪化し、すでに市民生活におおきく影響が及ぶ。六十二歳の荷風は日記『断腸亭日乗』同年一月に、「炭もガスも乏し」「軍人政府の専横一層甚し」い。しかし心の自由のみは奪わせないぞと、筆圧つよく書きしるす。

しかし六十代の荷風は戦争へ行くことはない。かたや荷風にあこがれる章太郎は、いちばん戦争の割を喰う世代だ。有事には真っ先に戦場へ狩りだされる。もはや大学生とて安閑《あんのん》とはできない。今の内に好きにさせてやりたい、母にもそんな思いがあったであろう。

果たして——一九四三（昭和十八）年に学徒動員が始まった。教育国・日本の近代史で前例がない。

輝くエリートとして青春を謳歌する大学生の文化伝統は寸断された。漱石の生んだ三四郎も、鷗外の生んだ金井湛君もたまったものではない、跡形なく消えた。

皮肉にも徴兵検査はすんなり合格した章太郎は大学予科二年生、二十四歳の三月に第九八一部隊要員として満洲へおもむく。八月に胸の病気で軍隊病院へ入院する。その翌日、所属部隊はフィリピンへ移動し、さらにレイテ島へ移って全滅した。

一日ちがいで章太郎も島で死ぬはずだった。翌一九四五（昭和二十）年三月に内地に送還され、移送先の病院の書架で荷風の『濹東綺譚』の本にめぐり会った。なつかしい青春の愛読書を何度も読んだ。十月に母と藤沢市の海辺の家に住み、翌五月に父が外地から帰還した。家族三人ぶじに敗戦を迎えはするが、男ふたりは無職である。

章太郎は脊椎カリエスをわずらい、慶應義塾大学を二十八歳で卒業した。作家をめざして腹ばいで寝ながら小説を書いた。一方でぶあついコルセットをはめ、謡曲の弱法師のようによろめき歩き、就活のために都会をさまよった。三人の小さな家族が貝のように閉じて海辺で暮らす戦後が数年つづいた。

一九五一（昭和二十六）年。章太郎はかねてあこがれの文学の聖地、荷風がひらいた「三田文學」に公的な第二作目の小説『ガラスの靴』を発表し、大成功をおさめた。翌々年発表の『悪い仲間』で芥川賞を受賞し、作家生活が始まる。盟友の遠藤周作はじめ、吉行淳之介、北杜夫らとともに戦後を新鮮に書きはじめる〈第三の新人〉と称され、戦後から高度経済成長期にかけて日本文化の花道を突っ走った。

第三の新人と言うが文字どおり、安岡章太郎は戦場から生きて帰った新しいヒトとして書く。僕らの世代はいちど死んで復活した――そんな思いが胸にある。むりやり動員され、いきなり人を殺せと銃を持たされた。銃も軍靴も使い方さえわからない。バカ、と意味なく蹴られ、殴られた。一致団結するはずの集団のなかでいじめられた。

まことに軍隊なる組織は、犯罪者が入る監獄よりも過酷で理不尽である。これを盾とする国家は狂っている。二十代の若者は狂う国家の醜態を見てしまった。心は死んだ。かろうじて生きて帰ったものの、中身はもはや元の自分ではない。

すべての権威は裏返せば、浅ましいうつろな虫喰いだ。生きて帰って、しかしどこに真に帰る源があるか――荷風しかない。戦争中も変わりなく平和が何よりすばらしいと書き、弱いって悪くない、むしろ戦いに猛る強者より戦いから逃げる弱者がえらい、と唱えつづけた荷風こそは唯一の帰るべき永遠不滅の故郷だ。

高村光太郎も斎藤茂吉も久米正雄も、よぎなく軍部に協力した文学者たちが次々と沈黙し自粛するなかで、荷風は戦争中にひとり書き継いだ恋愛小説や花街小説を晴れやかに発表していた。平和の信念に変節なし。稀有なおとなだ。まちがいない、自分が荷風に惚れたのはまちがいない。いつの時代にも読まれる生命力が、荷風文学にはゆたかに息づく。そこに汲むべし、と章太郎は決めた。

生きて帰って敗戦国の焦土で書きはじめた章太郎の小説や随筆からは、ひょうひょうとしたユーモアが無尽に湧く。おおきな特徴である。悲惨な現実を悲惨に描かない。漫画やディズニー映画の手法も取り入れ、コミカルな批判と諷刺の絵を生む。

この新しいヒトは文章の表記からして生まれたての卵のようで、戦略的にカタカナを利かせ、日本語を解体して常識や権威をくつがえす。どの作品にも「ナマナマしく」「イヤな」「アキラメ」「マボロシ」「メンドクサガリ屋」など、肝要な場面でわざと読者の予想を外すふしぎな創作語が現われる。水性のインクや墨の文字から湿気を抜いた角だらけの字のイメージには、いっそ横書きが似あいそう。日本語と英語がコラボして、従来の日本を離陸する無国籍の感じがただよう。

たとえば日本がまだＧＨＱの占領下にある一九五一（昭和二十六）年に、シンデレラ・ファンタジーにちなむ「ガラスの靴」なんていう題名を冠する態度も白ばっくれて豪胆だ。

『ガラスの靴』は、ヒロイン悦子が画期的に新しい。彼女は昭和文学をいろどる恋愛偏差値の高い美女や情熱の女主人公とはほど遠い。結婚とセットになる人生に興味なく、永遠にごっこ遊びをしたい孤独な女の子の風情をまとう。

悦子と仲よくなる「僕」は出会った最初から彼女の照れた微笑を、「だまってオナラした人」に似ると思う。恋とオナラをくっつけたのは江戸の俳人はいざ知らず、近代文学では安岡章太郎が初めてでしょう。僕と悦子の恋はあきらかに、近代日本を長らく支配したロマンチッククラブの定番崩しを目ざす。

悦子はアメリカ人中佐の家のメイドをつとめる。「僕」にはそこが魅力。中佐一家が避暑地へ去った夏、僕と悦子はアメリカンなおうちの主人となり、巨大パイを作って両端からかじり、クリームだらけの唇でキスする。まるで主のいない間の召使いのパーティーで、それ自体がアメリカに従属する日本を表わす、そこもお見事。

男女の青春とか、燃える性愛とか、そうした既存の恋物語から安岡章太郎はかろやかに脱出する。悦子はキス以上はいや。遊び相手の「僕」が男に変身すると逃げる。さりとて「僕」も悦子を追う気迫はない。面倒くさいので女の子から迫ってほしい、くらいな感じ。近代日本でもっとも早い草食系ラブ小説の芽生えである。なんと、心を病む妖精少女に青年が振りまわされる村上春樹のセックス未満ラブ物語『ノルウェイの森』よりずっと早い！

〈産めよ殖やせよ〉式国家計略のからむ生殖ラブから、だんこ遁走する章太郎の決意は荷風にならう。荷風は、男女とくに夫婦の生殖に国家が口を出す謀略に敏感だった。ゆえにシングルをつらぬき、生殖へと進む列から離脱した。彼の小説にひしめくヒロインの主流が生殖を忌避する遊び女なのは、たんに荷風が遊蕩児だからではない。日本に暮らしながら、大日本帝国に所属しない知恵がはたらく。

安岡章太郎も軍隊に投げ込まれ、親子愛に似せて親としての国家に国民を固くしばりつける巨大なウソに気づいた。生殖まで支配しようとする国家の恐怖にみちた愛に、腰が引けた。

永遠の女の子でセックスから逃げる悦子は、生殖支配に抵抗する理想のヒロインなのだ。安岡章太郎とほぼ同い年のアメリカ作家、J・D・サリンジャーの小説『フラニー』（一九五五年発表）の妖精少女フラニーにちょっと似ている。そういえばサリンジャーが『ライ麦畑でつかまえて』でニューヨーク文壇に華々しく登場したのは、『ガラスの靴』の発表年だ。おとなの世界のでたらめに絶望し、混乱する戦後アメリカの若者のすがたにも、安岡章太郎は敵国などとこだわらずに刺激を受けている。

ここで改めて「オナラ」問題をかえりみよう。

男性の匂いをまき散らす恋人に嫌悪をいだき、定番のセックス・デートから逃げて自宅の安全なベッドに籠城する妖精少女フラニーに悦子が似ていると話したが、フラニーは断じて「オナラ」とは無縁の美少女である。ヒロインにおならの香りをまとわせるのは、ここここそ安岡章太郎の個性である。悦子とプチなおならの見立てこそは、荷風より継ぐ日本の文化遺産なのである。

第三の新人のなかでそれまで禁忌の分野、人の排泄に深くタッチするのは安岡章太郎とその盟友の遠藤周作である。注目したい。ふたりとも戦争中、非戦をつらぬく荷風に魅せられた。荷風文学を母胎とし、戦後昭和のユーモア文学を創出した。

荷風にはいたく高雅な面と、いたく猥雑な面がある。宵の明星を愛し、月を友とする荷風もほんものだし、川で放尿する人や放屁の滑稽をいとおしむ荷風もほんものだ。それを象徴するのが画期的に日本の厠を讃美し、世界文化の真ん中に和トイレの粋を誇らしく立たせる随筆小説『妾宅』であろう。一九一二（明治四十五）年の発表。

ときは文明開化期末で、欧米列強国の視線を気にして日本政府がすべての土俗的な猥雑にフタする最中に、荷風は正座の風情でどうどうと日本独特の清潔意識とトイレの美を歌った。

荷風はトイレすなわち厠が大好き。日記や随筆に小窓から月をながめ、掃き出し窓に庭の苔の香りを感ずる自分のトイレ時間の風流を書く。江戸の昔から厠は母屋から離れ、庭つづきで周囲に植物が植えられ、そっと恋文を渡す場所でもあった。糞尿の匂いはハーブが優しく鎮め、窓から月星が見える。いわば一種の離宮である。ひめやかで清潔な排泄文化において、日本は欧米にずばぬけて優れると説いた。

江戸の戯作者から荷風の受け継ぐ重要な主題に糞尿文学がある。荷風の作品にはしばしば厠をはじめとし、俳味あふれる下ネタ詩情がつづられる。

押せ押せに世相を攻撃する文明エッセイ『偏奇館漫録』（一九二〇〔大正九〕～二一〔大正十〕年発表）では、いつまでも工事ばかりしている森鷗外いわく「普請中」の東京を、なるほど永遠の泥の都であるとし、都民の耐える不便な暮らしをかく嘆く。

待てども来らず来れども乗れぬ電車を見送つて四辻の風に睾丸も縮み上る冬は来れり

寒いって言えばすむものを、わざわざ○○も縮むと言わずにいられないのが本当にカフーらしくて……尊敬を覚える。

自動車の行き交うモダンな数寄屋橋に江戸前の風景を見つけて、いきいきと身を乗り出す荷風も何だか愛らしい——「忽ち看《み》る一人の船頭悠然舷《ふなばた》に立出で橋上の行人を眺めやりつつ前をまくって放尿す」。あっはっはと、モダン都市東京の見栄のすきまを笑い飛ばす荷風の声が聞こえてくる。

糞尿文学は荷風も『妾宅』で指摘するように、古今東西共通の伝統ある諷刺文学である。荷風の尊敬するフランスの古典学者ラブレーも、巨漢を主人公とする小説『ガルガンチュア』でおしっこにうんこの逸話を平然とちりばめ、権力を撃った。万人共通の排泄を盾に、権力機構と格差をぶち壊す。偉そうにしたって皆同じ……という論理である。

この即効性ある諷刺の力を、安岡章太郎は荷風から学んだ。日本におけるおなら文化の深さを真剣に巻く随筆小説『放屁抄』や『わが糞尿譚』も傑作であるが、章太郎が排泄にもっとも烈しい破壊力をもたせるのは、自身の軍隊経験を映す短編小説『家庭』であろう。一九五四（昭和二十九）年発表。

まず巻頭に「兵営ハ」「軍人ノ家庭ニシテ」と麗々しく宣言する軍隊内務令をかかげ、これが大ウソ、サギであることを明かす。軍隊は監獄にひとしい。「僕らは二六時中完全に束縛されている」。軍隊に家庭らしい所があるとすれば、それは「便所」のみ。排泄こそは上官も立ち入れない最後の自由の砦、唯一リラックスできる場所である。

そう悟った安岡の姓を移す初年兵の僕、安木加助は本能的に大食になり下痢症となり、足しげく便所へ通う。そうやって辛うじて地獄で生きながらえるが、ある日その大切な場所でたいへんな悲劇が……。ラストは思いきり虚無に笑い、軍隊の過酷を諷刺する。

この作品が発表された頃の日本は、そろそろ高度経済成長期が始まる入り口で、翌一九五五（昭和三十）年は画期的な家庭電化期がスタートし、電気炊飯器やテレビに皆が夢中になった。とはいえ水洗トイレ普及にはまだ早い。多くの家庭はいまだ汲み取り式で、せめて日本人に糞尿の匂いの記憶のあるうちにと『家庭』は書かれたのではないか。軍隊の残酷を、排泄というタブーの場所から撃つ名作である。またもや強く大きくなりたがる戦後日本への皮肉な目も光る。

安岡章太郎の盟友、三歳下の遠藤周作は肋膜炎のために入隊延期となり、そのまま敗戦へずれ込んで、結局は戦場へ行かなかった。

しかし彼も入隊を覚悟する日々のなかで荷風に傾倒した。多くの友人が学徒出陣する戦争末期、信濃追分で療養する堀辰雄のもとへ通った。フランス文学を教えられたのみではない。おそらく堀から荷風への敬意を聞かされた。

当時、一九四四（昭和十九）年から一九四五（昭和二十）年にかけて病いの重い堀辰雄は荷風を通読し、自身の西欧文学の造詣に照らし合わせて註する「荷風抄」なる覚書きをつくっていた。堀の身辺にいた福永武彦がそう証言する（『荷風追想』多田蔵人編、福永武彦『堀辰雄の『荷風抄』』）。

病床の堀辰雄もあらためて、非戦を死守する荷風の「風に聳える老松の如くに立派な」態度に魅せられていたと福永は言う。となれば胸を病みながらも自分を慕って厳寒の信濃を訪れる入隊猶予中の大学生、遠藤周作にどうしてその思いを伝えないわけがあろうか。

戦後、安岡章太郎と盟友の遠藤周作、少し若い世代の北杜夫は三頭ならび立ち、純文学と並行して愉快な笑いにみちたユーモア文学を開拓する。まじめ一点張りの昭和文学に異を唱える。敗戦のみじめと貧しさにこりごりし、何が何でも高学歴とゆたかな経済生活を子どもに望む社会の風潮に、笑いで棹さし批判した。

北杜夫はともかく、ユーモア文学の柱をになう安岡と遠藤が両者とも、荷風のお笑いエッセイの影響をしたたかに浴びるのは文学史的な大問題である。荷風の江戸前文学は戦争をこえて息絶えず、国家や権威を信じられなくなった次世代にユーモアの種子を植えたのだ。

遠藤周作は特徴的にはっきりと二刀流を使い分ける。日本の歴史でいかにキリスト教が変容しつつ生き延びたか、風土と宗教の関係を歴史小説の形式で俯瞰する。一方で彼は、舌鋒するどく世相を批判する痛快な〈狐狸庵〉先生として活躍する。こちらは、オリンピックの再開発騒ぎや学歴競争を笑って刺す毒舌ユーモアにみちる。

キリスト教歴史小説に負けず劣らず、狐狸庵シリーズも大ヒットした。高学歴社会で息苦しく生きる若い世代に受けた。ジャーナリズムも、隠居した意地悪じいさんのコスプレをまとう遠藤周作を大歓迎した。彼が作家として稀有にテレビ・コマーシャルに起用された事実もその人気を語る。遠藤周作の一面は、戦後昭和の愛されキャラとなる。

狐狸庵先生、なる戯名には複数の意味が込められるが、主な柱はあきらかに荷風が厠論を唱える例の随筆小説『妾宅』でつかう隠居コスプレ名、〈珍々先生〉である。江戸の昔から〈隠居〉は自由にものを言うことが許されていた。家をはなれ、社会の外に暮らす存在として放言がお目こぼしされた。

荷風は弱冠四十代のときから伝統的な隠居権をつかい、引退した翁モードで楽しく痛快な社会批判を書いた。『妾宅』をはじめ、随筆『矢はずぐさ』『隠居のこゞと』『客子暴言』『偏奇館漫録』はその代表である。

荷風の分身・江戸前の隠居が老眼鏡をかけてヨロヨロ登場しては、「老眼今猶燈下に毛虱《けじらみ》を取つて当世の事を談ずるの気概あり」（『桑中喜語《そうちゅうきご》』）「隠居は今の世に時めく男子と交らざる事を以て最も高く最も清しとするものなり」「今の日本人にて男と女とそもくどつちがその心ざま劣れるや。隠居は女好きなれば女の方が余程心のさま潔白なりと思へり」（『客子暴言』）などと、鼻息あらく意見する。大正の世の政治家の腐敗や、関東大震災の折に「無辜《むこ》の韓人」を迫害した人心の残忍を指弾する。

世間から嬉々として下りたダメンズ隠居こそは、戦争の時代の足音を感じつつ荷風がえらんだ批判精神の前哨で、このコスプレ形を遠藤周作は〈狐狸庵先生〉として継ぐ。遠藤がひなびた里に庵をむすぶ隠居の発想で書きはじめるのは、高度経済成長期が調子づく昭和三十年代、四十代の初めからで、まさに荷風が珍々先生と化す年令にひとしい。

余人は知らず、遠藤の盟友である安岡章太郎はこの秘密に気づいていた。荷風の『濹東綺譚』に絶大のオマージュをささげる自伝的な昭和小史『私の濹東綺譚』で安岡は、荷風のコスプレ趣味が『濹東綺譚』の主人公「わたし」にも濃く生かされているとした上で、その在り方はわが悪友・遠藤周作の「狐狸庵の悪戯」に酷似すると指摘する。一九六〇年代から長らく世を沸かせる友人の狐狸庵シリーズが、荷風文学の皮肉でゆたかな笑いを母胎とすることを明かす。

戦争の時代は笑いをずっと軽蔑してきた。まじめ誠実一直線が尊敬され、笑う楽しさや虚の面白さは価値の低いものと見なされた。文学の世界も例外ではない。そもそも近代の文明開化にいちどは瀕死におちいった江戸前のお笑い文学を復活させたのは、荷風であった。それもつかのま、太平洋戦争の猛威の前に笑いの文学は絶滅した。

戦争から生きて帰った若者たちが、この絶滅種の笑いを拾った。真剣勝負や突撃突貫のニセモノぶりに怒れる若者は、あらためて笑い笑わせる大切さを知った。愉快痛快と笑う人にはごまかしがない。笑いは心のゆとり、平和のあかし、いのちの黄金であると痛感した。

笑いを守った荷風。平和の価値をついに捨てなかった荷風。人生の楽しさ、面白さを探しつづけた荷風。国は敗けるとも、変わらず国土に春の花々は麗しく咲くと説いた荷風。戦場から生きて帰って精神的に荷風のもとへ駆けつけた文学青年・演劇青年は、安岡章太郎の他にも少なくない。

のちに重厚な荷風評伝を書く演劇研究家の秋庭太郎もそのひとりだ。彼は陸軍少佐として六年間従軍し、日本が敗けた一九四五（昭和二十）年晩秋にニューギニアの戦場から帰還した。三十八歳だった。東京の実家は焼けなかった。

少し落ち着いた翌年の秋、七十歳の父は息子に、蔵書の虫干しを手伝うようたのんだ。戦争中、たいせつな書物は余儀なく放置したままだった。生きて帰った息子は父と心を合わせ、本の世話をする。自身とひとしく奇蹟的に生き残った本を、座敷いっぱいに広げる作業は至福だった。なかにたまさか荷風の父の手紙が二通あった。老父が「荷風のお父さんだよ」と教えてくれた。自分の家と永井家につながりのあることを知った。それに自身の母は、荷風の父が尽力して開いた共立女子職業学校の卒業生だった。生き残った人生で荷風の評伝を書きたくなった（秋庭太郎『考証　永井荷風』第一章参照）。荷風にならったのか、苛烈な軍隊経験で家庭を築く気が失せたのか、秋庭は生涯独身だった。

私小説家の野口冨士男も荷風党である。彼は幼稚舎からの慶應義塾育ちで、安岡章太郎より九歳上。社会人として動員され、からくも生きて帰った。以降、体調を崩した。書く気迫はとがった。少年時代から愛読した荷風をさらに激しく愛した。自身のふるさと東京に残る荷風の足跡を細密になぞり、紀行評伝『わが荷風』を書いた。東京のあらゆる秘所を知る荷風の背中を追い、夏は肌から塩が吹き、坂道横丁をまわってアキレス腱に激痛が刺すまで歩きに歩いた。戦争で傷んだいのちを荷風文学再発見に燃やした。

荷風とは何者なのか――つまり彼は文学不死鳥なのである。人間は戦う本能をもつ。理性と知性のコントロールが薄れるや、繰り返し世に戦いは起きる。とすれば平和の楽しさ、すばらしさを愛する姿勢を絶対ひるがえさない荷風の主題は普遍である。時代をこえて求められる。

戦いのおきる時、国家の管理が厳しくなる時、いつも荷風はよみがえる。荷風を愛するだれかの手でよみがえる。綺麗なものにあこがれ、破壊を憎むおとめ座の荷風のことばが死ぬことは、今後も決してないだろう。

21 時代をひきいる少女党

本当に――もうそろそろ荷風を近代日本きっての遊蕩者、花街文学の代表選手、という枠組みから外してあげたい。読者としてははっきり言いたい。高らかに宣言したい。たとえば文学史に新しく生まれる星座を指さしたい。

その新しい星座とは、三つの輝かしい星より成る。鷗外、晶子、荷風をトライアングル状にむすぶ少女党の星座である。おのが性別に関わりなく少女を熱愛する三者。同じ時代に生まれ合わせた兄であり姉であり弟である。共通して純で無垢な少女の願いを盾とし、世界で戦争が燃える世紀に抵抗した。

たとえば一番うえの兄さん、森鷗外。彼は来たる二十世紀の主人公は未来をゆめみる若い女性であると、いち早く気づいていた。男性が今まで築いた戦いと競争の社会モデルは古び、きしむ。人類が乗るこの老樹はもうすぐ折れる。何もかも生まれ変わらねばならない。

鷗外が無垢な少女の理想におおいに頼んでいたことは、実質的なデビュー作であるドイツ三部作にうかがわれる。すべて愛のために死ぬ少女を主人公とする。舞姫エリス、画家の遺児マリイ、イイダ姫。みな恋の至上をつらぬき、既存社会の結婚制度に妥協しない。それくらいなら死ぬ。マリイは溺死した。エリスとイイダ姫は心を閉じ、既成の社会ルールを捨てられない男たちを置き去りにして、みずから精神の墓穴に降りていった。ドイツ三部作とは、若い女性が古い社会の残酷に立ち向かう烈しい抵抗の物語である。鷗外はいくども彼女たちを「少女」と明澄に規定する。

鷗外は恋愛と結婚の自由、すなわち人間の幸福を愛国より重んずる少女に未来の正論を見た。しかし『舞姫』の二十五歳の留学生、太田豊太郎が母や国家の期待にどうしても応えてしまう長男意識を離脱できないのにひとしく、自己を少女に同化させることはしなかった。鷗外には幸いに娘が二人いた。美と自由を追う純白な羽を、家を守らなくていい身軽な我がおとめたちに託した。

鷗外が少女の純粋に傾斜する背景には、そして与謝野晶子がいる。晶子は少女時代から、近代の世には見下される源氏物語と孤独に会話し、恋する姫君たちに魅せられて自己を形成した。古代の和歌や物語の中心に生きのびる聖少女〈をとめ〉の系譜を活用し、恋愛の自由すなわち個人の自由を歌った。

鷗外のドイツ三部作の浪漫をも、西洋薔薇の香りのように吸って育った晶子少女は長じて後、ぎゃくに鷗外に多大な影響をあたえた。源氏物語を女性の教養としか見ていなかった鷗外の身近に、源氏物語を引き寄せた。キスを誘う唇と奔放にひろがる黒髪を誇り、恋のクレオパトラを自負する晶子少女の歌は鷗外の心に染みとおり、自我のシンボルとして少女の濁りない精神を仰いだ。

晶子はたしかに少女党の中枢勢力である。美と平和を愛する少女を旗じるしに掲げ、不合理で不経済な日露戦争に国民を動員する国家戦略の横暴に待ったをかけた。晶子は「少女と申す者誰も戦争嫌ひに候」（論説文『ひらきぶみ』）と男性愛国者にむかって居ずまいを正し、平和に最高の価値を見いだす少女として反駁する。

　このとき晶子はすでに既婚の二十六歳。あきらかに「少女」の概念から外れる。逆に晶子が精神の〈少女〉を武器とし、戦争に走る政治家や知識人を押しとどめる構図が見てとれる。

　古典に通暁する晶子はよく知っていた。万葉集の古代から、日本には聖なる巫女〈をとめ〉の伝統がある。神と交信する少女は、人間の男に手折られない。神のことばを告げる社会外の聖なる口だった。ゆえに晶子は「すめらみことは、戦ひに　おほみずからは出でまさね、」（詩『君死にたまふことなかれ』）と、たおやかに天皇の慈愛にすがる。血と戦いを天皇は忌むと、聖少女ならでは許される天皇への直訴スタイルを駆使した。

　そして晶子より一つ年下の荷風。色ごのみの遊廓小説家、男尊女卑作家とされてきた。女性読者は彼を敬遠してきた。同期の桜でありながら、今までの文学史では女性の権利を唱えて因習を破壊した晶子と、荷風とが結びつけられることは断じてない。

　ところが荷風の一面は、晶子とならび立つ少女党なのである。デビューから死ぬまで少女の感性をおもんじた。鷗外に激賞された二十代の長編小説『地獄の花』からはじまり、晩年六十代後半の『踊子』『問はずがたり』にいたるまで、都会のおしゃれと男性にあこがれてムラ社会を脱出し、東京の人波のなかに運命の恋を探す乙女がいかに多くその作品に書き継がれてきたことか。

　娼婦文学の泰斗、女性を見下す花柳小説家・荷風という額縁は、ぜひともいったん捨てられなければならない。そうでなければ、戦争のつづく世紀に平和と幸福を祈りつづけて時代をこえるエネルギーを放つ荷風文学の総体は見えてこない。

だって正直、荷風の娼婦ヒロインは色っぽいだろうか？　客の前で平気でお茶漬けをさらさら食べるし、父親にお手洗いのありかを聞くし、恋する男に好き好きと気もちを全開するし、とても可愛くてまっすぐで、読者はくすりと笑いたくなる。なんとも楽しくて幸せな気分になる。

あきらかに、男女の乱れもつれる色情絵巻が荷風の主題ではない。その種の絵を描く技量はずば抜けるが、それは脇役で主役ではない。腕一本、都会で自活する娼婦のシングルライフを通し、家や社会に縛られないわがまま勝手な個人生活を存分に描きたい。東京の風俗とそれを楽しむ暮らしを歌いたい――これが彼の主眼である。

荷風の側からいえば、若い女性を描くことは作家生活のチャンスだった。彼女たちは、日本社会の未知の存在である。ながらく権力から無視されてきた。家の奥に押し込められてきた。組織への忠誠を誓う伝統がない。権力から見れば虫同然である。作家から見れば社会の大いなる反乱分子である。これを活用しない手はない。

自由を歌いたい荷風は、特に家族にも縛られない家出少女に注目する。最初から最後まで、荷風の書くのはほぼ二十代の若さ、少女の愛らしさと損得なしの気のよさが光るフリーの娼婦、あるいは女給にダンサーに娼婦の間を行き来する、半端しごとの彼女が多い。都会をさまよう風来坊の彼女たちの、浮かんでは消えるはかない夢風船を追う。

晶子のリードにより、大正に昭和戦前は、キュートな少女の時代が出現した。カワイイ文化が生まれた。川端康成も吉屋信子も、西洋人形のような女学生物語をゆたかに生んだ。荷風は家や学校で大切にされる優等生少女には興味がない。ここが大きな特徴で、危ない橋をわたって稼ぐけなげな少女の孤独を荷風はだんこ愛した。

女性の側から言えば、荷風は一種のありがたい解放者である。優等生をめざす圧から若い女性を引き剝がしてくれた。淑やかで優雅であれという教えも消してくれた。お買い物好き、いいじゃないの。ダンスに夢中、一芸に邁進するのは立派だね。朝ねぼうが習慣で、炊事がいやならパン食に外食で何が悪いの。家事の苦手な女性もいるさ、それはそれでチャーミングでしょ、稼げばすむでしょ。そう公言してくれた。

服もストッキングも部屋いっぱいに脱ぎっぱなし、朝日がいやんと蒲団をかむり、しかたないなあと男に熱いミルクを運ばせる若い女性は、家と結婚制度からすっきり下りた荷風の自画像でもあり、理想の未来人に他ならない。私ひとりの部屋の自由はだれにも口出しさせないという、経済の独立と覇気をそなえて日々を暮らす乙女よ、永遠に栄えあれ！

荷風は少女党で根っからの自由党。デビュー作に、処女の価値を強要する社会から逃げる少女を書いた。列島に巨大な戦争が来て家を燃やし、点々と逃げる先まで燃やす晩年に、これが最後の小説と覚悟してひとり書いたのも、孤独な家なき少女の恋物語だった。

空爆から逃げて少女の恋物語の原稿を抱いて、荷風がたどりついたのは千葉県市川の湿地帯。古代は海辺だった。万葉集で男たちに求婚され、悩んでついに崖から海へ身を投げて死ぬ聖少女、真間の手児奈伝説がもやう地だった。かつて鷗外も同じ母胎から生まれた聖少女伝説に魅せられ、劇化した。荷風の住まう家の近くには、手児奈をまつる霊堂があった。

おとめ座の荷風は戦火に追われ、蓮の花咲きあふれる湿地にたどり着いた。そこは水を守る聖少女のつかさどる地だった——少女の膝もとで息絶える終焉は彼にふさわしい。少女と花園を愛した文学者の本懐をかなえる。

あとがき

なぜ荷風文学はこんなにも濃く少女色に染まるのか。彼のあまた書く娼婦もつまりは、生きることを思いきり楽しみたいわがままで純粋な少女ではないか。

荷風が心こめて描く花園と少女の光景に長らく魅せられながらも、この大切な芯のところがつかめなかった。ところが二〇二二年、人類がとんでもない悪と見捨ててまったく消えたと思い込んでいた世界戦争の可能性が浮上し、身近に核戦争をさえ感じる不穏で不安な日々をすごして気がついた。謎が解けた。荷風の少女とは、ただ愛らしく優しい花ではない。荷風の少女とは――この稀有な非戦の人につよく求められる平和のシンボルなのだ。

世界でもっとも平和を愛する人は、今も昔もおとめである。荷風は出発点からそう気づいていた。背景には苛烈な戦争の時代がある。おさない時からいつも戦争の足音を聞いて育った。しかも戦争は終息するどころか次第に大きくなる。進化した武器が大量の殺戮を行う世界規模の戦争と化す。ちなみに彼が三十五歳のときに起きた第一次世界大戦は、ほぼ千万人をこえる戦死者を出した。

そんな時代だからこそ、愛と美を不変に夢みるおとめを盾とし、平和のすばらしさを訴えた。見まわせば彼のまわりにも、平和なおとめ文化を愛する作家は少なくない。そこを〈少女文学〉〈少女小説〉という特殊な分野に囲ってしまうと、戦争の世紀におけるおとめの力が見えなくなる。おとめが社会性の薄い、カワイイお花畑の住人になってしまう。

ちがう。おとめは戦争に否を突きつける盾として、社会の中央に凛と立つ。世俗に妥協せず生きる歓喜を歌うおとめは、時代があらためて新たに呼ぶ主人公なのである。少なくとも荷風の少女は、社会の不合理や残酷にそっぽを向く新しいヒトなのである。

……そんな風に荷風文学をおとめ文学として読んでみたいんです、というお願いを許してくださった慶應義塾大学出版会の編集者・村上文さんにこの場を借りてお礼を申し上げます。「なるほどね、荷風ってたしかに少女が好きすぎますね、この謎を解くわけか」とうなずいていただき、うれしかったです。じゃ、本も少女色に染めちゃいましょ、ということで荷風の生まれた一八七九年に最接近して輝くジョン・シンガー・サージェントの絵《カーネーション、リリー、リリー、ローズ》（一八八五年から八六年制作）をふたりで選びました。

光と色があふれるモネの幸福な絵画を好きだった荷風、モネと親しいサージェントの華やかな日没の絵もきっとお気に入りだったと思います。ほら、たっぷりの白百合は荷風の公的なデビュー作『地獄の花』にも出てきますよね。オリエンタルな白い提灯をかざす白いサマードレスの少女はあきらかに、荷風の『あめりか物語』を印象的にいろどる初恋の少女ロザリンに似ていませんか？ロザリンもほたる火の飛びかう初夏、日本製の団扇を手に白いドレスで登場しました。

わたくしは理論を構築するのはどうも不得手で、作品の内容を自分のつたない構図で締め付けてしまいがちです。これでは作家に申し訳ない。それより先のモネ、サージェント、ロザリンのように遠くに光るカケラとカケラをつなぎ合わせて発想し、作家のこころの内側に入りこんで作家自身も気づいていない深層の書く意志を読みとりたい、作品が今の時代に自由に呼吸するお手伝いをしたい、それがわたくしの流儀らしいと悟りました。

学術論文ではなく、主題に似あう軽やかなエッセイの形で荷風を近しく感じて考えたい、というお願いを聞き届けていただいた慶應義塾大学出版会のご厚誼にもあつくお礼を申し上げます。

コロナ禍で書いていたので、気軽におとめ座の荷風ってどうかな、とおしゃべり相談できる人がいなくなりました。それでも対面の貴重な時間のなかで、「あ、それアリです。そういえば私も心に乙女いますもん。いや、自分は全然きゃしゃで可憐な乙女とちがうんですよ、でも心の柱に純情な乙女がいて、実は乙女として生きてる面が大きい」と告白してくれた某女子に深く感謝いたします。

かと思えば、「俺もおとめ族ですよ。戦争とか大嫌いだし、花もパフェも好きだし。へー荷風って高校の教科書で『濹東綺譚』とか書いた耽美作家って習ってそれっきり、俺とは無縁だと忘れてたけど、花園が大好きな人なんだ。日々のおやつは平和の証しって言ってたんだ。それなら読んでもいいな」とつぶやいた某男子。読んでもいいなっていう傲慢な言い方が微妙にかっこいいね、と感心したのですが改めてありがとうございます。

花園を居場所とし、戦争中も月に星を毎晩ながめ、宇宙からとどく清らかな色と光に平和を祈った荷風の文学がすでにファンの方々はもちろん、地球という大樹をささえる若い方々にもこれから豊かに読んでいただけたらと僭越ながら切に願います。

二〇二三年新緑の季節に

持田叙子

主要参考文献

相磯凌霜『荷風余話』小出昌洋編、岩波書店、二〇一〇年
秋庭太郎『荷風外伝』春陽堂書店、一九七九年
秋庭太郎『考証　永井荷風、上下』岩波現代文庫、二〇一〇年
飯田深雪『デザート』婦人画報社、一九七三年
石井桃子『石井桃子集7』岩波書店、一九九九年
出雲朝子『女性の文章と近代――書きことばから見たジェンダー』花鳥社、二〇一九年
今泉みね『名ごりの夢――蘭医桂川家に生れて』東洋文庫、平凡社、一九六三年
上田敏『定本　上田敏全集』第一・三・十巻、教育出版センター、一九七八―八一年
上田敏訳『上田敏全訳詩集』山内義雄・矢野峰人編、岩波文庫、二〇一〇年
奥野信太郎『荷風文学みちしるべ』近藤信行編、岩波現代文庫、二〇一一年
ルイザ・メイ・オルコット『若草物語　上下』海都洋子訳、岩波少年文庫、二〇一三年
鏑木清方『鏑木清方文集1　明治追懐』山田肇編、白凰社、一九七九年
川本三郎『老いの荷風』白水社、二〇一七年
川本三郎『荷風好日』岩波書店、二〇〇二年
川本三郎『荷風と東京――「断腸亭日乗」私註　上下』岩波現代文庫、二〇〇九年
川本三郎『美女ありき――懐かしの外国映画女優讃』七つ森書館、二〇一三年
川本三郎・湯川説子『図説　永井荷風』河出書房新社、二〇〇五年
神野藤昭夫『よみがえる与謝野晶子の源氏物語』花鳥社、二〇二二年
菅野昭正編『遠藤周作　神に問いかけつづける旅』慶應義塾大学出版会、二〇二〇年
木村荘八『新編　東京繁昌記』尾崎秀樹編、岩波文庫、一九九三年
小金井喜美子『鷗外の思い出』岩波文庫、一九九九年

白洲正子『白洲正子自伝』新潮社、一九九四年
高橋英夫『文人荷風抄』岩波書店、二〇一三年
田辺聖子『田辺聖子　十八歳の日の記録』文藝春秋、二〇二一年
谷崎潤一郎『谷崎潤一郎全集　第21巻』中央公論新社、二〇一六年
辻静雄監修、ルネ・デュリー・川上未一共著『ヨーロッパのデザート』鎌倉書房、一九七七年
寺沢龍『明治の女子留学生——最初に海を渡った五人の少女』平凡社新書、二〇〇九年
永井荷風『荷風追想』多田蔵人編、岩波文庫、二〇二〇年
永井荷風『美しい日本語、荷風』持田叙子・髙柳克弘編、Ⅰ—Ⅲ巻、慶應義塾大学出版会、二〇一九—二〇年
西村クワ『光のなかの少女たち——西村伊作の娘が語る昭和史』中央公論社、一九九五年
野口冨士男『わが荷風』岩波現代文庫、二〇一二年
バアネット『小公子』若松賤子訳、岩波文庫、一九九四年
パール・バック『母の肖像』村岡花子訳、新潮文庫、一九八五年
樋口一葉『ちくま日本文学　樋口一葉』ちくま文庫、二〇〇八年
平川祐弘編『森鷗外事典』新曜社、二〇二〇年
三島由紀夫『春の雪　豊饒の海　第一巻』新潮文庫、二〇〇二年
マーガレット・ミッチェル『風と共に去りぬ　1』大久保康雄・竹内道之助訳、河出書房新社、一九八八年
紫式部『全訳　源氏物語　新装版』与謝野晶子訳、一—五巻、角川文庫、二〇〇八年
『明治女流文学集　二』筑摩書房、二〇一三年
持田叙子『朝寝の荷風』人文書院、二〇〇五年
持田叙子『荷風へ、ようこそ』慶應義塾大学出版会、二〇〇九年
持田叙子『永井荷風の生活革命』岩波書店、二〇〇九年
森鷗外『鷗外全集　第十四巻』岩波書店、一九五三年
森鷗外『鷗外選集　第二十巻』岩波書店、一九八〇年
森鷗外『舞姫　うたかたの記』岩波文庫、一九八一年

森鷗外『森鷗外全集　一』ちくま文庫、二〇一五年
森英恵『グッドバイ　バタフライ』文藝春秋、二〇一〇年
森茉莉『甘い蜜の部屋』新潮文庫、一九八一年
森茉莉『恋人たちの森』新潮文庫、一九七五年
森茉莉『父の帽子』講談社文芸文庫、一九九一年
森茉莉『森茉莉全集　七』筑摩書房、一九九三年
柳田国男『新版　遠野物語　付・遠野物語拾遺』角川文庫、二〇〇四年
山川菊栄『おんな二代の記』岩波文庫、二〇一四年
山田篤美『真珠の世界史――富と野望の五千年』中公新書、二〇一三年
与謝野鉄幹・与謝野晶子『鉄幹晶子全集』逸見久美代表編集、二巻・三巻・一〇巻、勉誠出版、二〇〇二―三年
『一葉、晶子、らいてう――鷗外と女性文学者たち』文京区立森鷗外記念館、二〇一九年
『近代日本総合年表：1853（嘉永6）―1983（昭和58）、第二版』岩波書店、一九八四年
『増補完全版　昭和・平成現代史年表』小学館、二〇一九年
『父からの贈りもの――森鷗外と娘たち』展図録、世田谷文学館、二〇一〇年
『永井荷風と東京』展図録、東京都江戸博物館、一九九九年
『永井荷風のシングル・シンプルライフ』展図録、世田谷文学館、二〇〇八年
『森英恵　その仕事、生き方（別冊太陽）』平凡社、二〇一一年

［付記］

本書12章「浮沈――荷風の風と共に去りぬ」は永井荷風『浮沈・踊子』「解説」（岩波文庫、二〇一九年）、19章「晶子と荷風が生んだ次世代文学者、森茉莉」は『世田谷文学館開館25周年記念　世田谷文学館コレクション図鑑』（世田谷文学館編、二〇二一年）への寄稿文「黎明ふたたび――女性文学の花園」、20章「行きて帰りて――、荷風」は『安岡章太郎短編集』「解説」（岩波文庫、二〇二三年）をそれぞれ大幅に加筆・改稿しました。あとはすべて書き下ろしです。

持田 叙子（もちだ のぶこ）
近代文学研究者。慶應義塾大学大学院修士課程修了、國學院大學大学院博士課程単位取得退学。1995年より2000年まで『折口信夫全集』（中央公論社）の編集・解説を担当する。2008年春に世田谷文学館で催された「永井荷風のシングル・シンプルライフ」展の監修を務める。著書に、『朝寝の荷風』（人文書院、2005年）、『荷風へ、ようこそ』（慶應義塾大学出版会、2009年、第31回サントリー学芸賞）、『永井荷風の生活革命』（岩波書店、2009年）、『折口信夫　秘恋の道』（慶應義塾大学出版会、2018年）、『美しい日本語　荷風』（全3巻、共編、2019〜2020年）などがある。

おとめ座の荷風

2023年 9 月15日　初版第 1 刷発行

著　者――――持田叙子
発行者――――大野友寛
発行所――――慶應義塾大学出版会株式会社
〒108-8346　東京都港区三田2-19-30
TEL〔編集部〕03-3451-0931
〔営業部〕03-3451-3584〈ご注文〉
〔　〃　〕03-3451-6926
FAX〔営業部〕03-3451-3122
振替　00190-8-155497
https://www.keio-up.co.jp/
装　丁――――成原亜美
印刷・製本――中央精版印刷株式会社
カバー印刷――株式会社太平印刷社

Printed in Japan ISBN978-4-7664-2901-5